D0786117

L'Affaire Cendrillon

Mary Higgins Clark
et Alafair Burke

L'Affaire Cendrillon

ROMAN

Traduit de l'anglais (États-Unis)
par Anne Damour et Sabine Porte

Albin Michel

© Éditions Albin Michel, 2014
pour la traduction française

Édition originale américaine parue sous le titre :
THE CINDERELLA MURDER
© Mary Higgins Clark, 2014
Publié en accord avec l'éditeur original
Simon & Schuster, Inc., New York.
Tous droits réservés, y compris droits de reproduction totale ou partielle
sous toutes ses formes.

Pour Andrew et Taylor Clark
Les nouveaux mariés —
Avec tout mon amour

Cher lecteur,

Mon éditeur a eu une idée qui m'a tout de suite séduite :
il m'a suggéré de reprendre les personnages principaux du livre
Le Bleu de tes yeux pour écrire à quatre mains une nouvelle série
de romans. Avec Alafair Burke, auteure de romans policiers que
j'admire depuis longtemps, nous avons créé *L'Affaire Cendrillon*.
Dans ce roman et ceux qui suivront, l'idée de départ est que
les témoins, les amis et la famille impliqués dans des affaires
non élucidées soient réunis des années plus tard à l'occasion
d'une émission de télévision, dans l'espoir de trouver les preuves
qui ont échappé aux enquêtes précédentes. J'espère que cette
histoire vous plaira.

Mary Higgins Clark

1

I L ÉTAIT DEUX HEURES DU MATIN. Pile à l'heure, pensa
Rosemary Dempsey avec regret en ouvrant les yeux.
Elle s'agita dans son lit. Chaque fois qu'elle devait affronter
une journée importante, elle se réveillait inévitablement
au milieu de la nuit avec le pressentiment que quelque
chose allait mal tourner.

Il en avait toujours été ainsi, même quand elle était
enfant. Et maintenant, à cinquante-cinq ans, après trente-
deux ans d'un mariage heureux, mère d'une enfant unique,
une ravissante et talentueuse Susan de dix-neuf ans, elle
ne pouvait s'empêcher d'être angoissée en permanence,
une vraie Cassandre. *Il va se passer quelque chose.*

Merci encore, maman, pensa Rosemary, merci pour
toutes les fois où tu as retenu ton souffle, si certaine que le
gâteau renversé que j'aimais préparer pour l'anniversaire de
papa serait raté. Je n'ai raté que le premier, quand j'avais

huit ans. Tous les autres étaient parfaits. J'étais tellement fière de moi. Mais tu as attendu que j'aie dix-huit ans pour m'avouer que tu en faisais toujours un autre, au cas où. Le seul acte de rébellion dont j'ai gardé le souvenir, c'est la fois où j'ai été tellement bouleversée et furieuse que j'ai jeté à la poubelle celui que je venais de confectionner.

Tu t'es mise à rire et tu as essayé de t'excuser. « Tu es douée pour d'autres choses, Rosie, mais en cuisine tu es plutôt empotée. »

Et bien sûr tu as trouvé d'autres occasions de me dire que j'étais empotée. « Rosie, quand tu fais le lit prends bien soin que le couvre-lit retombe également des deux côtés. Il ne faut qu'une minute de plus pour le faire correctement. Rosie, fais attention. Quand tu lis un magazine, ne le laisse pas ensuite traîner sur la table. Range-le avec les autres. »

Et aujourd'hui, même si je me sais capable d'organiser un dîner ou de préparer un gâteau, je suis toujours certaine qu'il va se passer quelque chose, pensa Rosemary.

Mais elle avait une raison de s'inquiéter. C'était le soixantième anniversaire de Jack et soixante de leurs amis seraient présents ce soir pour le fêter. Des cocktails et un buffet, servis dans le patio par leur fidèle traiteur. Une météo excellente, du soleil et une température délicieuse.

On était le 7 mai, et toute la Silicon Valley était en fleurs. Leur maison de rêve, la troisième depuis leur installation à San Mateo trente-deux ans plus tôt, s'inspirait d'une villa toscane. Chaque fois qu'elle s'engageait dans l'allée, Rosemary en retombait amoureuse.

Tout se passera bien, se rassura-t-elle nerveusement. Et comme d'habitude je ferai un gâteau renversé au chocolat pour Jack, il sera réussi et tous nos amis seront très heureux et on me dira que je suis merveilleuse. « Vos réceptions sont toujours tellement parfaites, Rosie... Le dîner était délicieux... la maison ravissante... », et ainsi de suite. Et intérieurement je serai une boule d'angoisse, pensa-t-elle, une pure boule d'angoisse.

Attentive à ne pas réveiller Jack, elle se rapprocha de lui jusqu'à ce que son épaule touche la sienne. Sa respiration régulière indiquait qu'il dormait paisiblement comme d'habitude. Et il le méritait. Il travaillait tellement dur. Comme souvent quand elle tentait de surmonter une de ses crises d'angoisse, Rosemary entreprit de se remémorer les joies qu'elle avait connues dans sa vie, à commencer par le jour où elle avait rencontré Jack sur le campus de Marquette University. Elle préparait sa licence. Il terminait son droit. Cela avait été le traditionnel coup de foudre. Ils s'étaient mariés dès qu'elle avait eu son diplôme. Fasciné par les technologies nouvelles, Jack parlait de robots, de télécommunications, de microprocesseurs, et de quelque chose qui s'appelait réseau Internet. Un an plus tard ils s'étaient installés en Californie du Nord.

J'ai beaucoup aimé vivre à Milwaukee, pensa Rosemary. Je n'aurais eu aucun mal à y retourner. Contrairement à la plupart des gens, j'adore les hivers froids. Mais notre installation ici nous a certainement été profitable. Jack dirige le service juridique de Valley Tech, un des plus importants bureaux d'études de marché du pays. Et Susan est née ici. Après avoir attendu et prié pendant plus de dix ans pour fonder la famille que nous espérions, nous tenions enfin notre enfant dans nos bras.

Rosemary soupira. À son grand regret, Susan, leur seule enfant, était californienne jusqu'au bout des ongles. Elle aurait trouvé impensable d'aller s'installer ailleurs. Rosemary essaya de chasser de son esprit la pensée que l'année précédente Susan avait choisi de poursuivre ses études à UCLA, une excellente université certes, mais à cinq bonnes heures de route. Elle avait été acceptée à Stanford, plus près de chez eux. Mais elle s'était inscrite sans plus réfléchir à UCLA, probablement parce que son ami Keith Ratner, un garçon sans intérêt, y était étudiant. Mon Dieu, faites qu'elle ne finisse pas par partir avec lui.

Il était trois heures et demie quand elle avait consulté son réveil avant de se rendormir et elle avait été à nouveau saisie d'un funeste pressentiment.

2

ELLE SE RÉVEILLA à huit heures, une heure plus tard qu'à l'accoutumée. Consternée, elle bondit hors de son lit, enfila en vitesse une robe de chambre et descendit à la hâte au rez-de-chaussée.

Jack était encore dans la cuisine, un bagel grillé dans une main, une tasse de café dans l'autre. Il portait une chemise de sport et un pantalon kaki.

« Bon anniversaire, mon chéri, dit-elle. Je ne t'ai pas entendu te lever. »

Il sourit, avala la dernière bouchée de bagel et reposa sa tasse. « Je n'ai pas droit à un baiser pour mon anniversaire ?

— Soixante, si tu veux », promit Rosemary en lui passant les bras autour du cou.

Jack faisait presque trente centimètres de plus que sa femme. C'était déjà considérable quand elle portait des talons hauts, mais en pantoufles, il la dominait de toute sa hauteur.

Il avait le don de la faire sourire. Jack était un très bel homme. Des cheveux abondants, aujourd'hui plus gris que blonds, un corps mince et musclé, un visage dont le hâle soulignait le bleu profond des yeux.

Susan lui ressemblait, physiquement et par son caractère. Grande et svelte, avec de longs cheveux blonds, des yeux bleu foncé et des traits réguliers, elle avait aussi l'intelligence de son père. Elle était douée pour les sciences, la meilleure étudiante du laboratoire à l'université, et montrait le même talent en classe d'art dramatique.

À côté d'eux, Rosemary avait toujours l'impression de se fondre dans le décor. Ce qui faisait aussi partie des commentaires de sa mère. « Rosie, tu devrais te faire éclaircir les cheveux. Ce châtain est d'un terne. »

Malgré un récent balayage, Rosemary trouvait ses cheveux toujours aussi tristes.

Jack répondit à son long baiser et la relâcha. « J'espère que tu ne vas pas me tuer, dit-il, mais je comptais faire en douce dix-huit trous avant le dîner.

— Je m'y attendais. Profites-en ! dit Rosemary.

— Tu ne m'en veux pas si je t'abandonne ? Je sais qu'il n'y a aucune chance que tu m'accompagnes. »

Ils partirent d'un même rire. Il savait pertinemment qu'elle passerait sa journée à vérifier les moindres détails de la réception.

Rosemary saisit la cafetière. « Prends une autre tasse avec moi.

— D'accord. » Il regarda par la fenêtre. « Je suis content qu'il fasse beau. J'ai horreur que Susan prenne la route sous l'orage pour venir ici, mais la météo est favorable pour le week-end.

— Et je n'aime pas davantage qu'elle reparte aussi tôt demain matin, dit Rosemary.

— Je sais. Mais elle conduit bien et elle est assez jeune pour que l'aller-retour ne soit pas un problème. Rappelle-moi quand même de lui conseiller de changer de voiture. Celle-ci a deux ans, et nous avons déjà dû l'amener trop souvent chez le garagiste. » Jack avala la dernière goutte de son café. « Bon, je pars. Je devrais être de retour vers seize heures. »

Déposant un baiser rapide sur le front de Rosemary, il franchit la porte.

À quinze heures, Rosemary se recula pour mieux contempler la table de la salle à manger et esquissa un sourire de satisfaction. Le gâteau d'anniversaire de Jack était parfait, pas une miette ne s'en était détachée quand elle l'avait retourné. Le glaçage au chocolat, sa propre recette, était assez lisse, les mots : *Heureux soixantième anniversaire, Jack*, soigneusement calligraphiés.

Tout est prêt, pensa-t-elle. Pourquoi suis-je incapable de me détendre ?

3

QUARANTE-CINQ MINUTES plus tard, alors que Rose-mary s'attendait à voir Jack franchir la porte, le téléphone sonna. C'était Susan.

« Maman, j'ai dû prendre mon courage à deux mains pour te l'annoncer : je ne peux pas venir à la maison ce soir.

– Oh, Susan, ton père va être tellement déçu ! »

La voix de Susan monta, jeune et fervente, presque haletante : « Je n'ai pas appelé plus tôt parce que je n'en étais pas sûre. Maman, *Frank Parker veut me rencontrer ce soir*, peut-être pour me confier un rôle dans son prochain film. »

Sa voix se calma un peu. « Maman, tu te souviens quand j'ai joué dans *Home Before Dark* juste avant Noël ?

– Comment l'aurais-je oublié ? » Rosemary et Jack étaient venus à Los Angeles pour assister à la pièce à l'université, assis au troisième rang. « Tu étais merveilleuse. »

Susan rit. « Mais tu es ma mère. C'est normal que tu dises ça. Peu importe, tu te rappelles l'agent de casting, Edwin Lange, qui disait vouloir me prendre sous contrat ?

– Et tu n'en as plus jamais entendu parler.

— Justement, si. Il dit que Frank Parker a vu mon bout d'essai. Edwin l'avait enregistré et le lui a montré. Il dit qu'il a été enthousiasmé et songe à moi pour le premier rôle dans un film dont il est chargé de faire le casting. L'action se déroule dans un campus et il cherche des étudiantes. Il veut me rencontrer. Ça semble trop beau pour être vrai. Maman, tu crois que je pourrais décrocher un rôle, peut-être même le premier rôle ?

— Calme-toi avant de faire une crise cardiaque, dit Rose-mary, sinon tu n'auras aucun rôle. »

Rosemary sourit et imagina sa fille, rayonnante, pleine d'énergie, passant ses doigts à travers ses longs cheveux blonds, ses superbes yeux bleus brillants d'excitation.

Le semestre touche à sa fin, se dit-elle. Si elle obtenait ce rôle, ce serait une expérience exceptionnelle. « Ton père comprendra sûrement, Susan, mais n'oublie pas de le rappeler.

— J'essaierai, mais j'ai rendez-vous avec Edwin dans cinq minutes pour revoir les bouts d'essai et répéter avec lui parce que Frank Parker veut me voir jouer. Je ne sais pas à quelle heure je finirai. Vous n'entendrez pas le téléphone pendant la fête. Je ferais peut-être mieux de l'appeler demain, non ?

— Sans doute. La réception est prévue de dix-huit à vingt-deux heures mais beaucoup d'invités s'attarderont.

— Embrasse-le bien fort pour son anniversaire de ma part.

« – Bien sûr. Épate-le, ce réalisateur.

– J'essaierai.

– Je t'aime, chérie.

– Je t'aime, maman. »

Rosemary ne s'était jamais habituée au silence soudain à la fin d'une communication.

Lorsque le téléphone sonna le lendemain matin, Jack interrompit brusquement la lecture de son journal. « C'est sûrement notre fille, fraîche et bien matinale pour un dimanche, quand on connaît les habitudes dominicales des étudiants. »

Mais ce n'était pas Susan au bout du fil. C'était la police de Los Angeles. Ils avaient de mauvaises nouvelles. Le corps d'une jeune femme avait été découvert peu avant l'aube dans Laurel Canyon Park. Elle avait été étranglée. Ils ne voulaient pas les alarmer sans raison, mais le permis de conduire de leur fille avait été retrouvé dans un sac à main à quelques mètres du corps. Elle avait la main crispée sur un téléphone portable, et le dernier numéro composé était le leur.

4

LAURIE MORAN s'arrêta sur le chemin de son bureau, situé au 15 Rockefeller Center, pour admirer l'océan de tulipes jaunes et rouges qui fleurissaient dans les Channel Gardens. Ainsi dénommés parce qu'ils séparaient les bâtiments de la Maison française de celle du Royaume-Uni, ces jardins débordaient toujours d'une végétation colorée et luxuriante. Les tulipes n'étaient en rien comparables à l'arbre de Noël de la plaza, mais le renouvellement des plantations au printemps accompagnait l'adieu de Laurie à sa saison préférée en ville. Alors que beaucoup de New-Yorkais se lamentaient d'être envahis par des foules de touristes en vacances, Laurie était stimulée par l'air vif et les décorations de fête.

Devant le magasin Lego, un père photographiait son petit garçon à côté du dinosaure géant en briques multicolores. Le fils de Laurie, Timmy, ne manquait jamais de parcourir le magasin pour admirer les dernières créations chaque fois qu'il venait la voir à son bureau.

« Combien de temps tu crois qu'il leur a fallu pour construire celui-là, papa ? Il y a combien de pièces ? » L'enfant levait les yeux vers son père avec la certitude qu'il connaissait toutes les réponses du monde. Laurie eut un serrement de cœur en songeant que Timmy regardait son père, Greg, avec la même confiante admiration. Le père s'aperçut qu'elle les observait, et elle se détourna.

« Excusez-moi, madame, mais pourriez-vous nous prendre en photo ? »

À trente-sept ans, Laurie n'ignorait pas qu'elle était d'un abord affable. Avec sa silhouette svelte, ses cheveux couleur de miel et ses yeux noisette, elle était ce qu'on appelle « jolie et élégante ». Ses cheveux coupés au carré retombaient librement sur ses épaules et elle prenait rarement la peine de se maquiller. Elle était séduisante, mais sans rien d'agressif. C'était le genre de femme à qui les gens demandaient leur chemin dans la rue ou, comme dans le cas présent, de les photographier.

« Bien sûr », dit-elle.

L'homme lui tendit son portable. « Ces gadgets sont épatants, mais toutes nos photos de famille sont prises à bout de bras. J'aimerais avoir autre chose à montrer qu'une collection de "selfies". » Il attira son fils devant lui tandis qu'elle reculait d'un pas pour prendre le dinosaure en entier.

« Dites *cheese* », les encouragea-t-elle.

Ils obéirent, souriant de toutes leurs dents. Un père et son fils, pensa mélancoliquement Laurie.

Le père la remercia et elle lui rendit son téléphone. « Nous ne nous attendions pas à trouver des New-Yorkais aussi aimables.

– Je vous assure que dans l'ensemble nous sommes très sociables, lui dit Laurie. Demandez votre chemin à un New-Yorkais et, neuf fois sur dix, il prendra le temps de vous répondre. »

Laurie sourit en se rappelant le jour où elle traversait le Rockefeller Center avec Donna Hanover, l'ex-première dame de New York. Un touriste avait effleuré le bras de Donna et lui avait demandé si elle connaissait bien New York. Donna s'était retournée, avait pointé son doigt et expliqué : « Vous n'êtes qu'à deux blocs de… » Souriant à ce souvenir, Laurie traversa la rue et pénétra dans l'immeuble des Studios Fisher Blake. Elle sortit de l'ascenseur au vingt-quatrième étage et se hâta vers son bureau.

Grace Garcia et Jerry Klein étaient déjà installés dans leur box. À la vue de Laurie, Grace se leva d'un bond.

« Salut, Laurie. » Grace, vingt-six ans, était son assistante. Comme toujours, son visage aux pommettes hautes était exagérément mais parfaitement maquillé. Aujourd'hui, sa longue et épaisse chevelure noire, qu'elle coiffait tous les jours différemment, était tirée en une stricte queue-de-cheval. Elle portait une minirobe bleu vif avec des collants noirs et des bottines à talons aiguilles qui n'auraient pas manqué de faire trébucher Laurie.

Jerry, vêtu d'un de ses éternels cardigans, se leva de son siège pour suivre Laurie dans son bureau. Avec sa longue silhouette dégingandée, il dominait largement Grace en dépit de ses talons stratosphériques. Il n'avait qu'un an de plus qu'elle mais était entré dans la société dès la fin de ses études, gravissant les échelons depuis le grade de stagiaire jusqu'au poste envié d'assistant de production, et venait d'être promu producteur adjoint. Sans le dévouement de Grace et de Jerry, Laurie n'aurait jamais pu réaliser son émission *Suspicion*.

« Que se passe-t-il ? demanda Laurie. À vous voir, on dirait qu'une surprise m'attend dans mon bureau.

– On peut voir les choses comme ça, dit Jerry. Mais la surprise n'est pas dans ton bureau.

– La voilà », dit Grace en tendant une grande enveloppe à Laurie. L'adresse de l'expéditeur portait le nom de Rosemary Dempsey, Oakland, Californie. Elle avait été ouverte. « Désolée, mais on a jeté un coup d'œil.

– Et alors ?

– Elle accepte, s'écria Jerry. Rosemary Dempsey marche avec nous, nous avons son accord en bonne et due forme. Félicitations, Laurie. Le prochain sujet de *Suspicion* sera "L'Affaire Cendrillon". »

Grace et Jerry s'assirent à leurs places habituelles sur le canapé de cuir blanc installé sous les fenêtres qui dominaient la patinoire. Laurie ne se sentait nulle part aussi en sécurité que dans son appartement, mais son bureau – spacieux, dépouillé, moderne – symbolisait toute la masse de travail accumulée au cours des années. C'était dans cette pièce qu'elle travaillait le mieux. Dans cette pièce, elle était le boss.

24

Elle s'arrêta devant sa table de travail pour adresser un bonjour silencieux à l'unique photo qui y trônait. Prise à East Hampton, dans la maison du bord de mer d'une amie, c'était la dernière photo de famille où ils apparaissaient ensemble, Greg, Timmy et elle. Jusqu'à l'année précédente, elle avait refusé d'avoir dans son bureau une photo de Greg qui rappellerait à tous ceux qui y entraient que son mari était mort et que son assassinat n'était toujours pas élucidé. Maintenant elle se forçait à regarder la photo au moins une fois par jour.

Son rituel matinal terminé, Laurie s'installa dans le fauteuil gris pivotant en face du canapé et feuilleta l'accord signé par Mme Dempsey confirmant son intention de participer à *Suspicion*. C'était Laurie qui avait eu l'idée d'une émission de téléréalité reconstituant des crimes non résolus. Au lieu d'utiliser des acteurs professionnels, la série donnait à la famille et aux amis de la victime l'occasion de présenter l'affaire d'un point de vue personnel. Malgré les doutes émis par la chaîne – sans mentionner quelques épisodes que Laurie avait moins bien réussis –, son concept de série s'était imposé. Non seulement l'émission avait bénéficié d'indices exceptionnels à l'Audimat, mais elle avait aussi permis de résoudre certaines affaires.

Presque un an s'était écoulé depuis la diffusion du « Gala des Lauréates ». Ils avaient ensuite considéré puis rejeté des douzaines d'affaires criminelles non élucidées, aucune ne remplissant les conditions demandées – en particulier

25

que la famille ou les amis les plus proches, dont certains étaient encore soupçonnés, apparaissent dans l'émission.

De toutes les affaires que Laurie avait examinées pour la prochaine émission de sa série, elle avait retenu en premier le meurtre, vingt ans auparavant, de Susan Dempsey, âgée de dix-neuf ans. Le père de Susan était mort trois ans plus tôt, mais Laurie avait fini par retrouver sa mère, Rosemary. Bien qu'elle fût prête à accueillir favorablement toute tentative de retrouver l'individu qui avait tué sa fille, Rosemay expliqua qu'elle avait été « échaudée » par des gens qui l'avaient approchée précédemment. Elle voulait être sûre que Laurie et l'émission traiteraient la mémoire de Susan avec respect. Sa signature au bas de l'autorisation signifiait que Laurie avait gagné sa confiance.

« Nous devons être prudents, rappela Laurie à Grace et à Jerry. Le nom de *Cendrillon* est une invention des médias, et la mère de Susan déteste ce terme. En parlant à la famille et aux amis, il faut toujours utiliser le nom de la victime. Elle s'appelait Susan. »

Parce que Susan ne portait qu'une seule chaussure quand son corps avait été découvert dans Laurel Canyon Park, au sud de Mulholland Drive, à Hollywood Hills, le *Los Angeles Times* avait titré : « L'Affaire Cendrillon ». Bien que la police eût rapidement retrouvé l'autre près de l'entrée du parc, où elle l'avait sans doute perdue en tentant d'échapper au tueur, l'image d'un escarpin argenté abandonné devint le détail-clé qui mit en branle l'imagination du public.

« C'est une affaire sur mesure pour nous, dit Jerry. Une ravissante et brillante étudiante de UCLA, l'atmosphère excitante de l'université. La vue depuis Mulholland Drive près de Canyon Park est stupéfiante. Si nous arrivons à localiser le propriétaire du chien qui a découvert le corps de Susan, nous pourrons faire une photo près de la promenade pour chiens vers laquelle il se dirigeait ce matin-là.

— Sans mentionner, ajouta Grace, que le réalisateur, Frank Parker, a été la dernière personne connue à avoir vu Susan en vie. On dit que c'est le prochain Woody Allen. Il avait une réputation de coureur de jupon avant de se marier. »

Réalisateur indépendant, Frank Parker avait trente-quatre ans à l'époque où Susan Dempsey avait été assassinée. Auteur de trois films, il avait suffisamment réussi pour qu'un studio accepte de soutenir son projet. La plupart des gens avaient entendu parler de lui pour la première fois à cette occasion parce qu'il avait fait passer une audition à Susan le soir du meurtre.

Un des défis de *Suspicion* était de convaincre les proches de la victime de participer à l'émission. Certains, comme la mère de Susan, voulaient insuffler une nouvelle vie à une enquête restée au point mort. D'autres pouvaient être motivés par le souci de se disculper, après avoir été, comme le titre de l'émission le suggérait, entourés d'un voile de suspicion. D'autres encore, et parmi eux Frank

Parker, espérait Laurie, accepteraient, même à regret, pour donner l'impression au public qu'ils étaient prêts à coopérer. Chaque fois que des rumeurs concernant l'Affaire Cendrillon refaisaient surface, les communiquants de Parker rappelaient que la police avait officiellement retiré son nom de la liste des suspects. Mais le réalisateur avait encore une réputation à préserver et il n'aimerait certainement pas être accusé de bloquer une enquête qui pouvait contribuer à résoudre une affaire criminelle.

On citait son nom pour les Oscars. « Je viens de lire un article consacré à son prochain film, dit Grace. Il est censé pouvoir lui valoir une nomination pour l'Oscar du meilleur réalisateur.

– C'est peut-être notre chance de le faire participer à l'émission, répondit Laurie. L'attention générale au moment de l'attribution des Oscars ne peut qu'être profitable. » Elle commença à prendre des notes sur un bloc. « La première chose à faire est de contacter les proches de Susan. Ensuite, on passera des appels à tous ceux qui sont sur notre liste : les filles qui partageaient sa chambre, son agent, ses camarades de cours, son partenaire du laboratoire de recherche.

– Pas l'agent, dit Jerry. Edwin Lange est mort il y a quatre ans. »

C'était une personne de moins à filmer, mais l'absence de l'agent ne les empêcherait pas d'enquêter de ce côté. Edwin avait prévu de faire répéter son rôle à Susan avant son audition, mais il avait reçu un coup de téléphone cet après-midi-là l'informant que sa mère avait eu une crise cardiaque. Il avait sauté aussitôt dans sa voiture, appelant divers membres de sa famille sur son portable, jusqu'à ce qu'il arrive le soir à Phoenix. Il avait été bouleversé en apprenant la mort de Susan, mais la police ne l'avait jamais considéré comme un suspect ou un témoin.

Laurie continua à consulter sa liste de personnes à appeler. « Rosemary Dempsey tient à ce qu'on contacte l'ex-petit ami de Susan, Keith Ratner. Il prétend qu'il participait à une fête de bienfaisance, mais Rosemary le déteste et est convaincue qu'il n'est pas innocent dans l'histoire. Il vit toujours à Hollywood où il travaille comme acteur de genre. Je vais l'appeler moi-même ainsi que le bureau de Parker. Maintenant que la mère de Susan fait officiellement partie de l'émission, j'espère que cela suffira à convaincre les autres. Quoi qu'il en soit, apprêtez-vous à passer un certain temps en Californie. »

Grace applaudit. « Chouette.

— Du calme, dit Laurie. Nous nous arrêterons d'abord dans la région de San Francisco. Nous devons savoir qui était Susan, si nous voulons raconter son histoire. La connaître vraiment. On commencera par la personne qui la connaissait depuis le plus longtemps.

— C'est-à-dire par sa mère », conclut Jerry.

5

C 'ÉTAIT À CAUSE de Rosemary Dempsey que Laurie avait décidé que l'Affaire Cendrillon serait la deuxième de la série.

La chaîne l'avait fortement incitée à choisir une histoire qui avait eu lieu dans le Midwest : le meurtre non élucidé, dans la maison familiale, d'une enfant qui participait à un concours de beauté. L'affaire avait déjà donné lieu à quantité de livres et d'émissions de télévision au cours des vingt dernières années. Laurie avait dit et redit à son patron, Brett Young, que *Suspicion* ne pourrait rien apporter de nouveau.

« Et alors ? avait rétorqué Brett. Chaque fois que nous avons l'occasion de passer ces adorables vidéos de concours de beauté, l'Audimat s'envole. »

Il était hors de question pour Laurie d'exploiter la mort d'une enfant pour conforter l'Audimat de la chaîne. Démarrant ses recherches de zéro, elle était tombée sur un blog d'histoires criminelles authentiques avec un post intitulé « Où sont-ils aujourd'hui ? » qui évoquait l'Affaire Cendrillon. La blogueuse semblait avoir simplement cherché sur Google les noms de diverses personnes impliquées dans l'affaire : le petit ami de Susan était comédien, son partenaire de recherche à l'université avait persévéré et réussi dans la sphère Internet. Frank Parker était... Frank Parker.

Le post du blog ne citait qu'une source : Rosemary Dempsey, dont il indiquait le numéro de téléphone, « au cas où quelqu'un voudrait me communiquer quelque chose ayant trait à la mort de ma fille », précisait Rosemary. Elle avait dit à la blogueuse qu'elle était prête à tout pour découvrir la vérité sur le meurtre de sa fille. Elle disait aussi être convaincue que le stress provoqué par la mort de Susan était en partie responsable de l'attaque de son mari.

Le ton général du post, rempli de sous-entendus sordides, donna la nausée à Laurie. La blogueuse insinuait, sans apporter aucune preuve, que le désir de Susan de devenir une star avait pu la conduire à faire *n'importe quoi* pour décrocher un rôle de premier plan auprès d'un réalisateur promis au succès tel que Parker. Elle spéculait, à nouveau sans preuves, sur une liaison consentie qui avait pu « mal tourner ».

Laurie imaginait sans peine ce qu'avait ressenti Rosemary Dempsey à la lecture de ces propos, écrits par une personne à qui elle avait fait suffisamment confiance pour lui livrer ce qu'elle avait éprouvé après la mort de sa fille puis de son mari.

Aussi, lorsqu'elle appela Mme Dempsey pour lui proposer de participer à *Suspicion*, elle comprit précisément ce qu'elle sous-entendait en disant qu'elle s'était déjà laissé prendre. Laurie lui avait promis d'agir au mieux, à la fois pour elle et pour sa fille. Et elle avait dit à Rosemary qu'elle savait d'expérience ce que signifiait le fait d'être dans l'ignorance.

L'année précédente, lorsque la police avait fini par identifier l'assassin de Greg, Laurie avait appris le sens de l'expression « faire son deuil ». Cela ne lui avait pas rendu son mari et Timmy n'avait toujours pas de père, mais ils n'avaient plus à craindre l'homme que Timmy avait appelé « Z'yeux bleus ». C'était la fin de la peur, mais pas du chagrin.

« Cette maudite chaussure, avait dit Rosemary en parlant du surnom de Cendrillon dont avait été affublée sa fille. L'ironie de l'histoire est que Susan ne portait jamais rien d'aussi voyant. Elle avait acheté ces escarpins dans une boutique vintage pour une soirée seventies. Mais son agent, Edwin, les avait trouvées parfaites pour l'audition. Si le public avait vraiment besoin d'une image à laquelle se raccrocher, ç'aurait dû être son collier. C'était un collier en or avec un charmant petit pendentif, un fer à cheval. On l'a trouvé près de son corps, la chaîne avait été brisée pendant l'agression. Nous le lui avions acheté pour son quinzième anniversaire et, le lendemain, elle avait décroché le rôle de Sandy dans la production de *Grease* montée par son lycée. Elle l'appelait son collier porte-bonheur. Quand la police l'a décrit, Jack et moi, on a tout de suite compris qu'on avait perdu notre enfant. »

C'était à ce moment que Laurie avait décidé que le meurtre de Susan Dempsey serait son prochain sujet. L'histoire d'une jeune fille talentueuse dont la vie avait été brutalement interrompue. Greg était un jeune médecin brillant dont la vie avait aussi été brutalement interrompue. Son assassin était mort à présent. Celui de Susan courait toujours.

6

JONGLANT avec deux sacs en papier pleins à craquer, Rosemary Dempsey parvint à refermer d'un coup de coude le hayon de sa Volvo C30. Apercevant Lydia Levitt de l'autre côté de la rue, elle se détourna rapidement, dans l'espoir de parcourir l'allée jusqu'à la porte de sa maison sans se faire remarquer.

Pas de chance.

« Rosemary ! Bonté divine. Comment une personne seule peut-elle avaler une telle quantité de nourriture ? Laissez-moi vous aider. »

Et comment pouvait-on se montrer aussi grossière, se demanda Rosemary. Grossière, mais en même temps si attentionnée.

Elle sourit poliment et, avant qu'elle s'en aperçoive, sa voisine d'en face s'emparait d'un de ses sacs.

« Du pain aux graines de céréales, hein ? Oh, des œufs bio. Et des myrtilles – tous ces antioxydants. Excellent pour la santé. Nous absorbons tellement de saletés. Personnellement, j'ai un faible pour les Dragibus. C'est à peine croyable, non ? »

Rosemary hocha la tête et adressa ostensiblement à Lydia un sourire aimable. Si on le lui avait demandé, elle aurait dit que sa voisine avait environ soixante-cinq ans, mais elle s'en fichait complètement.

« Merci beaucoup pour votre aide, Lydia. Et je dirais que les Dragibus sont un péché relativement inoffensif. »

Elle se servit de sa main libre pour ouvrir la porte d'entrée de la maison.

« Ça alors, vous fermez à clé ? Ce n'est pas courant par ici. » Lydia posa son sac à côté de celui de Rosemary sur l'îlot central de la cuisine, qui donnait dans l'entrée. « Oh, à propos des Dragibus, dites-le à Don. Il passe son temps à trouver des petites surprises roses et vertes dans les coussins du canapé. Il dit qu'il a l'impression de vivre avec une gamine de cinq ans, et prétend que mes veines doivent ressembler à des sucres d'orge. »

Rosemary vit que le répondeur du téléphone posé sur le comptoir clignotait. Était-ce l'appel qu'elle attendait ?

« Eh bien, merci encore pour votre aide, Lydia.

« – Vous devriez venir au club de lecture le mardi soir. Ou au cinéma le jeudi. Nous avons une quantité d'activités en fait : tricot, club de brunch, yoga. »

Tandis que Lydia continuait à discourir sur les diverses distractions auxquelles elle pourrait participer avec ses voisins, Rosemary songeait à la longue route qui l'avait menée à cette conversation. Elle avait toujours imaginé qu'elle resterait à jamais dans la maison où elle avait élevé sa fille et vécu avec son mari pendant trente-sept ans. Mais comme elle l'avait appris longtemps auparavant, rien ne se passait jamais comme prévu. Parfois, il fallait réagir aux coups que vous assenait l'existence.

Après la mort de Susan, Jack avait pensé quitter son job et retourner dans le Wisconsin. Ses actions dans la société accumulées au cours des années, une retraite confortable plus les primes de départ leur assuraient l'argent nécessaire pour vivre confortablement jusqu'à la fin de leurs jours. Mais Rosemary s'était rendu compte qu'ils avaient fait leur vie en Californie. Elle y avait sa paroisse et son travail de bénévole à la soupe populaire. Elle avait des amis attentionnés qui s'étaient occupés d'elle quand elle avait dit adieu à Susan puis à Jack.

Elle était donc restée en Californie. Après la mort de Jack, elle n'avait pas voulu garder leur maison qu'elle trouvait trop grande, trop vide. Elle en avait acheté une plus petite dans un quartier résidentiel sécurisé à l'extérieur d'Oakland et y avait poursuivi son existence.

Elle savait qu'elle pouvait choisir de vivre avec son chagrin ou sombrer dans le désespoir. Elle prit l'habitude d'aller tous les jours à la messe, développa son travail de bénévole au point de devenir conseillère en deuil.

Rétrospectivement, elle se disait qu'elle aurait peut-être été plus heureuse dans un appartement à San Francisco. En ville, elle serait restée anonyme. En ville, elle aurait pu acheter du pain aux céréales et des œufs bio, porter toute seule ses courses et écouter le message qui clignotait sur son téléphone sans avoir à éluder les tentatives de Lydia Levitt pour la recruter dans ses activités de groupe. Sa voisine arrivait enfin à sa conclusion. « C'est ce qu'il y a de sympathique dans ce quartier, dit-elle. Ici, à Castle Crossing, nous sommes vraiment une *famille*. Oh, excusez-moi. Ce n'est pas un mot très bien choisi. »

Rosemary avait fait la connaissance de Lydia Levitt seize mois plus tôt et pourtant, ce n'était qu'aujourd'hui qu'elle se voyait à travers ses yeux. À soixante-quinze ans, elle était veuve depuis trois ans et avait enterré sa fille unique vingt ans plus tôt. Lydia la voyait comme une vieille femme qui faisait pitié.

Rosemary aurait voulu lui expliquer qu'elle avait eu une existence pleine d'amis et d'occupations, mais elle savait que sa voisine avait raison. Ses occupations et ses amis étaient ceux qu'elle avait à l'époque où elle était une épouse et une mère à San Mateo. Elle avait mis longtemps à admettre de nouvelles personnes dans son univers.

Comme si elle refusait de rencontrer quiconque n'avait pas également connu et aimé Jack et Susan. Elle refusait de se lier avec des gens qui pourraient la considérer, à l'instar de Lydia, comme une veuve marquée par la tragédie.

« Merci Lydia. J'apprécie vraiment votre aide. » Cette fois, sa gratitude était sincère. Sa voisine n'était peut-être pas un modèle de tact, mais elle était affectueuse et attentionnée. Rosemary se promit de lui faire signe à nouveau lorsqu'elle serait moins préoccupée.

Une fois seule, elle pressa avec impatience la touche LECTURE du répondeur. Elle entendit un bip, suivi d'une voix claire où perçait une nuance d'excitation :

« Allô Rosemary. Ici Laurie Moran, des studios Fisher Blake. Je vous remercie de nous avoir retourné l'accord signé. Comme je vous l'ai expliqué, la mise au point de l'émission dépend aussi du nombre de personnes concernées par l'affaire dont nous pouvons obtenir la participation. L'agent de votre fille est décédé, malheureusement, mais nous avons envoyé des lettres à toutes les personnes dont vous nous avez communiqué les noms : Frank Parker, le réalisateur ; l'ami de Susan, Keith Ratner ; et ses camarades de chambre, Madison et Nicole. La décision finale appartient à mon patron. Mais votre acceptation compte pour beaucoup. J'espère sincèrement que ce projet va aboutir et je vous rappellerai dès que j'aurai une réponse définitive. En attendant, si vous avez besoin de moi... »

Lorsque Laurie commença à donner les informations permettant de la contacter, Rosemary sauvegarda le message, puis elle composa de mémoire un autre numéro tout en vidant le sac d'épicerie. C'était celui de la copine de fac de Susan, Nicole.

Rosemary lui avait dit qu'elle avait décidé de participer à l'émission.

« Nicole, est-ce que tu as pris une décision à propos de l'émission de télévision ?

— Pas tout à fait. Pas encore. »

Rosemary leva les yeux au ciel, mais garda une voix calme. « La première fois qu'ils ont réalisé ce genre d'émission, ils ont réussi à élucider un meurtre.

— Je ne suis pas sûre de vouloir attirer l'attention sur moi.

— Il ne s'agit pas d'attirer l'attention sur *toi*. » Rosemary se demanda si elle était aussi véhémente qu'elle en avait l'impression. « L'émission sera axée sur Susan. Sur la recherche de la vérité. Et tu étais proche de Susan. Tu as vu que chaque fois que quelqu'un évoque l'affaire sur Facebook ou Twitter surgissent des dizaines d'opinions, dont une bonne partie présente Susan comme une cavaleuse qui traînait avec la moitié des garçons du campus. Tu pourrais contribuer à effacer cette image.

— Et les autres ? Vous leur avez parlé ?

— Pas encore, répondit franchement Rosemary, mais les producteurs feront leur choix en fonction du degré de coopération qu'ils obtiendront de la part des personnes impliquées dans l'affaire. Tu as partagé la chambre de Susan pendant presque deux ans. Tu sais que beaucoup de personnes ne voudront pas coopérer. »

Elle ne prit même pas la peine de citer leurs noms. Keith Ratner, à qui Susan avait si souvent pardonné de reluquer les filles. En dépit de ses propres écarts, son attitude possessive et sa jalousie injustifiée l'avaient toujours rendu suspect aux yeux de Rosemary. Frank Parker, qui continuait à privilégier sa brillante carrière, n'avait jamais eu la simple courtoisie de passer un coup de téléphone à Rosemary ou à Jack, ni de leur envoyer un mot de condoléances après la mort de leur fille, qui s'était tout de même rendue à Hollywood Hills dans le seul but de le rencontrer. Et Rosemary n'avait jamais eu confiance en Madison Meyer, l'autre copine de chambre de Susan, qui avait été trop heureuse qu'on lui offre le rôle pour lequel Susan était censée auditionner ce soir-là.

« Connaissant Madison, disait Nicole, elle se présentera impeccablement coiffée et maquillée. »

Nicole essayait de cacher sa nervosité en plaisantant, mais Rosemary était déterminée à faire passer son message. « Ton acceptation pèsera lourd dans la décision des producteurs. »

Un silence embarrassé se fit à l'autre bout de la ligne.

« Ils vont bientôt se prononcer, insista Rosemary.

– D'accord. Mais j'ai juste besoin de vérifier une ou deux choses.

– Je t'en prie dépêche-toi. Le temps compte. *Tu* comptes. »

En raccrochant, Rosemary pria pour que Nicole accepte. Plus Laurie Moran réunirait de participants, plus on pouvait espérer que l'un d'eux se dévoilerait par inadvertance. La perspective de revivre les circonstances affreuses de la mort de Susan était douloureuse, mais Rosemary avait l'impression d'entendre la belle voix chaleureuse de Jack : « Vas-y, Rosie ! »

Jack. Il était si merveilleux.

7

CINQUANTE KILOMÈTRES plus au nord, de l'autre côté du Golden Gate Bridge, Nicole Melling entendit le déclic à l'autre bout de la ligne sans pouvoir se décider à raccrocher. Elle contemplait le téléphone dans sa main quand il émit un bip.

Son mari, Gavin, apparut dans la cuisine. Il avait sans doute entendu la sonnerie depuis son bureau à l'étage.

Il s'immobilisa à la vue du téléphone qu'elle reposa finalement sur sa base. « J'ai cru que c'était le détecteur de fumée.

– C'est une critique de ma cuisine ?

– Holà, je m'en garderais bien. » Il l'embrassa sur la joue. « Tu es la meilleure cuisinière – je dirais même le meilleur *chef* – que j'aie jamais connue. Je préférerais faire trois repas par jour à la maison que d'aller dans le plus grand restaurant trois étoiles du monde. Sans compter que tu es ravissante et que tu as un caractère d'ange. » Il s'interrompit. « Ai-je oublié quelque chose ? »

Nicole éclata de rire. « Ça suffira. » Elle savait qu'elle n'était pas une beauté. Elle ne manquait cependant pas de charme. Elle était juste normale, sans traits particuliers. Mais Gavin savait lui donner l'impression qu'elle était unique à ses yeux. Et lui-même était unique aux yeux de Nicole. Quarante-huit ans, s'efforçant toujours de perdre un ou deux kilos, de taille moyenne, avec un début de calvitie. Débordant d'énergie et d'intelligence, ses choix boursiers pour son fonds spéculatif en faisaient une figure respectée de Wall Street.

« Tu es sûre que tout va bien ? C'est un peu déconcertant de trouver sa femme dans la cuisine en train de contempler le combiné du téléphone. Franchement, tu as l'air de quelqu'un qui vient de recevoir une menace. »

Nicole secoua la tête en riant. Son mari n'imaginait pas à quel point sa plaisanterie était proche de la vérité.

« Tout va bien. C'était Rosemary Dempsey.

– Comment va-t-elle ? Je sais que tu as été déçue quand elle a refusé notre invitation pour Thanksgiving. »

Elle avait parlé à Gavin de l'éventualité de cette émission. Mais elle ne lui avait certainement pas raconté en détail ce qu'était sa vie quand elle partageait une chambre avec Susan dans une résidence universitaire.

Elle n'avait pas eu l'intention de lui cacher quoi que ce soit. Simplement, elle était parvenue à se convaincre qu'elle était maintenant différente de celle qu'elle était avant de le rencontrer.

Si cette émission voyait le jour et que quelqu'un creusait dans son passé, valait-il mieux lui dire la vérité tout de suite ?

« As-tu entendu parler de cette émission intitulée *Suspicion* ? » commença-t-elle.

Il eut l'air déconcerté, puis se reprit : « Oh, bien sûr. Nous l'avons regardée ensemble. Une sorte d'émission de téléréalité ; le meurtre du Gala des Lauréates. Gros succès. Ils ont même fini par élucider l'affaire. »

Elle hocha la tête. « Ils envisagent de prendre le cas de Susan comme sujet de la prochaine émission. Rosemary veut absolument que j'y participe. »

Il prit quelques grains de raisin dans la coupe de cristal posée sur l'îlot de la cuisine. « Tu devrais accepter, dit-il avec conviction. Une émission de ce genre pourrait faire toute la lumière sur l'affaire. » Il s'arrêta, puis ajouta : « J'imagine ce que ça doit être pour Rosemary Dempsey

– de ne pas savoir. Écoute, chérie, je sais que tu n'aimes pas te mettre en avant, mais si, d'une façon ou d'une autre, ça pouvait permettre à la mère de faire son deuil, il me semble que tu le lui dois. Tu m'as toujours dit que Susan était ta meilleure amie. » Il grappilla quelques grains de plus. « Fais-moi plaisir, raccroche le téléphone à la fin du prochain appel, d'accord ? J'ai cru que tu étais tombée dans les pommes. »

Gavin remonta à son bureau. Il avait le privilège (et le malheur) de pouvoir gérer son fonds spéculatif de n'importe où tant qu'il disposait d'un téléphone et d'une connection Internet.

Maintenant qu'elle en avait évoqué la possibilité à haute voix, Nicole savait qu'elle n'avait plus qu'à participer à l'émission. De quoi aurait-elle l'air, alors que Rosemary lui demandait de l'aider à résoudre le meurtre de son amie, si elle refusait ? Comment pourrait-elle dormir la nuit ?

Vingt ans déjà, une éternité, et pourtant, elle avait l'impression que c'était hier. Nicole avait quitté la Californie du Sud pour une seule raison. Elle serait partie au pôle Nord si nécessaire. Dans la région de San Francisco, en Gavin, elle avait trouvé un mari merveilleux. En se mariant, elle avait aussi changé de nom. Nicole Hunter était devenue Nicole Melling. Elle avait pris un nouveau départ. Elle avait trouvé la paix. Elle s'était même pardonné à elle-même.

Cette émission pouvait tout ruiner.

8

« *B*ONJOUR, Jennifer. Il est là ? »
La secrétaire de Brett Young leva les yeux vers Laurie. « Oui, il vient de rentrer de son déjeuner. »

Laurie avait travaillé avec Brett pendant assez long-temps pour connaître ses habitudes : appels téléphoniques, e-mails et autres correspondances le matin, un déjeuner d'affaires, puis retour au bureau pour le travail créatif dans l'après-midi. Voilà encore quelques mois, Laurie aurait dû prendre rendez-vous pour voir son patron. Maintenant qu'elle était rentrée en grâce avec *Suspicion*, elle était une des rares à pouvoir se présenter sans être annoncée. Et avec un peu de chance, il aurait peut-être bu un verre de vin ou deux au déjeuner, ce qui améliorait toujours son humeur.

Avec l'assentiment de la gardienne des lieux, Laurie frappa à la porte du bureau de Brett.

« Avez-vous une minute ?

— Bien sûr, surtout si vous êtes venue me dire que vous avez choisi l'affaire de la petite reine de beauté. »

Il leva la tête. Soixante et un ans, bel homme de l'avis général, il gardait en permanence une expression maussade.

Elle s'assit sur le fauteuil inclinable à côté du canapé où Brett était en train de lire un scénario. Laurie appréciait son bureau, mais c'était un vrai cagibi en comparaison de celui-là.

« Brett, nous avons examiné cette affaire. Il n'y a rien de neuf à dire concernant l'enquête. Le but de notre émission est d'obtenir des témoignages personnels de gens qui ont été les vrais acteurs de cette histoire. Et qui pourraient éventuellement être impliqués.

— Et c'est exactement ce que vous allez faire. Leur mettre Alex Buckley sur le dos et les regarder se dépatouiller. »

Alex Buckley était le célèbre avocat pénaliste qui avait animé la première émission consacrée à ce qu'on avait appelé « Le Gala des Lauréates ». Ses interrogatoires des témoins avaient été parfaits, allant de l'empathie bienveillante à l'examen contradictoire implacable.

Depuis, Laurie le voyait régulièrement. À présent, ils se tutoyaient. À l'automne, il l'avait invitée, ainsi que son père et Timmy, aux matchs de football des Giants, et en été à ceux de baseball des Yankees. Tous quatre étaient de fervents supporters des deux équipes. Il ne l'invitait presque jamais seule, probablement conscient qu'elle n'était pas encore prête à aller plus loin dans leur relation. Elle avait besoin de terminer son deuil, de clore le chapitre de sa vie avec Greg.

Elle était parfaitement consciente qu'il était souvent cité dans les chroniques mondaines quand il escortait une célébrité à une première ou un gala. C'était un personnage connu et particulièment recherché.

« Même Alex Buckley ne pourrait pas résoudre cette affaire, insista Laurie, parce que nous ne savons absolument pas qui interroger. Les tests ADN ont mis hors de cause toute la famille de cette gamine, et la police n'a jamais identifié d'autres suspects. Fin de l'histoire.

— On s'en fiche ! Retrouvez les photos et les vidéos de cet ancien concours de beauté et regardez bondir l'aiguille de l'indicateur Nielsen. » Ce n'était pas la première fois que Brett rappelait à Laurie l'importance des sondages, et ce ne serait pas la dernière. « Vous voulez du nouveau ? Trouvez un technicien pour faire un portrait-robot évolutif. Montrez aux spectateurs à quoi la victime ressemblerait aujourd'hui.

— Ça ne donnerait rien. Une photo scientifiquement modifiée ne racontera jamais l'histoire d'une vie détruite. Qui sait ce que l'avenir aurait réservé à cette petite fille ?

— Écoutez-moi, Laurie. Je suis quelqu'un qui a plutôt bien réussi dans la vie. Je sais de quoi je parle. Et j'essaye de vous aider pour que votre émission garde le vent en poupe. Qu'on ne puisse pas dire que vous avez eu un coup de chance la première fois et seulement profité de cet élan depuis. » Presque un an s'était écoulé depuis la diffusion de la première « émission spéciale » *Suspicion*. Laurie avait été nommée productrice de plusieurs émissions standard du studio, mais Brett était impatient de développer *Suspicion.* « Vous devez essayer de recréer la fascination du premier numéro.

— Faites-moi confiance. J'ai tout repris de zéro et trouvé une histoire incroyable. Parfaite pour *Suspicion.* L'Affaire Cendrillon. »

Elle lui tendit une photo de Susan Dempsey, un portrait de studio qu'elle utilisait pour ses auditions. Quand Laurie l'avait vue pour la première fois, elle avait eu l'impression que le regard de Susan la fixait personnellement à travers l'objectif. La jeune femme avait des traits quasiment parfaits — des pommettes saillantes, des lèvres pleines, des yeux bleu vif — mais sa vraie beauté résidait dans l'intensité de son regard.

Brett jeta un œil indifférent à la photo. « Jamais entendu parler de cette histoire. Oublions ! Sérieusement, Laurie, ai-je besoin de vous remémorer les échecs que vous avez essuyés avant de réussir votre dernier exploit ? Vous êtes la dernière à qui je devrais le rappeler : le succès est éphémère.

— Je sais, je sais. Mais si, vous avez entendu parler de cette affaire, Brett. La victime était une étudiante de UCLA trouvée morte à Hollywood Hills. Elle avait apparemment une audition ce soir-là, à laquelle elle ne s'est jamais présentée. »

Cette fois, Brett prit la peine de regarder la photo. « Dites donc, c'était un vrai canon. Est-ce l'affaire dans laquelle le nom de Frank Parker a été cité ? »

Si Frank Parker n'était pas devenu célèbre, les gens auraient sans doute oublié l'Affaire Cendrillon. Mais de temps à autre, en général après le lancement d'un de ses nouveaux films ou une nomination pour un prix, quelqu'un mentionnait ce scandale survenu à l'époque où il était un jeune réalisateur.

« La victime s'appelait Susan Dempsey, continua Laurie. D'après ce qu'on dit, c'était une fille remarquable : intelligente, jolie, talentueuse et travailleuse. »

Il fit un geste de la main pour l'inciter à en venir au fait. « Nous ne sommes pas là pour distribuer des médailles. En quoi ça peut faire une bonne émission ? »

Laurie savait que Brett ne comprendrait jamais sa détermination à aider la mère de Susan. Elle énuméra donc tous les éléments qui avaient suscité l'enthousiasme de Grace et de Jerry. « D'abord, un décor fabuleux. Le campus de UCLA. Le faste d'Hollywood. L'aura de Mulholland Drive. »

Il était clair qu'elle avait capté l'attention de son patron. « Vous avez prononcé le mot juste : *Hollywood.* Les célébrités. La gloire. De quoi déclencher la passion du public pour cette affaire. On l'a découverte près de la maison de Parker, n'est-ce pas ? »

Laurie hocha la tête. « Non loin de là, dans Laurel Canyon Park. Parker prétend qu'elle ne s'est jamais présentée à l'audition. Sa voiture a été retrouvée garée sur

48

le campus. La police n'a jamais pu déterminer comment elle est allée de UCLA jusqu'aux collines.

— Parker savait qu'elle était étudiante. Si sa voiture était garée devant chez lui et qu'il avait eu quelque chose à voir dans tout cela, il se serait arrangé pour la reconduire au campus », fit observer Brett lentement.

Laurie haussa les sourcils. « Brett, si je ne vous connaissais pas, je dirais que vous commencez à être intéressé.

— Parker participera-t-il à l'émission ?

— Je ne sais pas encore. J'ai déjà l'accord de la mère de Susan, et c'est le plus important. Elle convaincra les amis de sa fille de venir s'exprimer.

— Les amis, on s'en fiche ! Ni la famille ni les amis ne pousseront les gens à allumer leur télé. Un réalisateur pressenti pour un Oscar oui. Et arrangez-vous pour avoir cette actrice, celle qui a décroché le rôle.

— Madison Meyer, lui rappela Laurie. Les gens ont oublié que non seulement elle avait eu le rôle que Susan espérait obtenir mais qu'elle partageait sa chambre à l'université. »

Selon Frank Parker, quand Susan ne s'était pas présentée pour son audition, il avait appelé Madison Meyer, une autre étudiante de la classe d'art dramatique de UCLA, et l'avait invitée à auditionner à la dernière minute. Interrogée par la police, Madison avait confirmé l'emploi du temps de Parker, disant qu'elle était chez lui à l'heure de la mort de Susan.

– Plutôt étrange qu'il ait justement confié le rôle à une débutante qui lui a fourni un alibi parfait, dit Brett en se frottant le menton, signe évident qu'il était décidé.

– C'est un bon sujet pour nous, Brett. Je le sens. Je le *sais*.

– Vous savez que je vous apprécie, Laurie, mais votre instinct ne suffit pas. Pas avec autant d'argent en jeu. Votre émission n'est pas bon marché. Sans Frank Parker, l'Affaire Cendrillon ne sera qu'un cold case de plus. Vous vous débrouillez pour avoir Frank Parker, et je vous donne le feu vert. Sinon, j'ai un plan B imparable.

– Ne me le dites pas : la petite reine de beauté ?

– C'est vous qui l'avez dit, pas moi. »

Tu parles, se dit Laurie.

9

FRANK PARKER contemplait Madison Square Park du haut de son cinquante-neuvième étage. Il adorait New York. S'il regardait vers le nord, depuis les grandes baies vitrées de son penthouse, il voyait jusqu'en haut de Central Park. Il avait l'impression d'être Batman en train d'observer Gotham.

« Désolé, Frank, mais vous m'avez fait promettre de vous rappeler un certain nombre de choses à faire avant la fin de la journée. »

Il se retourna vers son assistant, Clarence, qui se tenait dans l'embrasure de la porte. La trentaine bien sonnée, le corps athlétique d'un habitué des clubs de gym. Le choix de ses vêtements – aujourd'hui un pull noir moulant et un pantalon serré – était visiblement destiné à mettre en valeur les muscles dont il était si fier. Quand Parker l'avait engagé, Clarence avait confié qu'il détestait son prénom, qu'il trouvait ridicule, mais qu'il suffisait de le prononcer pour que les gens se souviennent de lui. Il avait fini par s'y faire.

Durant tout le vol depuis Berlin, Clarence avait tenté d'attirer l'attention de Frank sur des demandes d'interviews, des messages téléphoniques, voire le choix des vins pour la réception d'une première. C'était exactement le genre de détails pratiques qui horripilaient Frank. Les membres de son équipe avaient appris quels types de bourdes pouvaient le mettre hors de lui. Il avait la réputation de tout superviser. Il prétendait que c'était ce qui avait fait son succès.

Tandis que le malheureux Clarence cherchait désespérément à se faire entendre dans l'avion, Frank s'obstinait à lire des scénarios comme si de rien n'était. Pouvoir lire tranquillement dans son jet privé était le seul aspect du voyage qui lui plaisait. Au risque de paraître provincial, il détestait quitter les États-Unis. Mais à l'heure actuelle les festivals de cinéma à l'étranger faisaient fureur. On ne savait jamais quelle perle on pouvait y dénicher pour en faire un succès en Amérique.

« Ne savez-vous pas, Clarence, que lorsque je vous fais promettre de me rappeler quelque chose plus tard, c'est ma façon d'éviter le sujet pour le moment ?

– Bien sûr que je le sais. N'hésitez pas à m'envoyer sur les roses. Seulement ne m'invectivez pas demain si le ciel vous tombe sur la tête parce que vous ne m'avez pas laissé vous transmettre ces messages. »

La femme de Frank, Talia, qui passait dans le couloir, s'arrêta sur le seuil du bureau. « Pour l'amour du ciel, cesse de t'en prendre à ce pauvre Clarence. On nous couperait probablement l'électricité s'il ne prenait pas tout en main. Si tu attends que nous soyons de retour à Los Angeles, tu vas être surchargé de travail une fois de plus. Regarde le joli paysage par la fenêtre et laisse-le faire son boulot.

Frank se versa un fond de scotch dans un verre en cristal et s'installa dans le canapé. Clarence s'assit dans un fauteuil à oreilles en face de lui.

Venait en premier sur la liste de Clarence l'insistance du studio pour qu'il accorde une longue interview à un magazine d'actualités destinée à promouvoir son film qui devait sortir en été, *The Dangerous Ones*. « Dites-leur que j'accepte, mais pas avec cette bonne femme impossible,

Theresa. » Une des journalistes du magazine était connue pour présenter ses sujets sous le pire éclairage qu'on puisse imaginer.

Suivait une note rappelant qu'une option sur un des best-sellers de l'année passée arrivait bientôt à échéance. « Nous payons combien pour ça ?

— Deux cent cinquante mille dollars de plus pour prolonger d'un an. »

Frank hocha la tête et fit un geste de la main. À suivre.

Rien de tout ça ne paraissait si urgent que Clarence ait eu besoin de le déranger.

Le jeune homme gardait les yeux baissés sur ses notes, mais quand il ouvrit la bouche, aucun mot n'en sortit. Il poussa un long soupir, sourit, puis fit une nouvelle tentative. Toujours sans résultat.

« Qu'est-ce qui vous arrive ? demanda Frank.

— Je ne sais pas très bien comment aborder ce sujet.

— Si je pouvais lire dans les pensées, je n'aurais pas besoin de vous, il me semble.

— Très bien. Vous avez reçu une lettre des producteurs d'une émission de télévision. Ils aimeraient vous rencontrer.

— Non. On s'occupera de la communication à l'approche de la présentation. Il est trop tôt maintenant.

— Il ne s'agit pas de *Dangerous Ones*. Il s'agit de vous. Du passé.

– N'est-ce pas ce que je viens d'accepter pour ce magazine ?

– Non, Frank. Je parle du *passé*. L'émission dont il s'agit est *Suspicion*.

– Qu'est-ce que c'est ?

– J'oublie toujours que vous êtes génial comme réalisateur de cinéma, mais que vous vous obstinez à ignorer tout ce qui touche à la télévision. C'est une émission policière. Une sorte de téléreportage, en fait. Le concept consiste à faire revivre des affaires criminelles non élucidées avec l'aide de personnes qui ont été touchées par les faits. Vous avez été concerné par le cas de Susan Dempsey, et ils voudraient que vous participiez à leur prochaine émission spéciale. »

Surpris, Frank tourna la tête et regarda à nouveau par la fenêtre. Quand donc arrêterait-on de l'associer à cette horrible histoire ?

« Ainsi, ils veulent me parler de Susan Dempsey ? » Clarence hocha la tête. « Comme si je n'en avais pas assez dit à l'époque, à la police, aux avocats, à la direction des studios, qui, soit dit en passant, était sur le point de me virer… Je n'ai cessé de parler de cette foutue affaire. Et voilà qu'on remet ça.

– Frank, j'ai attendu un moment favorable pour vous informer de cette lettre. À présent, la productrice – une certaine Laurie Moran – s'est débrouillée pour se procurer mon numéro de téléphone. Elle m'a déjà appelé à deux reprises aujourd'hui. Si vous voulez, nous pouvons dire que vous êtes trop occupé par le montage de *The Dangerous Ones*. Nous pouvons même refaire une ou deux prises de vues aériennes à Paris s'il faut vous rendre indisponible. »

Le son grêle d'une chanson pop sortit de la poche du pantalon de Clarence. Il prit son portable et examina l'écran. « Encore elle. La productrice.

– Répondez.

– Vous en êtes sûr ?

– Ai-je l'air d'hésiter ? »

Clarence répondit : « Clarence à l'appareil. »

Frank était arrivé là où il était en faisant confiance à son instinct. Toujours. En entendant son assistant servir l'habituel « Je ferai part de votre message à M. Parker », il tendit la main. Clarence secoua la tête, mais Frank se pencha en avant, insistant.

Clarence obéit et lui passa le téléphone, en exprimant son désaccord par un long soupir.

« Que puis-je faire pour vous, madame Moran ?

– Tout d'abord, je vous remercie de répondre à mon appel. Je sais que vous êtes très occupé. » La voix de son interlocutrice était amicale mais professionnelle. Elle poursuivit en expliquant la nature de son émission. Venant d'entendre la même description de la bouche de Clarence, Frank commençait à comprendre le principe de la reconstitution. « Je voulais m'assurer que vous aviez bien reçu ma lettre vous invitant à raconter votre point de vue sur l'affaire. Nous pouvons nous adapter à votre emploi du temps. Nous nous rendrons à Los Angeles ou à tout autre endroit à votre convenance. Si, pour une raison quelconque, vous ne souhaitiez pas parler de votre relation avec Susan, nous ferons naturellement une déclaration au cours de l'émission informant les téléspectateurs que vous avez refusé d'être interviewé. »

Clarence avait beau l'accuser de ne rien comprendre à la télévision, Frank avait une expérience suffisante de l'industrie du spectacle pour se rendre compte que cette femme bluffait probablement. Qui s'intéresserait à une émission sur l'Affaire Cendrillon s'il n'y participait pas ? S'il raccrochait maintenant, cela aurait-il pour effet d'arrêter brutalement la production ? Peut-être. Mais s'ils continuaient sans lui, il n'aurait aucun contrôle sur la manière dont ils le présenteraient. Ils pourraient, par exemple, le placer en tête de leur liste des personnes toujours « considérées comme suspectes ». Il ne manquerait plus que les spectateurs boycottent son film.

« Je crains de n'avoir pas eu connaissance de votre lettre, madame Moran, sinon je vous aurais répondu plus tôt. Mais oui, je trouverai du temps pour participer à votre émission. » De l'autre côté de la table, Clarence écarquilla les yeux. « Avez-vous déjà parlé à Madison Meyer ?

— Nous sommes persuadés que tous les témoins importants seront présents. »

La productrice se gardait bien d'abattre toutes ses cartes.

« Si Madison ressemble à ce qu'elle était la dernière fois que je l'ai rencontrée, j'irai me poster à sa porte avec une armée de photographes. Il n'y a rien de plus convaincant pour une actrice sans travail que de se trouver sous les feux de l'actualité. »

Clarence semblait près de bondir de son fauteuil.

« Je vous laisserai régler les détails avec Clarence, dit Frank. Je vais jeter un œil sur le calendrier et il vous rappellera. »

Il lui dit au revoir et rendit son téléphone à Clarence.

« Est-ce que j'invoque un emploi du temps surchargé jusqu'à ce qu'elle comprenne ? demanda celui-ci.

— Non. Arrangez-vous pour que je sois disponible. Et je veux que ça se passe à Los Angeles. Je veux être présent, à égalité avec les autres participants.

— Frank, c'est une mauvaise...

— Je suis décidé, Clarence, merci quand même. »

Une fois son assistant parti, Frank but une autre gorgée de whisky. Il était arrivé là où il était en faisant confiance à son instinct, certes, mais aussi parce qu'il savait contrôler un récit. Et son instinct lui disait que cette émission de télévision consacrée à Susan Dempsey ne serait jamais qu'un récit de plus à contrôler.

Depuis le couloir sur lequel donnait le bureau, Talia regarda l'assistant de son mari quitter l'appartement.

Elle était mariée à Frank depuis dix ans. Elle se souvenait encore du jour où elle avait appelé ses parents dans l'Ohio pour leur annoncer ses fiançailles. Elle croyait qu'ils seraient heureux de savoir que les jours où elle auditionnait pour décrocher des petits rôles ou des publicités étaient terminés. Ils n'auraient plus à se soucier de la savoir seule dans cette résidence minable de Glassell Park. Elle allait épouser un réalisateur riche, brillant et célèbre.

Mais son père avait dit : « Parker n'avait-il pas quelque chose à voir dans la mort de cette fille ? »

Elle avait entendu la manière dont son mari avait parlé à Clarence et à cette productrice au téléphone. Elle savait qu'elle n'avait aucune chance de le faire changer d'avis.

Elle se surprit à faire pivoter sa bague, regardant le diamant de trois carats tourner autour de son doigt. Elle ne pouvait s'empêcher de penser qu'il faisait une terrible erreur.

$\mathcal{L}$AURIE était épuisée quand la rame de la ligne n° 6 arriva à sa station, 96ᵉ Rue et Lexington Avenue. En gravissant l'escalier vers la sortie, les pieds douloureux dans ses Stuart Weitzman neuves en vernis noir, elle remercia le ciel de pouvoir prendre le métro sans angoisse, comme tout le monde. Un an plus tôt elle n'aurait pas osé.

Elle ne scrutait plus chaque visage dans la foule, cherchant un homme aux yeux bleus. C'était la seule description que son fils, Timmy, avait pu faire de l'individu qu'il avait vu abattre son père d'une balle tirée en plein front à bout portant. Une vieille dame avait entendu l'homme dire : « Toi, dis à ta mère qu'elle sera la prochaine. Puis ce sera ton tour. »

Pendant cinq ans elle avait redouté que cet homme connu sous le surnom « Les Yeux Bleus » les retrouve, elle et son fils, comme il l'avait promis. Il y avait maintenant presque un an que Les Yeux Bleus avait été tué par la police lors d'une tentative avortée de mettre son plan à exécution.

Les craintes de Laurie n'avaient pas entièrement disparu en même temps que lui, mais elle commençait peu à peu à se sentir à nouveau normale.

Son appartement était situé deux blocs plus loin, dans la 94ᵉ Rue. Une fois dans son immeuble, elle fit un signe de tête amical au portier de nuit habituel en se dirigeant vers les boîtes aux lettres et les ascenseurs. « Hello, Ron. »

Arrivée devant sa porte, elle inséra une première clé dans la serrure du haut, une seconde dans le bouton de porte, puis les verrouilla tous les deux une fois à l'intérieur de l'appartement. Elle se débarrassa de ses escarpins tout en déposant courrier, sac et serviette sur la console de l'entrée. Elle ôta ensuite la veste de son tailleur qu'elle jeta par-dessus le tout. Elle rangerait plus tard.

La journée avait été longue.

Elle se dirigea vers la cuisine, sortit une bouteille entamée de sauvignon blanc du réfrigérateur et s'en versa un verre. « Timmy », appela-t-elle.

Elle but une gorgée et sentit aussitôt la tension de la journée se dissiper. Encore un de ces jours où elle n'avait pas eu le temps de manger, de boire un verre d'eau ou de vérifier ses e-mails. Mais au moins, son travail avait été récompensé. Toutes les pièces de l'émission consacrée à l'Affaire Cendrillon commençaient à se mettre en place.

« Timmy ? Tu m'entends ? Est-ce que grand-père te permet déjà de t'amuser avec tes jeux vidéo ? »

Immédiatement après la mort de Greg, le père de Laurie, Leo Farley, était devenu une sorte de père de substitution pour Timmy. Le petit garçon avait neuf ans à présent. Il avait passé plus de la moitié de sa vie entre sa mère et son grand-père.

Laurie ne savait pas comment elle serait arrivée à travailler à plein temps sans l'aide de son père. Il habitait à un bloc de chez elle. Tous les jours sans exception, il conduisait puis allait rechercher Timmy à l'école Saint-David, dans la 89e Rue près de la Cinquième Avenue, et restait dans l'appartement avec l'enfant jusqu'au retour de Laurie. Elle lui était beaucoup trop reconnaissante pour se plaindre, même quand il donnait à son petit-fils la permission de manger une glace avant le dîner ou de jouer avec sa tablette vidéo avant les devoirs.

Soudain, elle se rendit compte que l'appartement était plongé dans le silence. On n'entendait pas un son, ni la voix de son père expliquant un problème de maths à Timmy, ni celle de Timmy demandant à son grand-père de lui raconter ses histoires préférées du temps où Leo Farley appartenait à la police de New York. « Raconte-moi le jour où tu as poursuivi un bandit dans une barque à Central Park », « Raconte-moi la fois où un cheval de la police s'est échappé sur West Side Highway. » Aucun bruit suggérant que Timmy regardait une vidéo ou jouait sur son iPad.

Le silence.

« Timmy ? Papa ? » Elle s'élança hors de la cuisine si rapidement qu'elle oublia qu'elle avait un verre à la main. Le vin blanc se répandit sur le sol de marbre. Elle marcha dans la flaque, courut dans le salon, les pieds humides. Elle se répétait que Les Yeux Bleus était mort. Qu'ils étaient en sécurité à présent. Mais où était son fils ? Où était son père ?

Ils auraient dû être rentrés à cette heure. Elle parcourut le couloir au pas de course jusqu'au bureau. Confortablement installé dans son fauteuil de cuir, les jambes allongées sur le pouf, son père lui adressa un clin d'œil.

« Bonsoir, Laurie. Pourquoi cette précipitation ?

– Juste un peu d'exercice, dit Laurie en se tournant vers le canapé où Timmy était pelotonné, un livre à la main.

– Il était lessivé après le football, expliqua Leo. Je le voyais dodeliner de la tête en rentrant de l'école. Je savais qu'il s'endormirait dès l'instant où il s'allongerait. » Il consulta sa montre. « Bon sang. Cela va bientôt faire deux heures. Il va rester éveillé toute la nuit à présent. Désolé Laurie.

– Non, ça va. Je...

– Hé, dit-il. Tu es blanche comme un linge. Que se passe-t-il ?

– Je vais bien. C'est seulement que...

– Tu as eu peur.

– Oui. Pendant un instant.

– Tout va bien. »

Il se redressa dans son fauteuil, lui prit la main et la serra d'un geste réconfortant.

Elle pouvait prendre le métro sans y penser comme n'importe qui, mais elle n'avait pas encore tout à fait retrouvé son état normal. Quand les choses redeviendraient-elles comme avant ?

« Quant à Timmy, reprit Leo. Il a dit qu'il aimerait bien manger un curry indien. Qui a jamais entendu un gosse de neuf ans aimer l'agneau sagwala ? »

Au bruit de leurs voix, Timmy ouvrit les yeux. Il se leva d'un bond pour sauter au cou de sa mère. Ses immenses yeux bruns, si expressifs sous leurs longs cils, se tournèrent vers elle. Elle se pencha et l'embrassa. Sa tête était encore chaude et avait l'odeur du sommeil. Elle n'avait pas besoin d'un verre de vin pour savoir qu'elle était chez elle.

Trois heures plus tard, les devoirs terminés, les restes du curry mis de côté, Timmy – après le traditionnel « baiser du soir » – était bordé dans son lit.

Laurie regagna la table où Leo savourait une deuxième tasse de café. « Merci papa, dit-elle simplement.

— Parce que j'ai fait livrer le dîner ?

— Non, je veux dire pour tout. Pour tous les jours.

— Allons, Laurie. Tu sais bien que c'est le meilleur job que j'aie jamais eu. Maintenant, est-ce un effet de mon imagination ou Timmy et moi n'étions pas les seuls dans cet appartement à être un peu fatigués ce soir ? J'en jurerais, parfois je pense que tu as raison quand tu parles de télépathie. »

Quand Timmy était né, Laurie avait été convaincue qu'entre elle et son fils existait un lien inexplicable qui ne nécessitait ni parole ni contact physique. Elle se réveillait au milieu de la nuit certaine qu'il était arrivé quelque chose pour se trouver plongée dans un silence obscur. Invariablement, quelques secondes plus tard, le moniteur de la chambre du bébé répercutait les pleurs de l'enfant. Ce soir même, n'avait-elle pas rêvé de poulet tikka masala durant son trajet en métro ?

« Bien sûr que j'ai raison, dit-elle en souriant. J'ai toujours raison, de toute façon. Et toi aussi, quand tu dis que je suis un peu fatiguée. Seulement, c'est plus qu'un peu. J'ai eu une longue journée. »

Elle lui raconta l'accord sous condition de Brett Young concernant le choix de l'Affaire Cendrillon pour la prochaine émission de *Suspicion*, suivi de son coup de téléphone à Frank Parker.

« A-t-il la voix d'un assassin ? demanda Leo.

– C'est toi qui m'as enseigné que les êtres les plus froids, les plus cruels peuvent aussi se montrer les plus charmants. »

Il resta silencieux.

« Je sais que tu t'inquiètes toujours pour moi, papa.

– Bien sûr que je m'inquiète, comme tu t'inquiétais pour moi et Timmy quand tu es rentrée à la maison ce soir. Les Yeux Bleus n'est peut-être plus de ce monde, mais la nature même de ton émission implique que tu risques chaque fois de te trouver dans la même pièce qu'un tueur.

— Tu n'as pas besoin de me le rappeler. Mais Grace et Jerry sont toujours présents. Et l'équipe de prise de vues aussi. Il y a constamment quelqu'un avec moi. Je suis probablement plus en sécurité à mon travail que lorsque je marche dans la rue.

— Oh, voilà qui est vraiment rassurant.

— Je suis parfaitement en sécurité, papa. Frank Parker fait une brillante carrière à l'heure qu'il est. Il n'est pas idiot. Même si c'est lui qui a tué Susan Dempsey, il n'aura certainement pas envie de se mettre en danger en s'en prenant à moi.

— Bon, mais je serais plus rassuré si Alex faisait partie des gens qui ne te quitteront pas d'une semelle sur le tournage. Est-il disponible pour ce projet ?

— Je l'espère, mais Alex a son métier d'avocat, papa. Il n'a pas besoin d'un second job à plein temps comme vedette de la télévision.

— Allons donc ! Tu sais bien que plus il apparaît à la télévision, plus il aura de clients pour son cabinet.

— En tout cas, j'ai bon espoir qu'il nous rejoindra. » Elle se hâta d'ajouter : « Et pas pour la raison que tu invoques, mais parce qu'il a été si bon la dernière fois qu'on ne trouvera jamais meilleur présentateur.

— Et parce que vous aimez être ensemble.

« — Impossible d'échapper à tes talents de détective, n'est-ce pas ? » Elle sourit et lui tapota le genou, mettant temporairement le sujet de côté. « Frank Parker a dit quelque chose d'intéressant aujourd'hui. Il a suggéré que le meilleur moyen de s'assurer de la présence de Madison Meyer serait de se présenter à sa porte avec une équipe de télévision.

— Cela paraît logique, comme d'agiter une aiguille devant un junkie. Tu as dit que sa carrière était pratiquement au point mort. Quand elle verra la possibilité de se retrouver sous les projecteurs, elle aura du mal à dire non.

— Et ça se passe à Los Angeles, dit Laurie, pensant tout haut. Je pourrais sans doute mobiliser une équipe réduite. Avec Madison, Parker et la mère de Susan à nos côtés, j'imagine mal que Brett ne me donne pas le feu vert. »

Elle prit son téléphone sur la table basse et envoya des textos à Jerry et à Grace : « Faites votre valise et prévoyez un temps chaud. Nous partons pour Los Angeles tôt demain matin. »

L'après-midi suivant à Los Angeles, Laurie arrêta leur minibus de location le long du trottoir et compara l'adresse à celle qu'elle avait entrée dans le GPS. Jerry et la petite équipe de tournage qu'ils avaient engagée pour la journée — seulement deux caméras à l'épaule et une lumière clé — sautaient déjà de l'arrière du véhicule, mais Grace demanda : « Tout va bien ? Tu as l'air d'hésiter. »

Que Grace puisse ainsi lire dans ses pensées lui fichait parfois la trouille. Maintenant qu'ils se trouvaient là, sans s'être annoncés, à la dernière adresse connue de Madison Meyer, elle se demandait si ce n'était pas une idée insensée.

Oh, et puis zut, se dit-elle. C'est de la téléréalité. Elle devait prendre des risques. « Pas de problème, affirma-t-elle en coupant le moteur. Je vérifie seulement que nous sommes au bon endroit.

— On n'est pas exactement à Beverly Hills, hein ? » fit remarquer Grace.

La maison de style ranch était toute petite, peinte d'un bleu qui commençait à s'écailler. L'herbe semblait ne pas avoir été tondue depuis un mois. Sous les fenêtres, les jardinières en piteux état ne contenaient que de la terre.

Laurie se dirigea vers la porte, Grace et Jerry sur ses talons, suivis de l'équipe télé. Elle sonna, une fois, puis deux fois, avant d'apercevoir des ongles rouges qui écartaient les rideaux de la fenêtre la plus proche. Deux minutes plus tard, une femme qu'elle reconnut ouvrit la porte. C'était Madison Meyer. Constatant que le rouge à lèvres fraîchement appliqué était assorti à celui des ongles, Laurie en conclut que Madison avait fait un rapide raccord à son maquillage avant de recevoir ses visiteurs.

« Miss Meyer, je m'appelle Laurie Moran. Je suis productrice attachée aux studios Fisher Blake et j'aimerais vous offrir un temps d'antenne dans une émission qui est vue par plus de dix millions de téléspectateurs. »

La maison était non seulement exiguë mais en désordre. Des revues traînaient un peu partout dans le séjour, sur le canapé, la table basse, empilés sur le sol près de la télévision. La plupart étaient apparemment des magazines people avec des articles sur des sujets importants tels que : « Une robe, deux stars : qui la porte le mieux ? » ou : « Devinez quel couple est sur le point de se séparer ? » Sur les murs de l'entrée, deux étroites bibliothèques étaient bourrées de souvenirs datant de l'époque des brefs succès de Madison au cinéma. Au centre se dressait la statuette qu'elle avait reçue pour son premier rôle, celui que Frank Parker lui avait confié après le prétendu rendez-vous manqué de Susan : un Spirit Award, pas un Oscar, mais quand même l'emblème d'une carrière prometteuse. Pourtant Laurie avait conclu après ses recherches que la carrière de Madison n'avait fait que dégringoler après cette première percée.

« Avez-vous reçu la lettre que je vous ai envoyée, miss Meyer ?

– Je ne pense pas. Ou peut-être ai-je simplement attendu pour répondre de savoir s'il y aurait une suite. »

Elle sourit en minaudant.

Laurie lui rendit son sourire. « Eh bien, considérez ceci comme la suite. » Elle présenta Grace et Jerry, qui lui serrèrent la main. « Avez-vous entendu parler de la série d'émissions de téléréalité *Suspicion* ?

— Oh oui ! dit Madison. J'en ai vu une l'année dernière. J'ai même dit en plaisantant que ce n'était qu'une question de temps avant que quelqu'un me contacte à propos de la fille qui partageait ma chambre à l'université. Je présume que c'est pour cette raison que vous êtes là ?

— Comme vous le savez, dit Laurie, les gens se sont demandé pendant des années si vous aviez fourni un alibi à Frank Parker quand vous avez déclaré que vous étiez dans sa maison avec lui au moment du meurtre de Susan. »

Madison Meyer ouvrit la bouche pour répondre, puis serra les lèvres et hocha lentement la tête. En la voyant de près, Laurie constata qu'elle était toujours aussi jolie. Elle avait de longs cheveux blonds brillants, un visage ovale et des yeux verts au regard intense. Son teint était clair et lumineux. Mais les changements que le temps avait apportés à ses traits étaient visibles, ainsi que les tentatives qu'elle faisait pour les prévenir. Une raie d'un brun terne révélait que le moment était venu d'une nouvelle teinture. Son front était anormalement lisse, ses joues et ses lèvres trop pleines. C'était encore une très belle femme, mais Laurie se demandait si elle n'aurait pas été encore plus belle sans toutes ces interventions.

« C'est vrai, dit Madison. Les gens pensent ça.

— Vous n'avez rien à dire à ce propos ? insista Laurie.

69

– Suis-je la première personne à qui vous vous adressez ? La lettre que vous avez envoyée paraissait plutôt générale.

– Tiens, vous vous souvenez de la lettre, dit Laurie, haussant les sourcils. Vous avez raison. Nous avons posé la question à d'autres. Nous essayons de rassembler le plus grand nombre de personnes qui connaissaient la victime pour...

– Qui sont donc ces autres personnes ? Qui s'est engagé ? »

Laurie ne vit aucun inconvénient à répondre à Madison. « La mère de Susan. Votre autre camarade de chambre, Nicole Melling. Frank Parker. »

Les yeux verts de Madison étincelèrent en entendant mentionner le nom du réalisateur. « Je présume que les participants sont payés.

– Naturellement. Peut-être pas au niveau de ce qu'offrirait un studio de cinéma, mais je pense que vous trouverez la rémunération convenable. »

Laurie savait que Madison n'avait eu aucune proposition depuis dix ans.

« Donc je demanderai à mon agent de vous téléphoner pour parler des conditions avant de dire quoi que ce soit devant la caméra. Eh, vous là-bas... » Elle s'était tournée vers les deux cameramen. « Quand viendra le temps des prises de vues, mon bon profil, c'est le gauche. Et pas de contre-jour. Cela me vieillit. »

70

En regagnant le minibus, Laurie s'autorisa un sourire. Madison Meyer jouait les difficiles, mais elle parlait déjà comme la diva du plateau.

11

CERTAINES PERSONNES sont simplement des êtres d'habitudes.

Pas Madison. D'abord, Madison n'était pas son vrai nom. Elle s'appelait en réalité Meredith Morris. Existait-il plus ringard ? Elle ne pouvait même pas en tirer un surnom charmant. Elle avait essayé « Merry », mais les gens entendaient « Mary ». Puis elle tenta Red, car elle avait toujours aimé l'allitération. Mais cela n'avait aucun sens pour une blonde. Quand elle s'était inscrite à UCLA pour faire plaisir à ses parents, elle avait adopté le nom de Madison Meyer, déterminée à être découverte par Hollywood.

À divers moments de sa vie, elle avait été végétarienne, libertaire, conservatrice, libérale, elle avait possédé une arme. Elle avait été mariée et divorcée trois fois. Elle était sortie avec des acteurs, des banquiers, des avocats, des serveurs, et même un fermier. Madison était constamment en train de changer. Sa seule constante était son désir de devenir une star.

Alors qu'elle ne cessait de se réinventer, Keith Ratner, lui, était avant tout un homme d'habitudes. Même à l'époque de l'université, il flirtait, dansait, filait de temps en temps en douce avec Madison ou d'autres filles. Mais toujours, toujours, il revenait à sa Susan bien-aimée. Il était fidèle à sa manière, comme un bigame qui prétendrait que son seul crime est de trop aimer ses épouses pour les décevoir.

Et de même que Madison avait toujours su que Keith ne quitterait jamais sa petite fiancée du lycée, elle savait qu'elle pourrait toujours le trouver au Teddy's, son repaire habituel, un bar de l'hôtel Roosevelt fréquenté par les célébrités. Il était assis sur la même banquette où elle l'avait vu la dernière fois, environ six mois plus tôt. Elle aurait dû l'appeler Rainman tant il était accroché à sa routine. Elle était même pratiquement certaine de pouvoir identifier le liquide transparent que contenait son verre.

« Laisse-moi deviner, dit-elle en le rejoignant. Une Patron Silver avec des glaçons ? »

Le visage de Keith s'éclaira d'un large sourire. Vingt ans après, ce sourire faisait toujours courir un frisson le long de sa colonne vertébrale. « Non, répondit-il en remuant son verre. J'aime toujours cet endroit, mais je suis passé à l'eau gazeuse depuis des années. Ensuite, je vais aller au gymnase faire un peu de cross training. »

Plusieurs années auparavant, quand Keith était au sommet de sa carrière à la télévision, Madison avait lu une interview de lui qui soulignait son intérêt pour tout ce qui touchait à la santé, au travail bénévole et aux œuvres de bienfaisance de sa paroisse. Un bon coup de relations publiques à ses yeux, et il était là, dans son bar favori, buvant de l'eau gazeuse.

« Tu essayes toujours de convaincre la terre entière que tu es une âme repentie ? demanda-t-elle.

– Un esprit sain dans un corps sain. »

Elle fit signe à une serveuse et commanda un dry martini au concombre. « La vodka est bien assez saine pour moi.

– À propos, la taquina Keith, comment des gens comme toi et tes semblables s'arrangent-ils pour passer la sécurité ? »

La célébrité de Madison avait pris son essor avant la sienne, grâce à son rôle dans *Beauty Land,* le premier grand film de Frank Parker. Mais la carrière de Keith ne s'était pas éteinte comme la sienne. S'il savait combien sa réflexion la blessait. En fait, elle avait dû glisser un billet de vingt dollars au videur pour pouvoir entrer.

« Je savais que je te trouverais ici, dit-elle.

– Donc ce n'est pas une rencontre de hasard ? »

Visiblement, Keith était toujours conscient de son pouvoir sur elle. Madison se souvenait de la première fois où elle l'avait rencontré alors qu'il était étudiant de première année à UCLA. Elle s'était présentée à une audition libre pour une comédie musicale grotesque basée sur la vie de Jackson Pollock. Keith auditionnait pour le rôle de Pollock, elle pour celui de la femme de l'artiste, Lee Krasner. Tandis qu'ils lisaient leur texte, Madison s'était aperçue qu'ils avaient tous les deux un mal fou à réfréner leur rire tant le dialogue était ridicule. Ils avaient fini par pouffer quand l'agent de casting avait déclaré qu'ils « étaient tous les deux beaucoup trop bons pour ce projet ». Ils avaient ensuite filé directement dans un bar voisin, où Keith connaissait un barman disposé à les servir en dépit de leur âge. Quand il l'avait embrassée, Madison avait pour la première fois connu le goût du whisky.

Elle ne savait même pas qu'il était étudiant à UCLA jusqu'à ce qu'elle l'aperçoive sur Wilson Plaza main dans la main avec une fille qu'elle se souvenait avoir vue à son cours d'histoire du théâtre. Blonde, jolie, une version moins pomponnée de ce qu'elle était elle-même. Madison s'arrangea pour se lier dès le lendemain avec Susan Dempsey et ne tarda pas à apprendre qu'elle s'était inscrite à UCLA avec son ami d'enfance. Keith n'était pas ravi de cette nouvelle relation entre les deux filles, mais il n'y pouvait rien, semblait-il.

Keith avait Susan, et Madison se tourna alors vers de nouvelles aventures. Mais ils poursuivirent leur flirt. Quand Madison passa à la vitesse supérieure en partageant une chambre avec Susan au cours de leur deuxième année, cela ne rendit leurs rendez-vous secrets que plus excitants.

Tout changea après le meurtre de Susan. Keith cessa de l'appeler et l'envoyait balader quand elle lui téléphonait. Peu après la fin du tournage de *Beauty Land*, il quitta l'université. Il raconta à tout le monde qu'il avait été repéré par un agent très important qui nourrissait de grands projets pour lui. Mais on murmurait dans la classe d'art dramatique qu'il était tellement anéanti par la mort de Susan qu'il pouvait à peine travailler, et encore moins suivre des cours ou se lancer dans une carrière d'acteur. On disait aussi qu'il avait rencontré Jésus. D'autres bruits, moins obligeants, insinuaient que son départ était somme toute la preuve qu'il avait quelque chose à voir avec la mort de Susan.

Aujourd'hui, vingt ans après, le temps avait été plus charitable avec lui qu'avec Madison, ce qui est toujours le cas avec les hommes. Les rides qui creusaient son visage mince et anguleux le rendaient en quelque sorte encore plus beau. Ses cheveux sombres et embroussaillés, qui le faisaient passer pour un rocker à l'université, lui donnaient à présent l'air décontracté et sûr de lui. Il figurait de temps en temps à la télévision dans un feuilleton et avait même tenu un petit rôle dans un film indépendant l'année précédente. Néanmoins, Madison ne l'avait pas vu jouer régulièrement depuis que, quatre ans plus tôt, sa série télévisée sur le câble avait été annulée. Keth avait besoin de *Suspicion* presque autant qu'elle.

« Ce n'est pas une rencontre de hasard », confirma-t-elle, au moment où la serveuse revenait avec sa commande. Elle s'assit à côté de lui et sourit.

« Oh, oh. Ça fait un bail, mais je connais cette chanson. Tu cherches quelque chose.

– As-tu été contacté par une productrice de télévision nommée Laurie Moran ?

– Tu sais, on m'appelle pour tellement de projets. Je ne les ai pas tous en tête. »

Cette fois, c'était lui qui souriait. Il était toujours aussi cabot ; cabot, mais irrésistible.

« C'est pour *Suspicion*, dit-elle. Ils veulent faire une émission consacrée au meurtre de Susan. Ils t'ont sûrement contacté. »

Il détourna les yeux et but une gorgée de sa tequila. Quand il reprit la parole, son ton désinvolte avait disparu : « Je ne veux pas en entendre parler. Quel est l'intérêt de ressasser ce qui s'est passé à l'époque ? Ils vont vraiment le faire ?

– On dirait.

– Sais-tu qui d'autre y participe ?

– La mère de Susan, Rosemary. Nicole, si on la retrouve. Apparemment elle s'appelle Melling à présent. Et une personne qui t'intéresse particulièrement : Frank Parker. »

Quand Keith avait appris que Madison était prise dans *Beauty Land*, il s'était pointé à la porte de sa résidence. Il

76

était ivre et hurlait : « Comment as-tu pu ? Cet homme a tué ma Susan, tout le monde le sait. Tu ne seras jamais qu'une version cheap de ce qu'elle était ! » C'était la seule fois qu'il l'avait fait pleurer.

« Je suis surpris qu'ils aient trouvé quelqu'un pour participer à l'émission, à l'exception de Rosemary, dit-il.

— Moi, en tout cas j'ai accepté. Si nous jouons le jeu, cela pourrait nous aider tous les deux. Des millions de spectateurs regardent cette émission. C'est un moyen d'être vus. »

Elle n'ajouta pas qu'elle espérait aussi persuader Frank Parker de lui trouver un rôle dans son prochain film.

« Je vais y réfléchir. D'accord ?

— Ce qu'il me faut, Keith, c'est ta parole.

— De quelle parole s'agit-il ? Un mot secret, une formule magique ? »

Le sourire espiègle était revenu.

« Je suis sérieuse, dit-elle. Personne ne doit jamais savoir, pour nous deux.

— C'était il y a vingt ans, Madison. Nous étions des mômes. Tu crois vraiment que cela intéressera quelqu'un de savoir que nous nous faisions du pied à l'occasion ? »

Je n'étais donc rien d'autre pour lui ? se dit-elle. « Bien sûr que cela les intéressera. Susan était... – parfaite : intelligente, talentueuse, ce qu'on fait de mieux. J'étais... – comment disais-tu ? L'autre beauté, mais dans une version inférieure, bon marché. Tu sais que les producteurs donneront de Nicole l'image de la bonne et loyale copine. Je serai la rivale de service. » Madison savait que l'amitié entre Susan et Nicole n'était pas aussi parfaite que les médias l'avaient dépeinte à la suite de la mort de Susan. « Il y a encore des gens sur Internet qui disent que j'ai pu assassiner Susan, ou au moins inventer un alibi pour Frank Parker afin d'avoir le rôle dans *Beauty Land*. Si on découvre que je fricotais avec le petit ami de sainte Susan, ils en seront persuadés.

– Eh bien, c'est peut-être ce que tu as fait. »

Elle fut incapable de dire s'il plaisantait ou s'il était sérieux.

« Ou c'est peut-être toi, répliqua-t-elle, comme l'ont toujours pensé les parents de Susan. Si on apprend que tu es sorti avec la copine de chambre de ta petite amie, ça ne fera pas bien dans le tableau.

– L'équilibre de la terreur », dit-il, contemplant le verre vide qu'il tournait dans sa main.

« Alors, j'ai ta parole ?

– Parole, dit-il, pointant son doigt vers elle. Cela n'a jamais existé. Oublie nos petites réunions intimes. Notre secret mourra avec nous. »

12

Une fois Madison hors de vue, Keith prit son portable dans la poche de son jean, déroula la liste de ses contacts favoris et pressa les initiales « MD ». Seules quelques rares personnes avaient ce numéro. Keith l'avait obtenu cinq ans plus tôt, après quinze années de bons et loyaux services. À l'époque, sa carrière était en plein essor. Il préféra croire que c'étaient ces quinze années de loyauté, et non une fugitive renommée ou les avantages financiers qui l'accompagnaient, qui lui avaient valu ce privilège.

« Oui ? » dit la voix à l'autre bout de la ligne. Après tant d'années, Keith pensait toujours que cette voix était une des plus étranges qu'il ait jamais entendues. Aiguë comme celle d'un enfant, mais parfaitement maîtrisée.

« J'ai davantage d'informations sur l'émission de télévision dont je vous ai parlé.

— Oui ?

— Apparemment, la production a commencé. D'après ce que je sais, ils vont tous y participer : Frank Parker, la mère de Susan, Madison Meyer et Nicole.

— Nicole. Vous en êtes sûr ? »

Avec une source comme Madison, comment Keith pouvait-il être sûr ? Cette femme était capable de mentir, voler, tricher – peut-être même tuer – pour obtenir ce qu'elle voulait. N'était-ce pas ce qui l'avait attiré vers elle autrefois ? Elle était sombre et dangereuse – tout ce que Susan n'était pas. Mais même si elle avait essayé de le manipuler, y compris en venant le retrouver jusqu'au Teddy's, il ne pensait pas qu'elle mentait quand elle avait dit que les autres avaient donné leur accord. « Oui, j'en suis presque certain. » Il avait préféré ajouter « presque ». On n'avait pas accès à ce numéro de téléphone si l'on cachait la moindre bribe de vérité.

« Ont-ils dit quelque chose à propos de Nicole ? demanda la voix.

– Apparemment, elle s'appelle Melling à présent. C'est tout ce que je sais. »

Il y eut une pause avant que la voix poursuive : « Ce serait mieux que vous participiez. »

Il avait redouté que Martin dise cela. Plus il amasserait d'argent, plus l'Église en recevrait, sans compter le prestige qu'il pourrait leur apporter s'il faisait la une des actualités. Keith se rappela que l'Église avait pour objectif principal de rassembler des fonds pour développer sa mission d'aide aux plus démunis, mais il n'avait vraiment aucune envie de participer à cette émission.

« La mère de Susan m'a toujours soupçonné d'avoir tué sa fille. Je peux facilement imaginer ce qu'elle dira de moi. Et j'ai publiquement mentionné mon appartenance religieuse. Cela pourrait donner une mauvaise image de l'Église.

– Vous êtes comédien. Charmez les producteurs. Et assurez-vous de me transmettre toute nouvelle information concernant Nicole.

– Elle a disparu des écrans radar depuis plus de vingt ans. Pourquoi cette curiosité ?

– C'est à moi de m'inquiéter de mes ennemis. »

Quand la conversation s'interrompit, Keith Ratner fut heureux de ne pas avoir transformé en adversaire l'homme qui était à l'autre bout de la ligne. Il ferait en sorte que les choses restent en l'état, quel qu'en soit le prix.

13

À CINQ CENT SOIXANTE KILOMÈTRES de là, dans le centre de San Francisco, le téléphone de Steve Roman sonna. L'écran affichait « MD ».

Il sourit. La directive qui envoyait Steve dans la région de San Francisco était la preuve qu'on lui faisait confiance, mais il regrettait de ne pas voir Martin Collins en personne. L'Église lui demanderait peut-être de retourner à

Los Angeles. À moins que Martin ne vienne dans le Nord pour une autre grande célébration.

« Steve Roman, répondit-il. Steve, comme Steve McQueen. Roman, comme Polanski.

– Comment allez-vous ? »

Martin ne se présentait jamais au téléphone. Ce n'était pas nécessaire. Quiconque avait assisté à un de ses sermons connaissait le timbre si particulier de sa voix. Steve l'avait entendue pour la première fois quand un ami l'avait amené à une cérémonie du renouveau dans le sous-sol d'un salon de tatouage de Westwood, quinze ans auparavant. Depuis, il avait écouté les prêches de Martin pendant des heures – en personne, sur des cassettes, puis des CD, et maintenant en streaming sur Internet.

Au fil des ans, Steve était parvenu à se rapprocher de plus en plus du premier cercle. Les Militants de Dieu utilisaient un cercle en guise de métaphore pour décrire la relation d'un de ses membres avec l'Église. Ce n'était pas une relation hiérarchique. Martin n'était pas au sommet, il était le *centre*. Et depuis le centre, on pouvait entendre la parole de Dieu.

« Bien, répondit Steve. Merci, comme toujours, pour l'opportunité qui m'est offerte. »

Quand Martin avait décidé d'étendre l'influence des MD au-delà de celle de sa méga-Église de Californie du Sud, il avait envoyé Steve sur place. Si Steve préférait le faste et le luxe ensoleillés de la Californie du Sud à la morne et venteuse baie de San Francisco, il ne manquait jamais d'exprimer sa gratitude envers les MD de lui avoir offert cette chance. L'Église lui avait trouvé un studio au-dessus de Market Street et fourni un job dans une société d'alarmes pour maisons individuelles, Keepsafe.

Il lui était surtout reconnaissant de lui avoir permis de devenir un autre homme. Il ne se droguait plus. N'agressait plus personne. Avec l'aide de Martin Collins et des MD, il avait trouvé sa voie en servant le Seigneur et les pauvres. Il s'était même transformé physiquement. Avant de s'aventurer dans le sous-sol du salon de tatouage, il était maigre et efflanqué, avec de longs cheveux hirsutes, rarement lavés. Aujourd'hui, il faisait cent pompes par jour et autant d'abdominaux. Il mangeait sainement. Il se rasait le crâne de près. Il était musclé, mince et propre.

« Vous avez besoin de quelque chose ? » demanda-t-il.

Steve se considérait comme le détective privé des Militants de Dieu. Il rassemblait des informations malveillantes sur d'anciens membres qui tentaient de salir la réputation de l'Église, souvent en s'introduisant à leur insu chez des clients de Keepsafe. Quand Martin eut vent d'un prochain contrôle des finances de l'Église par le procureur fédéral, ce fut Steve qui mena l'enquête prouvant que l'homme de loi trompait sa femme. Steve ne sut jamais comment Martin avait géré l'affaire, mais une fois qu'il lui eut fourni des preuves photographiques, les menaces de contrôle s'évanouirent. Son activité pour les MD n'était pas toujours strictement légale, mais Martin et Steve la considéraient comme un mal nécessaire pour ficher les individus qui tentaient de détruire l'Église et ses œuvres de bienfaisance.

« Oui. J'ai besoin que vous gardiez l'œil sur quelqu'un. Et que vous envoyiez un message le moment venu. »

Il y avait quelque chose dans la manière dont Martin disait *envoyiez un message* qui donna à Steve la chair de poule. Il ferma les yeux et se dit : Non, pitié, pas ça.

Il acceptait cette vie, dans un studio bruyant qui donnait sur une rue très passante, dans une ville où il ne connaissait pas âme qui vive, parce qu'il n'était plus le même homme qu'à l'époque où il était livré à lui-même. Il n'avait plus agressé personne depuis des années. Que se passerait-il s'il recommençait et y reprenait goût ? Mais il se rappela qu'il ne devait pas douter du premier des Militants de Dieu.

« Tout ce que vous voudrez. »

ᴅ'ᴀᴘʀÈꜱ ʟᴇ ɢᴘꜱ ᴅᴇ Nɪᴄᴏʟᴇ Mᴇʟʟɪɴɢ, le trajet jusqu'à Palo Alto devait prendre moins d'une heure une fois franchi le Golden Gate Bridge. Visiblement, l'ordinateur de sa voiture n'avait pas pris en compte la circulation. Nicole était bloquée dans un nouveau bouchon, cette fois en traversant Dale City.

Elle contempla les rangées interminables de maisons ordinaires qui se pressaient sur les pentes des collines au-dessus de l'I-280. Il y avait une chanson sur cette banlieue, – qui la chantait, Pete Seeger ? Des petites boîtes sur la colline, toutes pareilles, toutes de pacotille.

Nicole se revit soudain à l'âge de dix-sept ans. Comme elle avait sauté la dernière année du primaire, elle avait un an de moins que les autres élèves qui passaient leur diplôme, et des années d'avance sur eux sur le plan intellectuel. Elle avait été acceptée par toutes les universités auxquelles elle s'était présentée : Harvard, Princeton, Stanford, toutes sans exception. Mais ses parents avaient été pris dans une bulle financière – trop riches pour bénéficier d'une aide de l'État, pas assez pour payer les droits d'inscription. Restait à Nicole la possibilité de s'inscrire à Berkeley, qui était publique, mais une lettre leur était alors parvenue : tous les logements situés sur le campus étaient complets. Il lui faudrait trouver un appartement en ville.

Elle se souvenait d'avoir plaidé sa cause auprès de son père, la lettre de Berkeley encore pliée devant lui sur la table de la cuisine comme un avis de licenciement. « J'en suis capable, papa. De toute façon je passerai tout mon temps en cours et à la bibliothèque, et je n'aurai à faire l'aller-retour qu'une fois par jour. À peine quelques blocs. Ils ont même des gardes de sécurité qui vous raccompagnent chez vous à la nuit tombée. »

Il avait évité de la regarder pendant qu'il tournait interminablement ses spaghettis autour de sa fourchette. « Tu es trop jeune, Nicky. Tu n'es qu'une jeune fille. Et c'est *Berkeley*. » Il avait prononcé le mot comme s'il s'agissait d'un pays ravagé par la guerre à l'autre bout du monde, et non d'une fac à six heures de voiture de leur maison d'Irvine.

« Maman, je t'en prie. Dis-lui. Je n'ai jamais eu de problèmes. Demande à mes professeurs au lycée. Je fais tout ce que je dois faire, tout le temps. Je respecte toutes les règles. On peut me faire confiance. »

Sa mère mettait bruyamment les assiettes dans l'évier, mais même de profil, Nicole distinguait ses lèvres pincées. « Nous savons tout cela, Nicky. Mais nous ne serons pas là. Tes professeurs ne seront pas là. Personne ne sera là pour te dire ce qu'il faut faire. »

Ce fut seulement lorsque Nicole se mit à pleurer que sa mère ferma le robinet, les rejoignit à la table et prit les deux mains de sa fille dans les siennes. « Nous te connaissons, Nicole. Je te connais même mieux que je me connais moi-même, parce que tu es mon enfant. Nous ne voulons pas te laisser *t'égarer.* »

Nicole se rappelait avoir regardé son père pour qu'il s'explique, mais il s'était borné à hocher la tête devant le bien-fondé de l'affirmation de sa mère, et avait continué à enrouler ses pâtes.

Elle ignorait à l'époque ce que ses parents voulaient dire, mais il devait bientôt s'avérer qu'ils connaissaient très bien leur fille unique. Tout comme la bulle financière de sa famille, la jeune Nicole avait vécu dans sa propre bulle – une solide intelligence, mais une personnalité encore... inachevée. Ils avaient craint de la voir se perdre dans la foule. Malheureusement, son destin serait pire.

Un coup de klaxon la ramena au présent. Remarquant la portion de route devant elle, elle adressa un signe amical au conducteur qui avait klaxonné derrière elle et accéléra.

D'après le GPS, il lui restait encore quarante-sept kilomètres à parcourir. Nicole n'avait pas revu Dwight Cook depuis l'université, mais elle avait lu des articles sur lui dans la presse. Tout le monde en Amérique en avait lu.

Une bonne heure plus tard, Nicole s'arrêta dans le parking bondé d'un ensemble de bureaux. Les élégants buildings de verre étaient entourés d'une herbe si verte qu'elle paraissait peinte au pistolet. Au-dessus de l'entrée du bâtiment principal apparaissait le nom de la société en lettres violettes géantes : REACH.

La jeune femme derrière un bureau d'un blanc étincelant dans le hall d'entrée avait des piercings sur l'aile gauche du nez et la paupière droite. Nicole résista à la tentation de lui demander si elle n'avait pas l'impression d'avoir le visage de travers.

« Nicole Hunter, je viens voir M. Cook. J'ai rendez-vous. » Pour la première fois en presque dix-huit ans, elle avait utilisé son nom de jeune fille au téléphone. Même alors, elle n'était pas certaine que Dwight se souviendrait d'elle.

Nicole connaissait d'autres personnes qui étaient restées en contact avec leurs amis d'université. Sa voisine, Jenny, avait fait ses études à New York, mais organisait des mini-réunions une fois par an dans la baie de San Francisco. Et elle savait par d'autres amis que leurs pages Facebook étaient pleines de photos et de souvenirs du passé.

Bien sûr, Nicole ne pouvait pas avoir une page Face-book. Cela mettrait en péril toute idée de recommencer de zéro avec un nouveau patronyme et dans une nouvelle ville.

Mais même sans ces circonstances particulières, elle ne serait jamais restée en contact avec les autres étudiants. Elle n'avait jamais eu de véritables amis à UCLA, à l'exception de Susan. Quelle chance d'être tombée sur quelqu'un comme elle – quelqu'un qui s'occupait d'elle. Elle avait gagné à la loterie des camarades de chambre.

Elles avaient été toutes les deux seules la première année. Puis la deuxième, Susan avait amené Madison – étudiante comme elle en classe d'art dramatique –, prétextant qu'à trois elles pouvaient avoir un logement plus spacieux.

C'était aussi grâce à Susan que Nicole avait fait la connaissance de Dwight Cook, qui allait créer REACH durant l'été de sa deuxième année à l'université.

« Nicole ! »

Elle leva les yeux en entendant son nom. Le hall d'entrée était conçu comme un atrium, ouvert depuis le rez-de-chaussée jusqu'au plafond vitré trois étages plus haut. Dwight la regardait du sommet d'un escalier circulaire.

L'ayant rejointe, il sourit d'un air embarrassé. « Tu n'as pas changé.

– Toi non plus », dit-elle, forçant légèrement la vérité.

Son visage était différent – plus pâle, plus plein. Son front commençait à se dégarnir.

Mais sa tenue était en tout point semblable à ses souvenirs : un jean taille haute et le tee-shirt Atari mal ajusté qui était déjà ringard quand ils étaient en première année. Ce qui avait le moins changé, étonnamment, c'était son comportement : le regard anxieux, les clignements d'yeux répétés, qui frappaient chez un adolescent mal à son aise, mais encore davantage chez un adulte quasiment milliardaire.

Il la précéda, passant devant la réceptionniste aux piercings, puis dans un couloir de bureaux. La plupart des employés semblaient avoir une vingtaine d'années, beaucoup étaient perchés sur des ballons de yoga géants en guise de sièges de bureau. À l'extrémité du hall, il ouvrit une porte et ils entrèrent dans une cour située à l'arrière. Quatre personnes s'entraînaient au basket sur un terrain voisin.

Il s'installa sur une méridienne sans lui proposer un siège. Elle s'assit à son tour, sachant qu'il n'avait pas voulu se montrer grossier.

« Tu as dit que tu voulais parler de Susan. »

À nouveau, elle ne se formalisa pas qu'il aille droit au but. C'était peut-être un des rois de la Silicon Valley, mais, à l'évidence, il était resté le même gosse maladroit qui travaillait avec Susan au laboratoire d'informatique du campus.

Il ne manifesta rien tandis que Nicole lui décrivait l'émission *Suspicion* et disait que la production avait de bonnes chances de choisir le meurtre de Susan comme prochain sujet. « As-tu reçu une lettre de la productrice ? » demanda-t-elle.

Il fit signe que non. « La mort de Susan a été associée à Hollywood, si bien que personne n'a semblé se soucier qu'elle ait été aussi une brillante programmeuse. Je doute même que ces gens sachent qu'on se connaissait tous les deux. »

À l'université, Nicole s'était vite rendu compte que dans leur trio – Susan, Dwight et elle –, Susan avait espéré jouer l'entremetteuse entre son partenaire de laboratoire et sa camarade de chambre. D'une certaine manière, Dwight et Nicole étaient bien assortis, un peu surdoués l'un comme l'autre. Et maintenant que Nicole voyait les choses avec lucidité, ils étaient indéniablement particuliers. Tous deux faisaient l'objet de l'attention de Susan, qui s'évertuait à les faire sortir de leur coquille. Dwight avait trouvé son équilibre avec les ordinateurs. Nicole y était finalement parvenue... bref, c'était une partie de son passé qu'elle n'aimait pas évoquer.

Mais il avait suffi de deux rendez-vous pour que Nicole comprenne la différence fondamentale qui la séparait de Dwight. Sa singularité à elle avait été de courte durée. Elle était jeune, privilégiée, et tellement occupée à réussir qu'elle n'avait jamais appris à raisonner par elle-même. Elle avait seulement besoin de trouver sa voie. Les problèmes de Dwight étaient plus profonds. On dirait probablement aujourd'hui qu'il souffrait de « troubles autistiques ».

À l'époque, Nicole pensait que cela faisait d'elle une proie facile. Mais elle n'avait pas appris à ses dépens – pas encore – à quel point le désir d'une jeune femme brillante de trouver sa voie peut être dangereux.

« Voilà, c'est pour cela que je suis venue ici, Dwight. Durant cette émission, j'aimerais parler de ton amitié avec Susan. Dire qu'il existait une autre face de sa personnalité. »

Dwight regardait dans sa direction, sachant probablement que c'était ce que les gens attendaient de lui au cours d'une conversation, mais en réalité il ne faisait pas attention à elle. « Bien sûr. Susan a toujours été si bonne pour moi. J'ai eu de la chance de travailler avec elle pour le même professeur, sinon je ne l'aurais jamais rencontrée. »

En d'autres termes, il partageait le sentiment de Nicole quand elle disait avoir gagné à la loterie des camarades de chambre.

« Je peux donc appeler Laurie Moran et lui dire que tu acceptes de participer à l'émission ? D'apparaître à l'écran ? »

Il hocha la tête à nouveau. « Tout ce qu'on me demandera. Je ferais n'importe quoi pour Susan. Faut-il aussi que je demande à Hathaway ?

– Hathaway ?

– Richard Hathaway. Notre professeur. C'est par lui que nous nous sommes rencontrés, Susan et moi.

– Ah oui, je n'avais pas pensé à lui. Est-il toujours à UCLA ? Tu es resté en contact avec lui ?

– Il a pris sa retraite de l'université, mais c'est vrai, je suis resté en contact avec lui. Il travaille ici chez REACH.

– C'est drôle que ton ancien professeur soit maintenant ton employé.

– C'est davantage un associé, en réalité. Il m'a aidé depuis le premier jour. Je suis sûr qu'il acceptera de participer à l'émission. »

Nicole se demanda si Dwight était réconforté par la présence auprès de lui de son mentor, quelqu'un qui l'avait connu avant qu'il soit ce millionnaire de vingt ans qui figurait sur la couverture de *Wired Magazine*. « Bien sûr, dit-elle. Ce serait formidable. »

Elle se sentait presque coupable de mêler Dwight Cook à cette affaire. Il était à la tête de REACH, une entreprise de nouvelles technologies devenue une référence universelle dans les années quatre-vingt-dix après avoir révolutionné l'accès à l'information sur Internet. Elle ne savait pas sur quoi ils travaillaient à présent, mais à voir les lieux, Dwight était toujours un acteur de premier plan dans le monde de la technologie.

C'était exactement pour cette raison que Nicole était venue à Palo Alto. Si Frank Parker était devenu un réalisateur célèbre, Dwight était une sorte de célébrité à sa manière. Plus il y aurait de gens connus dans cette production, moins on attacherait d'importance à la camarade de chambre qui avait abandonné l'université après sa deuxième année, changé de nom et n'était jamais revenue à Los Angeles.

Une fois dans sa voiture, Nicole sortit la lettre de Laurie Moran de son sac et composa le numéro de son bureau sur son portable.

« Madame Moran, ici Nicole Melling. Vous m'avez écrit à propos de Susan Dempsey, qui partageait ma chambre à l'université ?

– En effet. » Nicole entendit le froissement d'un sac en plastique à l'arrière-plan et se demanda si elle n'avait pas surpris la productrice au milieu de son repas. « Je vous en prie, appelez-moi Laurie. Je suis si contente de vous entendre. Avez-vous entendu parler de *Suspicion* ?

– Bien sûr, affirma Nicole.

– Comme vous le savez sans doute et comme son nom l'indique, le but de l'émission est de revenir sur d'anciennes affaires non élucidées et de nous entretenir avec les personnes toujours soupçonnées. Visiblement vous ne correspondez pas à cette description, mais la mère de Susan et vous-même expliquerez aux téléspectateurs qui était réellement Susan. Elle n'était pas simplement une jolie fille sur une photo, une future actrice. Elle n'était pas Cendrillon. »

Nicole comprit pourquoi la mère de Susan accordait une telle confiance à cette productrice.

« Si vous pensez que votre émission peut attirer à nouveau l'attention sur le cas de Susan, je serai heureuse de vous aider.

— Formidable.

— Et j'espère que vous n'y verrez pas d'inconvénient, mais j'ai pris la liberté de contacter un autre ami de Susan à l'université. »

Nicole décrivit brièvement les relations de travail de Dwight Cook avec Susan au laboratoire d'informatique, ajoutant que Dwight acceptait de participer à l'émission. Laurie parut ravie, comme elle s'y attendait.

En sortant du parking, Nicole replongea dans le passé, et ne put s'empêcher d'admirer Dwight Cook. La mort de Susan avait été une épreuve terrible dans la vie de tous ceux qui l'avaient connue. Nicole et Keith Ratner avaient tous les deux abandonné leurs études. Rosemary lui avait dit qu'elle n'avait pour ainsi dire pas quitté son lit pendant toute une année. Mais Dwight était parvenu à créer quelque chose de révolutionnaire dans la période qui avait suivi. Elle se demanda si ce qui le différenciait des autres lui avait permis de canaliser son chagrin d'une manière particulière.

Elle était tellement plongée dans ses pensées qu'elle ne remarqua pas le pick-up blanc cassé qui sortait du parking derrière elle.

15

*D*wight Cook ferma à clé la porte de son bureau, volontairement situé le plus loin possible des employés de REACH.

Il sentait en permanence posé sur lui le regard de tous ces gosses désireux de connaître ce grand échalas milliardaire qui continuait à s'habiller comme un ado accro à l'informatique, mais était constamment poursuivi par les top-models les plus célèbres. Ses employés présumaient que le bureau de Dwight était isolé parce qu'il ne voulait pas être dérangé. La vérité était que Dwight ne pouvait pas diriger cette affaire comme il l'entendait s'il était trop souvent en contact avec les gens qui travaillaient pour lui.

Dwight avait pris conscience dès l'école primaire qu'il n'était pas comme ses camarades. Non que son comportement fût inhabituel, pour autant qu'il puisse en juger, du moins. Non, c'était dans ses *réactions* aux autres qu'il était différent. Les voix lui semblaient trop fortes, les mouvements trop rapides et trop amples, chaque poignée de main, chaque accolade trop intense. Certaines personnes, voire la majorité d'entre elles, étaient simplement *trop* pour lui.

En troisième, on lui avait fait suivre un programme « spécial », le croyant atteint d'une forme de troubles autistiques, non confirmés par un diagnostic officiel. Il avait continué à suivre les cours habituels et obtenu les meilleures notes. Mais les professeurs le traitaient comme un cas à part. Ils restaient un peu distants, lui parlaient plus lentement. On l'avait catalogué.

Le dernier jour, il avait menacé ses parents de fuguer à moins d'être inscrit en seconde dans un nouvel établissement. Car bien qu'il ne fût pas comme la plupart des gens, il avait lu suffisamment d'ouvrages sur l'autisme, le syndrome d'Asperger, les troubles du déficit de l'attention et de l'hyperactivité pour savoir que ces étiquettes ne s'appliquaient pas à lui. Chacun de ces états était censé s'accompagner d'une absence de connexion émotionnelle. Dwight, de son point de vue, était l'opposé. Les liens qu'il était capable de nouer avec quelqu'un étaient parfois d'une force inouïe.

Le rendez-vous d'aujourd'hui avec Nicole, par exemple. Il s'était efforcé de rester immobile en face d'elle, de ne pas la toucher. Il n'avait pu soutenir longtemps son regard, de peur de se mettre à pleurer. Elle était le souvenir vivant, aigu, obsédant de Susan. Il ne pouvait la regarder sans se rappeler la douleur brûlante qu'il avait ressentie devant les tentatives bienveillantes de Susan jouant les entremetteuses entre lui et Nicole. Comment n'avait-elle pas vu qu'il était amoureux d'elle ?

Il appuya sur la barre d'espacement de son ordinateur pour réactiver l'écran. De temps en temps, les idées fausses qu'on se faisait à son sujet l'arrangeaient. En ce moment, par exemple, la distance physique établie entre lui et ses employés garantissait que rien ne viendrait interrompre ses activités.

Il ouvrit Google et tapa : « Cendrillon meurtre Susan Dempsey. » Il réfréna un instant d'irritation à l'idée que même *lui* utilisait majoritairement Google comme moteur de recherche. REACH avait été un pionnier qui avait transformé la manière dont les gens interrogeaient l'Internet. Mais Google était arrivé, avait pris un peu d'avance, ajouté des graphismes élégants et choisi un nom amusant. Le reste appartenait à la littérature high-tech.

Pourtant, Dwight ne boudait pas son succès. Il avait gagné assez d'argent pour vivre confortablement pendant au moins dix existences.

Il cliqua sur divers résultats de sa recherche. Mais ne trouva rien de différent depuis sa dernière consultation – peut-être un an plus tôt – quand il avait vérifié si de nouveaux éléments étaient apparus sur l'assassinat de son amie.

Il se souvenait de s'être installé devant son ordinateur vingt ans plus tôt sachant qu'il était probablement l'un des quelques individus les plus doués sur terre pour se frayer un chemin dans le monde mouvant d'Internet. À l'époque, on utilisait encore le téléphone et les conversations personnelles pour échanger de l'information. La police éditait des sorties papier des rapports et les faxait aux procureurs. Il voulait désespérément connaître la vérité concernant l'enquête sur la mort de Susan – qui savait quoi ? que savait la police ? –, mais sa technique ne lui avait guère servi. L'information n'était tout simplement pas numérisée.

Aujourd'hui, chaque pensée individuelle laissait une empreinte technologique à laquelle il pourrait accéder. Mais il était le fondateur et le P-DG d'une société classée parmi les Fortune 500, et jouer au hacker, s'introduire dans des serveurs privés et des boîtes e-mail était un délit sérieux.

Il ferma les yeux et se représenta Susan. Combien de fois s'était-il posté devant sa résidence, espérant l'apercevoir alors qu'elle menait une vie entièrement séparée de celle qui les réunissait au laboratoire ? Cette émission de télévision serait une occasion unique – chaque suspect devant la caméra, interrogé une énième fois. Frank Parker, l'homme qui paraissait plus concerné par le succès de son film que par la mort de Susan. Madison Meyer, qui semblait toujours en vouloir à Susan et à Nicole. Keith Ratner, qui n'avait jamais eu conscience de sa chance de sortir avec une fille comme Susan.

Participer à cette émission de télévision serait un faible prix à payer. Il en saurait beaucoup plus que les producteurs. Dwight fit pivoter son fauteuil et craquer ses phalanges.

Il était temps de se mettre au travail.

16

*L*AURIE regarda une fois de plus l'heure sur l'écran de son ordinateur : quatorze heures quarante-cinq. Brett Young était sûrement revenu de son déjeuner. Elle l'avait appelé la veille de Los Angeles et lui avait laissé un message sur sa boîte vocale pour le mettre au courant des derniers développements. Ce matin, elle lui avait envoyé un e-mail avec un résumé plus complet de l'affaire Susan Dempsey. Toujours pas de réponse.

Elle ferma la porte de son bureau, ôta ses chaussures et s'allongea sur le canapé blanc sous la fenêtre. Prendre l'avion pour Los Angeles, dans le seul but de surprendre Madison Meyer à l'improviste, l'avait épuisée. Le vol de nuit transcontinental était éreintant, mais moins pénible que d'être loin de Timmy. Elle ressentait à présent le manque de sommeil. Elle ferma les yeux et respira profondément. Elle avait seulement besoin d'un peu de repos.

Tout à coup, elle n'était plus dans son bureau au-dessus du Rockefeller Center. Elle était ailleurs, à une autre époque. Elle reconnut l'aire de jeux de la 15e Rue, quand ils habitaient encore downtown.

Timmy est si petit, il a seulement trois ans. Ses jambes sont tendues devant lui sur la balançoire, comme des quilles, et il crie : « Ouiiiii. Plus haut, papa, plus haut ! »

Elle sait précisément de quel jour il s'agit. Elle sait ce qui va arriver maintenant, même si elle n'était pas là pour le voir de ses propres yeux. Elle a si souvent repassé cette scène dans son esprit.

Greg pousse son fils une dernière fois sur la balançoire, il laisse échapper un gros soupir, feint d'être fatigué, fait attention de ne pas lancer son petit garçon trop haut. Médecin urgentiste, il a vu trop d'enfants blessés au cours de jeux brutaux. « C'est la dernière, annonce-t-il. Il est temps de rentrer à la maison et d'aller voir maman. Une minute et c'est tout. »

« Docteur ! » appelle une voix.

Dans un dernier geste d'abnégation paternelle, Greg voit le pistolet et s'éloigne de Timmy, tentant de détourner de l'enfant l'attention de l'inconnu.

Une détonation.

« PAPA !!! »

Laurie se redressa brusquement en entendant le hurlement de son fils.

Grace la regardait depuis le seuil de la porte, la main encore sur la poignée.

« Je suis désolée. Je ne voulais pas te surprendre. J'ai frappé mais tu n'as pas répondu.

– Tout va bien », mentit Laurie pour la rassurer. Ce cauchemar prendrait-il fin un jour ? « J'ai dû m'endormir.

Le vol de nuit m'a tuée. » Elle eut un pincement au cœur en prononçant ce dernier mot.

« Vraiment ? J'ai dormi pendant tout le trajet, je me sens en pleine forme. »

Laurie résista à la tentation de balancer un coussin sur le chignon choucroute de Grace. « C'est là toute la différence entre avoir vingt-six ou trente-sept ans.

– Brett a appelé. Il veut te voir dans son bureau. »

Laurie passa les doigts dans ses cheveux. Rien de tel qu'une réunion importante avec son boss directement après une sieste.

« Tu es très bien, dit Grace. Bonne chance, Laurie. Je sais à quel point tu tiens à ce projet. »

17

$\mathcal{L}$A SECRÉTAIRE DE BRETT, Jennifer, invita Laurie à franchir son poste de garde et à pénétrer dans le saint des saints. Mais quand Laurie ouvrit la porte de Brett, elle ne le trouva pas seul. Un deuxième personnage était assis dans un des fauteuils, le dos tourné à l'entrée.

« Vous tombez bien, déclara Brett en se levant de son bureau. Regardez qui est ici. »

L'autre homme se leva à son tour et se tourna pour la saluer. C'était Alex Buckley. Ancien joueur de basket à l'université, il avait dix bons centimètres de plus que Brett. Elle ne l'avait pas revu depuis au moins un mois, mais il était toujours aussi beau. Pas étonnant qu'il soit adulé par les jurys et les cameramen. Elle saisit d'un regard ses cheveux sombres ondulés, son menton volontaire et ses yeux bleu-vert derrière des lunettes cerclées de noir. Tout dans son apparence respirait l'énergie et suscitait la confiance.

Par bonheur, Brett se tenait derrière Alex et ne put voir son expression lorsqu'il l'aperçut. C'était toujours ainsi qu'il la regardait quand elle entrait dans une pièce. Heureux de la voir, mais avec un soupçon de tristesse – d'attente – dans le regard. Un regard qui lui donnait presque envie de s'excuser – auprès de Greg parce qu'elle faisait naître cette émotion chez un autre homme, et auprès d'Alex parce qu'elle n'était pas capable (pas encore) de répondre aux sentiments qu'il éprouvait pour elle.

Elle détourna les yeux pour que ni l'un ni l'autre ne puissent deviner ses pensées. « Quelle bonne surprise », dit-elle en souriant. Elle lui tendit la main, et il se pencha pour l'embrasser rapidement.

Elle tira sa jupe étroite sur ses genoux avant de s'asseoir dans le fauteuil inoccupé en face du bureau de Brett.

« Je sais que je vous ai tenue sur le gril toute la journée, Laurie. Mais je voulais être sûr d'avoir tous les éléments concernant votre proposition pour l'Affaire Cendrillon. Votre résumé m'a été utile. Cependant, il montre aussi clairement que votre budget va exploser.

– Nos coûts sont bas comparés à ce que la publicité peut rapporter. »

Brett l'arrêta d'un geste. « Je n'ai pas besoin que vous m'expliquiez les ressorts financiers de la télévision. Vous avez l'intention d'interviewer des gens qui sont dispersés dans toute la Californie, où les tournages sont hors de prix, soit dit en passant. Sans parler du voyage que vous avez déjà fait hier, simplement pour pouvoir ajouter Madison Meyer à votre liste. »

Elle ouvrait la bouche pour répliquer, mais il leva à nouveau la main.

« OK. Le piège a marché, donc bon travail. Ce que je veux souligner, c'est qu'il ne s'agit pas d'aller interroger la femme, la maîtresse ou l'associé d'un type qui est mort, et qui vivent tous à Westchester. Vous allez sauter de UCLA à Hollywood puis à la Silicon Valley puis je ne sais où. Vous ne garderez pas un type comme Frank Parker dans votre équipe si vous tournez dans la salle de conférences minable d'un hôtel où on vous servira des sandwichs au thon. Vous allez avoir besoin d'un endroit agréable, avec tout le luxe auquel les gens d'Hollywood sont habitués. Vous dépenserez donc une somme conséquente. »

Cette fois, il l'arrêta avant même qu'elle ouvre la bouche.

« Et c'est de cela que je voulais parler à Alex. Toutes les critiques, toutes les enquêtes d'opinion ont dit que sa présence avait été la clé du succès de notre première émission.

– Je suis d'accord, Brett. Mais Alex a son cabinet. Il n'a peut-être pas le temps nécessaire.

– Le *il* dont vous parlez à la troisième personne, dit Brett d'un ton cassant, est assis à côté de vous et – grande nouvelle ! – il a déjà donné son accord. »

Alex s'éclaircit la gorge. « C'est exact. Mais on *lui* a dit que vous aviez expressément réclamé sa présence. »

Typique de Brett. Prêt à tout pour arriver à ses fins.

« Le timing est parfait, annonça Brett. Alex était en train de m'expliquer qu'il avait une grosse affaire dont le procès était supposé durer un mois qui vient subitement d'être réglée. Et comment, disiez-vous déjà ? »

Laurie voyait bien qu'Alex aurait préféré lui parler en privé mais il n'y avait pas moyen de s'extraire du bureau de Brett. « J'ai convaincu le procureur que mon client avait un alibi en béton, répondit-il. J'ai découvert la bande d'une caméra de sécurité qui confirme sa présence dans le salon VIP d'un club de Chelsea à l'heure où il était censé abattre un membre d'une bande rivale à Brooklyn. Sans compter la localisation du portable du soi-disant témoin oculaire qui le situe dans le Lower East Side alors que le crime était perpétré.

— Et voilà, dit Brett en frappant son bureau du plat de la main. Pas étonnant que notre camarade ramasse des tonnes de fric. Je suis impatient de le voir démolir Frank Parker. J'espère que c'est lui le coupable. Je vois d'ici l'Audimat. Vous pourriez finir avec le Pulitzer. »

Laurie était sûre que personne ne donnait de prix Pulitzer pour des émissions de téléréalité.

Alex fit à nouveau mine de se lever. « Il vaut mieux que je vous laisse tous les deux parler de tout ça. Si Laurie préfère quelqu'un d'autre...

— Ne soyez pas ridicule, dit Brett, faisant signe à Alex de se rasseoir. Laurie est *ravie*.

— Bien sûr, renchérit-elle. Absolument ravie. »

Et c'était vrai. Alex était un intervieweur-né. Elle savait que son père serait heureux lui aussi, pour des raisons personnelles. Il la poussait toujours à passer plus de temps avec Alex.

« Alors c'est parfait, dit Brett. Maintenant, vous avez quartier libre pour fêter la bonne nouvelle pendant qu'Alex et moi continuons à parler basket. Nous avions une discussion acharnée au sujet des quatre équipes qui arriveront en finale. Et, sans vouloir vous offenser, vous avez peut-être envie de vous donner un coup de peigne. Ce voyage à Los Angeles a laissé quelques traces. »

Bien. Pas de quoi se vexer.

18

TEVE ROMAN savait que Martin préférait apprendre une mauvaise nouvelle de la manière la plus directe, comme on arrache un pansement d'une blessure. Après avoir garé son pick-up dans le parking à tarif réduit au sud de Market Street, il appela le numéro des MD.

« Oui ? » Une voix assurée à la tonalité aiguë.

« Rien d'important à signaler », dit Steve pour commencer. La filature d'hier avait été facile : la cible n'avait quitté sa maison que pour aller au CostCo, au marché au poisson et faire une espèce de gym qu'ils appellent Pilates dans un centre commercial à ciel ouvert. À présent, il fallait qu'il calme Martin. « Mais elle a quand même pris la route, directo depuis chez elle jusqu'à une boîte de Palo Alto. Un machin appelé REACH. Ça a l'air... je ne sais pas, moderne.

– C'est une entreprise de nouvelles technologies, dit Martin. C'est bon à savoir. Continuez à la surveiller. »

Steve sentit une bouffée de chaleur monter en lui. « L'autre fois, quand vous m'avez téléphoné, vous avez parlé d'un message à envoyer. Le moment venu. C'est quelque chose que je devrais faire maintenant ? » Non, pria-t-il en son for intérieur, pitié, ne me demandez pas de faire du mal à quelqu'un. Je ne pourrai peut-être plus m'arrêter.

« Rien pour l'instant. Contentez-vous de la filer. Comme aujourd'hui, dites-moi où elle va. Et – c'est important – trouvez à qui elle parle. »

Steve était toujours impressionné par la précision du langage de Martin. Il avala sa salive, sachant que l'homme détestait les questions. Pour chaque adepte loyal, l'Église avait au moins dix détracteurs qui doutaient que les MD aient pour mission de prêcher la bonté de Dieu et de venir en aide aux pauvres. Alors que Steve croyait en les MD, les détracteurs imaginaient le pire quand l'Église entreprenait de lever des fonds. Une méfiance qui poussait Martin à cultiver le secret. Et de même qu'il s'était entièrement consacré à la parole de Dieu, Martin attendait de ses disciples qu'ils se consacrent entièrement à sa personne.

« Est-ce qu'il y a vraiment de quoi s'inquiéter ? » demanda Steve. Il avait soigneusement choisi ses mots.

« Non, dit Martin d'un ton ferme. Autrefois, oui… soit dit entre nous… »

De nouveau Steve se sentit envahi par une bouffée de chaleur, mais cette fois, c'était différent. Martin le laissait pénétrer plus avant dans le cercle des MD.

« Entre nous, répéta Martin, j'étais jeune à l'époque. J'ai fait confiance à Nicole trop vite, sans réfléchir suffisamment. À présent, elle est un obstacle à la mission qui est la nôtre de célébrer la bonté de Dieu, pour ne pas dire plus.

– Compris », dit Steve.

Cela n'expliquait pas totalement pourquoi il parcourait en voiture toute la baie de San Francisco, mais c'était un peu plus d'informations qu'il n'en avait eu auparavant. Steve s'engagea sur la 480, ragaillardi.

19

LAURIE bouclait sa serviette quand elle entendit trois petits coups frappés à la porte de son bureau, suivis par l'apparition de la tête de Grace.

« Tu as une minute pour un visiteur ? » La voix de Grace frémissait en posant cette question.

S'il y avait bien une chose dont Laurie n'avait pas envie, c'était d'une visite. Même si elle se serait volontiers passée des commentaires de Brett sur son apparence, son boss n'avait pas tort quand il lui conseillait de partir tôt. Elle avait travaillé non-stop depuis que Rosemary Dempsey avait accepté de participer à l'émission. Il ne lui restait plus qu'à appeler celle-ci pour lui apprendre la bonne nouvelle de l'accord officiel du studio, et ensuite elle espérait rentrer à temps pour accueillir Timmy à la maison quand son père le ramènerait de l'école.

« Je suis désolée, Grace. Ai-je oublié que j'avais un rendez-vous ? »

Elle entendit une voix d'homme derrière Grace : « Je peux revenir un autre jour. »

Alex.

« Bien sûr. » Essayant de garder une voix calme, Laurie ajouta : « Entre donc. »

Quand Alex pénétra dans le bureau, Grace battit des cils et fit mine de s'éventer de ses deux mains. Sa façon de dire *il est beau comme un dieu*, ce qu'elle faisait souvent avec Alex Buckley. Lors du tournage de la première émission de *Suspicion*, quand Les Yeux Bleus avait été abattu par un policier avant de pouvoir tuer Laurie, Alex s'était aussitôt précipité vers elle et Timmy et les avait pris dans ses bras. Grace et les autres avaient sans doute interprété ce geste comme la réaction naturelle d'un homme courageux face au danger, mais Laurie sentait depuis qu'il rêvait de se rapprocher d'elle.

Elle attendit que Grace ait refermé la porte du bureau avant de parler. « Je te jure que le QI de Grace dégringole de quinze points quand tu es dans les parages.

– Si seulement je pouvais produire cet effet sur les jurés. »

Elle l'invita à s'asseoir dans le fauteuil pivotant gris qui faisait face aux fenêtres, puis prit place sur le canapé devant lui. « Comment vas-tu ? demanda-t-elle.

« – Bien. Occupé. J'ai essayé de t'appeler une ou deux fois. »

Elle hocha la tête et sourit. « Je suis désolée. Je ne vois pas le temps filer. Entre le travail et Timmy... » Elle ne termina pas sa phrase. « Cet enfant a un nombre incroyable d'activités. J'ai l'impression qu'il me faudrait un rendez-vous pour voir mon propre fils. Il prend des leçons de karaté à présent. Plus, naturellement, le football. Et il dit qu'il veut apprendre à jouer de la trompette, depuis qu'il a accompagné son grand-père à une fête de charité de la police et vu la fanfare. Maintenant mon père lui montre sur YouTube des vidéos de Louis Armstrong, Miles Davis, Wynton Marsalis et Dizzy Gillespie. Timmy reste collé devant l'écran, imite les mouvements de doigts, et gonfle ses joues comme un poisson-lune. Franchement, faire semblant de jouer de la trompette ? »

Elle parlait pour ne rien dire, et ils le savaient l'un comme l'autre.

« Leo m'a parlé de cette obsession pour la trompette. Au match des Rangers la semaine dernière.

– Ah oui, bien sûr. »

Son père l'avait ensuite incitée à répondre au message qu'Alex lui avait laissé pour l'inviter à dîner.

« Bon, dit-il en joignant les mains, ce Brett Young est plutôt malin, il me semble ? Avant ton arrivée, il m'a dit que c'était toi qui avais déclaré que l'histoire de Susan

111

Dempsey ne pourrait marcher que si j'acceptais d'en être le présentateur.

– Malin est un mot qui lui va comme un gant. Mais, à son crédit, tu es la personne qu'il nous faut. Je ne pense pas que Frank Parker sera très loquace.

– J'ai vu ton expression quand tu es entrée dans le bureau de Brett. Il t'a mise devant le fait accompli. Je ne veux en aucun cas m'imposer dans l'émission si tu ne le désires pas.

– Non, je... » Elle s'efforça de parler plus lentement, choisit ses mots avec soin : « J'avais attendu toute la journée qu'il me donne son accord. Si j'ai paru surprise en entrant, c'est seulement parce que je m'attendais à le trouver seul. Mais bien entendu, je suis ravie que tu sois disponible. Cette histoire me tient à cœur. Susan Dempsey n'avait que dix-neuf ans quand elle a été assassinée. Et sa mère attend depuis vingt ans que son meurtre soit élucidé. Tu imagines ce que cela a dû être pour elle ? Sa seule enfant ? Vingt ans ? »

Elle avait dû vivre un enfer pire que les cinq années qu'elle-même avait passées sans savoir qui avait tué son mari.

« Comment fais-tu, Laurie ? demanda Alex. Tu parais attirée par ces histoires horribles, obsédantes. Tu n'es pas tentée de – je ne sais pas – produire un sujet de charme, avec des rendez-vous amoureux ou des mannequins ?

112

– Je pense qu'il y a des femmes qui s'y connaissent en histoires d'amour ou en mode. Je connais les gens comme Rosemary Dempsey. » Elle lui sourit. « Je suis convaincue que cette émission peut aider dans certains cas, Alex. Parfois, je me demande ce qui serait arrivé si... » Elle s'interrompit avant de poursuivre sa pensée.

« Si quelqu'un avait fait pour toi ce que *Suspicion* a fait pour d'autres. »

Elle hocha la tête.

« Et tu veux vraiment que je participe à l'émission ?

– Vraiment. »

Pour Rosemary, se dit-elle en elle-même. Elle avait à l'origine choisi Alex comme présentateur pour le lancement de *Suspicion* en raison de son talent pour obtenir des témoins qu'ils laissent échapper des informations qu'ils s'étaient juré de garder secrètes. C'était un vrai détective, le Perry Mason de l'époque actuelle en beaucoup plus beau.

« Dans ce cas j'accepte. Raconte-moi ce que je dois savoir. »

Laurie aurait pu lui confier les dossiers et rentrer chez elle. Mais elle préféra dresser un portrait de chacune des personnes qu'elle avait retenues pour l'émission et répondre aux questions qu'il lui posait. La police était-elle certaine de l'heure de la mort de Susan ? Quelqu'un d'autre que Madison Meyer pouvait-il préciser le lieu où se trouvait à ce moment-là Frank Parker ? L'alibi de Keith Ratner était-il solide ?

Elle fut à nouveau impressionnée par la précision au laser de ses questions. C'était en partie pour cela qu'ils avaient été attirés l'un par l'autre à l'époque où ils avaient mené l'enquête du « Gala des Lauréates ».

Outre l'émission où ils travaillaient ensemble, ils s'étaient installés dans une situation confortable où ils partageaient un repas à l'occasion, où Alex les emmenait parfois, Timmy, son père et elle, assister à un match. Mais désormais il serait mêlé à la vie de Laurie pratiquement tous les jours, et ils allaient s'interroger ensemble sur les motivations telles que l'amour, la jalousie ou la fureur.

Elle respira profondément pour empêcher ses pensées de galoper. « Bon, maintenant que c'est officiel, il est temps de s'occuper de la préproduction. Je crois que j'ai volontairement oublié la quantité de travail que cela représente. Comment Brett s'y est-il pris pour te faire signer ?

– Tu le connais. Son argument principal a été de m'expliquer pourquoi j'étais le meilleur de tous les candidats. Ce type doit penser que pour me toucher vraiment il faut s'adresser à mon ego.

– On a eu assez de succès la dernière fois pour que le studio décide d'augmenter mon budget. L'aspect esthétique de l'émission sera un peu amélioré, mais je vais consacrer la plus grande partie de l'argent à recueillir des informations. Au lieu de mettre chaque personne devant une caméra, nous allons faire davantage de recherches en amont. Essayer d'obtenir des interviews préliminaires de tout le monde, la plupart hors caméra. J'espère que cette formule les mettra en confiance. Peut-être même nous conduira-t-elle sur des pistes.

– C'est ainsi que les avocats utilisent les dépositions. On va à la pêche en dehors du tribunal. Et on assène le coup final devant le jury. »

Elle sourit, flattée, puis regarda sa montre. « Il faut que je rentre à la maison retrouver Timmy. Et comme l'a dit Brett, le vol de nuit a laissé des traces. J'ai l'impression d'être une loque.

– Franchement, ça ne se voit pas. »

Elle se força à le quitter des yeux, puis se leva du canapé pour le raccompagner. Son intérêt devait se concentrer à présent sur sa famille et l'histoire de Susan Dempsey. Il n'y avait pas de place pour quoi que ce soit – ou qui que ce soit – d'autre. Pas encore.

20

« QU'EST-CE QUE VOUS PRENDREZ ? demanda Lydia en étudiant le menu. Probablement quelque chose de sain. Je n'en reviens toujours pas du choix de produits que vous rapportiez l'autre jour. »

Rosemary aurait préféré que sa voisine ne mentionne pas le contenu de son sac à provisions. Cela lui rappelait à quel point le côté fouineur de cette femme l'avait agacée. Elle repoussa cet accès de mauvaise humeur et se rappela la vraie raison de ce déjeuner avec Lydia : c'était sa voisine et elle lui avait offert son aide par pure générosité, alors qu'elle-même ne s'était liée avec personne depuis son installation à Castle Crossings.

Sa première tentative pour lui rendre la pareille, c'était la veille, au matin, quand elle avait apporté un sachet de Dragibus à Lydia, qui lui avait avoué plus tôt que c'était son péché mignon. Aujourd'hui, c'était leur première sortie ensemble, un déjeuner à la Rustic Tavern. La journée était magnifique, et elles avaient choisi une table tranquille en terrasse.

« Je ne suis pas tout à fait aussi raisonnable qu'on pourrait le croire en voyant mes provisions, dit Rosemary en refermant la carte. Et pour le prouver, je vais prendre un cheeseburger au bacon avec des frites.

— C'est excellent. Je vais faire de même. Et une salade pour commencer, pour dire que nous avons mangé un légume ?

— Pourquoi pas ? »

Elles avaient terminé leurs salades et commandé un deuxième verre de cabernet quand Rosemary demanda à Lydia comment elle avait atterri dans leur quartier sécurisé.

« C'était Don qui cherchait un endroit plus sûr, expliqua-t-elle. Je trouvais cela étrange, car les enfants avaient déjà quitté la maison. Mais nous avons les petits-enfants une fois par mois, et avec toutes ces histoires abominables d'enlèvements d'enfants quand les adultes ont le dos tourné... Oh, Rosemary, je suis désolée, je ne voulais pas... »

Rosemary secoua la tête. « Non, je vous en prie, continuez.

— Quoi qu'il en soit, Don a décidé que ce serait plus sûr pour les enfants d'être dans un quartier sécurisé. Comme il le dit, il ne peut plus assommer un quidam comme avant. »

Rosemary resta silencieuse, se demandant si elle avait bien entendu, mais Lydia vit la perplexité se peindre sur son visage.

« Bien sûr, cela n'a sans doute aucun sens pour vous. Don – c'est mon mari – est spécialisé dans la prévention et la sécurité. Le genre approche directe. Il s'occupait de sécurité rapprochée, comme on dit, pour toutes sortes de sportifs et de musiciens. C'est ainsi que nous nous sommes connus.

— Vous avez une vie secrète de sportive de haut niveau ?

— Oh, non. Désolée. Mes enfants passent leur temps à me répéter que je suis nulle pour raconter une histoire. Je ne suis pas *linéaire*, c'est leur expression. Je distille l'information goutte à goutte, selon eux. Non, j'ai rencontré

Don en 1968, quand nous étions encore jeunes. Enfin, lui était jeune : seulement vingt ans, agent de sécurité durant le premier tour du monde de Jimmy O'Hare. » Rosemary se souvenait vaguement d'un chanteur rock du Sud de l'époque qui portait ce nom. « J'avais vingt-cinq ans, mais j'avais menti en disant que j'en avais vingt et un. Les musiciens, en ce temps-là, ne voulaient pas de filles plus vieilles.

— Donc vous étiez... la doublure d'une chanteuse ou quelque chose comme ça ?

— Oh, pas du tout. Même si ma vie en dépendait, je serais incapable de chanter juste. Nous avons eu un concours de karaoké à l'association des propriétaires il y a quelques années, et mes amis ont menacé de m'expulser de Castle Crossings si je recommençais à chanter devant eux. Croyez-moi, vous n'aimeriez pas m'entendre. Non, j'ai menti sur mon âge parce que j'étais une compagne de route. Une *groupie*, si vous voulez. »

Rosemary faillit s'étrangler. L'habit ne fait pas le moine, c'est bien connu.

La glace et les préventions de Rosemary bel et bien brisées, leur conversation prit un tour agréable. Elles avaient mené des existences très différentes, mais trouvèrent des convergences imprévues entre la vie de Lydia sur la route et l'aventure de la jeune Rosemary quittant le Wisconsin pour la Californie.

« Et comment avez-vous décidé de changer de ville ? demanda Lydia. Vous n'aviez pas envie de rester dans votre ancienne maison ? »

Rosemary se surprit à manger ses frites avec ses doigts.

« Je suis désolée. Ai-je encore été maladroite ?

— Pas du tout. C'est seulement — eh bien, la réponse est compliquée. J'ai élevé Susan dans cette maison. J'y ai fait mon deuil. J'y ai vécu avec Jack plus longtemps que n'importe où ailleurs ou qu'avec n'importe qui d'autre. C'est juste qu'elle était devenue trop grande pour que j'y vive seule. J'ai eu du mal à laisser derrière moi tous ces souvenirs, mais c'était le moment.

— Oh, Rosemary. Je ne voulais pas vous rappeler des souvenirs aussi pénibles.

— Ne vous en faites pas. »

Lydia lui tapota le poignet. Mais à cet instant précis, le portable de Rosemary vibra sur la table.

« Désolée, dit-elle en jetant un œil sur l'écran. Il faut que je réponde. »

C'était Laurie Moran. « J'ai de bonnes nouvelles », lui annonça-t-elle.

Rosemary se contentait d'acquiescer – *oui, je vois, d'accord* – mais avait du mal à ignorer le regard interrogateur de Lydia.

Quand elle éteignit son téléphone, Lydia dit : « Qui que ce fût, vous aviez l'air contente.

« – Oui, on peut voir les choses comme ça. C'est une productrice de télévision à New York. *Suspicion* a choisi la disparition de ma fille pour sa prochaine émission. La productrice ne peut rien promettre, mais il faut espérer que quelque chose de nouveau en sortira. Ça fait vingt ans maintenant.

– Je ne peux même pas imaginer ce que vous avez vécu. »

Rosemary s'aperçut que c'était la première fois qu'elle parlait de Susan à quelqu'un qui ne l'avait pas connue et qui n'était en rien lié à l'enquête. Elle venait de se faire une nouvelle amie.

21

DWIGHT COOK aurait voulu pouvoir vider le siège social de REACH et recommencer de zéro. Le concept de l'architecte avait paru génial la première fois qu'il l'avait présenté. Le bâtiment de trois étages disposait de grands espaces ouverts, dont certains avaient douze mètres de hauteur sous plafond, mais il possédait aussi de nombreux coins et recoins peints de couleurs vives, avec tables de bistrot et canapés qui permettaient des réunions en petits groupes. L'idée, selon l'architecte, était de donner l'impression d'une sorte de vaste labyrinthe.

Une chose était sûre, l'effet de labyrinthe était réussi.

Dwight était-il le seul à avoir envie de symétrie monochrome ?

Il évacua tout ce qui heurtait son regard et se concentra sur les travaux en cours entre ces murs biscornus. REACH existait depuis presque vingt ans et parvenait toujours à attirer les informaticiens les plus brillants, les plus novateurs du pays.

Il atteignit l'extrémité du couloir et tourna à droite vers le bureau d'Hathaway. Son ancien professeur avait été complètement impliqué dans REACH depuis le début. Mais, en dépit de leur collaboration, il verrait toujours en lui son directeur de recherche, l'homme grâce auquel REACH était devenu un empire.

La porte d'Hathaway était ouverte, une habitude conforme aux normes de la « culture d'entreprise » de REACH.

Richard Hathaway approchait de la soixantaine à présent, mais il n'avait pratiquement pas changé depuis l'époque où les étudiantes de UCLA l'avaient surnommé le professeur « le plus craquant de l'université ». De taille moyenne, bâti en athlète, avec d'épais cheveux bruns ondulés, il était bronzé tout au long de l'année et habillé en permanence comme s'il était sur le point de commencer un parcours de golf. En s'approchant, Dwight vit qu'il lisait un article de magazine intitulé : « Travailler moins mais plus intelligemment. »

Il s'assit en face d'Hathaway, ne sachant comment aborder la question qui l'avait amené. Il choisit de commencer par parler d'autre chose, comme le font en général les gens qui essayent d'éviter un sujet. « Parfois, lorsque je fais le tour de ce bâtiment, je repense à notre labo de UCLA.

— Sauf que nous travaillions alors avec des ordinateurs de la taille d'une voiture. Et le mobilier n'était pas aussi élégant. » Hathaway avait le sens de la repartie. Combien de fois avait-il sauvé une situation en se joignant à une réunion avec un investisseur potentiel ? Dwight surpassait Hathaway par son talent de programmeur, mais sans Hathaway, il aurait toujours travaillé pour le compte d'un autre.

« Oui, mais les murs étaient droits », dit Dwight, tentant le même genre d'humour.

Hathaway sourit, mais Dwight vit bien que son bon mot était tombé à plat.

« Ce que je veux dire, poursuivit Dwight, c'est que nous avons tous ces jeunes – brillants, idéalistes, sans doute un peu bizarres... » Hathaway riait franchement maintenant. « Ils croient tous qu'ils peuvent changer le monde avec une ligne de code. C'est ce qu'on disait dans votre labo.

— À t'entendre, on dirait un parent fier de ses rejetons.

— Oui, je suppose que je suis fier. »

Il luttait tellement contre ses émotions qu'il n'avait jamais appris à les décrire.

« C'est bien d'être fier, dit Hathaway, mais REACH a des investisseurs et doit penser à leurs attentes. Ce ne serait pas mal d'être à nouveau performants.

– Nous sommes plus que performants, Hathaway. » Dwight avait continué à l'appeler « Dr Hathaway » après qu'ils avaient tous deux quitté UCLA. Il n'avait pu se résoudre à l'appeler Richard, comme il le lui demandait. « Hathaway » avait été un compromis.

« Je parle de faire la première page du *Wall Street Journal*. Notre cours en Bourse est stable, tandis que d'autres progressent. »

Même enseignant, Hathaway n'avait jamais été le genre veste de tweed et chaussures pratiques. Il laissait clairement entendre à ses étudiants que la technologie pouvait non seulement aider les gens et changer le monde, mais aussi vous rendre riche. La première fois qu'une banque d'investissement leur avait remis un chèque à sept chiffres permettant à REACH de s'établir à Palo Alto, Hathaway était aussitôt allé chez le concessionnaire s'acheter une nouvelle Maserati.

« Tu n'es pas venu ici pour revivre les jours anciens », reprit Hathaway.

Dwight avait confiance en Hathaway. Ils avaient noué des liens particuliers dès le moment où Hathaway lui avait demandé, au milieu de la première année, de travailler dans son labo. Dwight avait toujours eu l'impression que son propre père essayait soit de le changer, soit de l'éviter. Hathaway, au contraire, avait les mêmes centres d'intérêt que lui et n'essayait jamais de lui demander d'être un autre que lui-même. Quand ils travaillaient ensemble, associant le talent de programmeur de Dwight et le don pour les affaires d'Hathaway, ils formaient un tandem idéal.

Alors pourquoi n'arrivait-il pas à dire à son ami et mentor de vingt ans qu'il piratait les e-mails de tous ceux qui pouvaient avoir eu un rapport avec le meurtre de Susan ?

Oh, il aurait tellement voulu pouvoir lui raconter ce qu'il avait appris. Par exemple, que la femme de Frank Parker, Talia, avait écrit à sa sœur qu'elle « interdisait absolument à Frank de prononcer le nom de cette fille ». Talia était-elle opposée à l'émission parce qu'elle soupçonnait son mari d'y être impliqué ?

Et il y avait l'e-mail de Madison Meyer à son agent, déclarant que si on la laissait à nouveau seule dans une pièce avec Frank Parker, elle était « sûre de décrocher un rôle qui signerait son vrai *come-back* ». Ce qui laissait entendre que Madison était en mesure de menacer Frank.

Et pourtant Dwight ne pouvait se résoudre à révéler à Hathaway ce qu'il traficotait. Il savait que celui-ci s'inquiéterait des implications pour la société si Dwight était pris en train de pirater des comptes de particuliers. Personne ne confierait plus d'informations à REACH. Leur cours à la Bourse s'effondrerait. Il fallait à tout prix cacher ce secret à son plus vieil ami.

Hathaway le regardait avec curiosité. « Que se passe-t-il, Dwight ?

— Je crois que j'ai oublié. Cette traversée du labyrinthe m'a donné le tournis. »

Il vit Hathaway sourire. L'explication avait marché.

« Ça m'arrive tout le temps, dit Hathaway. Mais puisque tu es là : je viens de recevoir un appel d'une certaine Laurie Moran. À propos d'une sorte d'émission spéciale ayant pour sujet Susan Dempsey. Il paraît que tu leur as donné mon nom. Je croyais que tout le monde savait plus ou moins que Frank Parker était l'auteur du crime, mais la police n'a jamais pu le prouver. »

Dwight avait envie de hurler : *Moi je le pourrais !* Au lieu de quoi, il dit simplement : « Je voudrais juste que les gens sachent que Susan était autre chose que ce qu'en a dit la presse. Ce n'était pas une de ces filles prêtes à tout pour devenir actrices. Elle était… vraiment exceptionnelle. » Sa voix s'étrangla comme celle d'un écolier. Quand il apparaîtrait à l'écran, tous ceux qui le verraient se rendraient-ils compte à quel point il avait été obsédé par sa condisciple ? « Et, disons-le, vous êtes meilleur que moi à la télévision.

— Tu es sûr que c'est une bonne idée ? Ils poseront des questions sur le laboratoire. Tu sais que je n'aime pas beaucoup qu'on évoque le lancement de la société. »

Depuis presque vingt ans que REACH avait été créé, il arrivait à Dwight de ne plus se souvenir d'où était venue l'idée, Hathaway, lui, ne l'oubliait jamais.

« Ce ne sera pas le sujet, insista Dwight. Ce n'est pas en explorant les systèmes de recherche sur le Web que la télévision fait de bons chiffres d'audience. Les gens veulent juste entendre parler de Susan.

– Très bien, dans ce cas. Si tu marches, je marche. »

En regagnant le labyrinthe multicolore de REACH, Dwight se sentit horriblement seul. Il ne se souvenait pas d'avoir jamais dissimulé une information à Hathaway. Mais il connaissait la raison qui l'avait empêché de confier son secret à son ex-professeur. Il ne voulait pas le décevoir.

Il devait en découvrir davantage. Je veux participer à cette émission, pensa-t-il, parce qu'elle me permettra d'approcher physiquement les autres protagonistes afin de cloner leurs téléphones et de découvrir qui a tué Susan. Décidément, non, il ne pouvait rien dire.

Il devait le faire. Pour Susan.

22

ANS LA CAMÉRA de recul sur le tableau de bord de sa Volvo, Rosemary Dempsey aurait heurté la poubelle pour papier recyclé replacée à la va-vite après le ramassage hebdomadaire.

Elle appréciait les nouvelles technologies qui amélioraient son quotidien, mais se demandait toujours ce que Susan et Jack en auraient pensé.

En passant en marche avant, elle aperçut Lydia, un tuyau à la main, qui arrosait ses hortensias. Elle portait des chaussures orange vif et des gants assortis, dont l'un s'agita dans sa direction. Rosemary lui rendit son salut qu'elle accompagna d'un petit coup de klaxon amical. Elle surveilla prudemment son compteur en descendant la rue. Connaissant Lydia, tout excès de vitesse aurait compromis leur amitié naissante.

Rosemary sourit en parcourant le dédale des rues de Castle Crossings, essayant d'imaginer Lydia Levitt quarante ans plus tôt, en pantalon pattes d'ef et chaussures à semelles compensées au lieu de sa tenue de jardinière.

Elle souriait toujours quand le GPS lui indiqua de tourner sur sa droite. L'estimation du temps de parcours par le système de navigation avait été presque parfait : quarante-deux minutes jusqu'à San Anselmo.

Dépassant des allées où s'alignaient des Porsche, des Mercedes, et même une Bentley, elle craignit que sa Volvo ne fût la voiture la moins reluisante du quartier. Elle aperçut un pick-up blanc cassé à quelques mètres de la maison de Nicole, devant une résidence gigantesque dont les multiples ailes débordaient presque sur la parcelle voisine, et conclut que le véhicule appartenait visiblement à un paysagiste.

Vous êtes arrivé à destination, annonça sa voiture.

Rosemary était déjà allée chez Nicole, mais elle resta un instant en admiration. Une maison Tudor de cinq chambres parfaitement restaurée à San Anselmo avec une vue panoramique sur Ross Valley. Certainement trop grande pour un couple sans enfants, mais elle savait que le mari de Nicole, Gavin, en avait les moyens et qu'en outre il travaillait souvent chez lui au lieu de se rendre dans le quartier des banques de San Francisco.

Les quarante minutes de trajet étaient un prix modique à payer pour annoncer en personne la nouvelle.

Nicole l'accueillit à l'entrée avant qu'elle ait pu sonner. Elle serra rapidement Rosemary dans ses bras avant de demander : « Tout va bien ? Vous étiez tellement mystérieuse au téléphone.

— Tout va parfaitement bien. Je ne voulais pas t'inquiéter. »

Le deuil de sa fille était encore si vif que Rosemary oubliait parfois que la disparition de Susan avait aussi affecté les autres. Quand on perdait sa meilleure amie à l'adolescence, peut-être passait-on le reste de sa vie sur le qui-vive.

« Ah, tant mieux, dit Nicole. Entrez. Vous voulez boire quelque chose ? »

La maison était silencieuse.

« Gavin est là ? demanda Rosemary.

– Non, il dîne avec des clients ce soir, il est resté au bureau, en ville. »

Rosemary avait grandi avec cinq frères et sœurs, et toujours souhaité élever une nombreuse famille. Mais il lui avait fallu attendre plus de dix ans pour fêter la naissance de sa fille.

Susan se liait facilement, attirait les enfants du voisinage et plus tard ses camarades de classe. Même quand elle était à l'université, la maison n'était pas silencieuse. Sa présence y bourdonnait encore – ses coups de téléphone, ses vêtements éparpillés un peu partout, ses CD qui retentissaient sur la chaîne stéréo dès que Rosemary allumait la lumière.

Rosemary n'avait jamais demandé à Nicole pourquoi Gavin et elle avaient fait le choix de vivre dans une maison aussi calme mais elle ne pouvait s'empêcher de le regretter pour eux.

Elle suivit Nicole dans un bureau tapissé de bibliothèques du sol au plafond. Un mur était occupé par des livres d'histoire et des ouvrages d'économie. L'autre était bourré de toutes sortes de romans – romans d'amour, de suspense, de science-fiction et de ce que certains qualifiaient de « romans littéraires ». Elle eut le cœur serré en se rappelant ce que lui avait dit Susan au téléphone deux jours après son arrivée à UCLA : « Tu adorerais la fille qui partage ma chambre. Elle a un goût incroyable pour les livres. » Les romans appartenaient sans doute à Nicole.

Quand elles furent assises, celle-ci lui jeta un coup d'œil interrogateur.

« Tu n'es donc pas encore au courant ? demanda Rosemary.

– Non, dit Nicole. Du moins je ne crois pas. Je ne sais pas de quoi vous parlez, et je vais finir par avoir une crise cardiaque si vous continuez.

– Ça y est. Laurie Moran m'a prévenue. La direction du studio a accepté que le meurtre de Susan soit le prochain sujet de *Suspicion*. Et tout le monde est engagé : toi, moi, Madison, Frank Parker et – tiens-toi bien – Keith Ratner. Elle a même trouvé des gens qui connaissaient des gens qui connaissaient Susan au laboratoire d'informatique.

Nicole prit les mains de Rosemary dans les siennes. « C'est une merveilleuse nouvelle, dit-elle.

– Oui, je le pense aussi. J'ai l'impression de t'avoir forcé la main, je voulais te remercier personnellement.

– Non, vous ne m'avez absolument pas forcée. Je suis vraiment ravie. »

Rosemary avait été en proie aux émotions les plus diverses depuis qu'elle avait ouvert la lettre de Laurie Moran, cependant la réaction de Nicole lui parut étrange.

« Laurie a dit qu'ils conduiraient des entretiens préliminaires avec chacun d'entre nous. Hors caméra, la plupart du temps. Pour entendre notre point de vue de manière à savoir quelles questions nous poser dès qu'on dira "action".

– OK, pas de problème. »

Était-ce un effet de son imagination, ou avait-elle vu le regard de Nicole se diriger vers l'escalier ? « Tu es contente, n'est-ce pas ? dit-elle. Tu sais, Madison et toi étiez les seules personnes avec lesquelles Susan a vécu en dehors de nous. Et, disons-le, Madison a toujours été une sorte de pièce rapportée. Que tu le veuilles ou non, tu as été presque une sœur pour Susan. »

La distance que Rosemary avait cru percevoir chez Nicole disparut tandis que ses yeux s'embuaient. « C'était réciproque. C'était mon amie et elle était... merveilleuse. Je vous le promets, Rosemary, je vais vous aider. Moi, vous, cette émission. S'il y a un moyen de découvrir ce qui est arrivé à Susan, nous le trouverons. »

Rosemary s'était mise à pleurer à son tour, mais elle souriait à travers ses larmes. « Nous allons montrer à Frank Parker et Keith Ratner ce que deux femmes déterminées peuvent faire. Car c'est nécessairement l'un ou l'autre, n'est-ce pas ? »

Quand Rosemary partit, Nicole l'accompagna jusqu'à la porte puis passa son bras autour de ses épaules en la reconduisant le long de l'allée en pente qui menait de la véranda jusqu'à la rue.

Rosemary s'arrêta pour embrasser du regard la vue stupéfiante de la vallée, une forêt verdoyante sur un fond de collines bleues. « Je ne sais pas si je te l'ai jamais dit, Nicole, mais je me suis inquiétée pour toi quand tu as décidé de quitter l'université. Je me suis demandé si tu n'étais pas, d'une certaine manière, victime à ton tour de ce qui était arrivé à Susan. Je suis vraiment heureuse que les choses aient bien tourné pour toi. »

Nicole l'étreignit chaleureusement en lui tapotant le dos. « Soyez prudente, n'est-ce pas ? De grandes choses nous attendent. »

Comme Rosemary s'installait au volant, bouclait sa ceinture et s'éloignait du trottoir, aucune des deux femmes ne vit l'individu qui les observait depuis un pick-up blanc cassé, garé deux maisons plus loin.

Il démarra à son tour et suivit Rosemary en direction du sud.

$\mathcal{S}$ERRANT LES MAINS, prodiguant salutations et bénédictions, Martin Collins se fraya un passage le long de l'allée de son église, idéalement située au cœur de South Los Angeles, tout près de l'I-110. Il avait prononcé un sermon émouvant devant une assistance de quatre mille fidèles debout, les mains dressées vers le ciel — et vers lui. La plupart avaient du mal à payer leur loyer ou manger tous les jours, mais il voyait les billets voler quand on passait les paniers dans les rangs.

L'époque où il recrutait de nouveaux membres dans des arrière-salles minables, des bars miteux ou chez des marchands de vélos et s'appliquait de manière opiniâtre à les convertir, à les réinventer, était un lointain souvenir.

Voir des milliers de fidèles transportés par chacune de ses paroles était enivrant, mais il jouissait encore davantage de ce moment — après les sermons, lorsque la foule se dissipait. C'était l'occasion de s'adresser en personne aux membres de l'Église qui lui étaient tellement attachés qu'ils étaient capables d'attendre parfois des heures pour lui serrer la main.

Il rebroussa chemin vers l'avant de l'église, gardant pour la fin une femme qui attendait sur le premier banc. Elle s'appelait Shelly. Elle était venue pour la première fois un an et demi plus tôt, après avoir trouvé un prospectus des Militants de Dieu à l'arrêt du bus. C'était une mère célibataire. Sa fille, Amanda, était assise à côté d'elle, une gamine de douze ans au teint délicat avec des yeux noisette au regard d'ange.

Martin tendit les bras vers Shelly. Elle se leva et s'accrocha à lui. « Merci encore pour vos paroles bénies, dit-elle. Et pour l'appartement, murmura-t-elle. Nous avons enfin un logement bien à nous. »

Martin écouta à peine les mots de Shelly. La petite Amanda levait vers lui un regard timide.

Martin avait trouvé le moyen de recueillir des fonds importants pour les Militants de Dieu. Parce qu'ils pratiquaient à présent une religion reconnue par le gouvernement, les dons étaient exemptés d'impôts. Et les billets qui sortaient des portefeuilles dans la ferveur suscitée par le prêche n'étaient rien comparés aux importantes donations. Martin maîtrisait à la perfection un discours vibrant qui mêlait religion et charité, une recette magique pour attirer des contributions philanthropiques représentant de grosses sommes en dollars. Il avait su rendre la religion attirante, même à Hollywood. Sans parler des subventions massives du gouvernement fédéral qu'il obtenait grâce à l'appui de quelques membres du Congrès qui lui étaient acquis.

L'argent permettait au groupe de financer la mission qui consistait à célébrer la bonté de Dieu en aidant les pauvres, y compris ceux des membres qui avaient besoin d'un filet de sécurité. Shelly avait de bonnes raisons de le remercier. Martin ne pouvait pas fournir un toit à tous ses fidèles dans le besoin – seulement à des cas particuliers, comme Shelly et Amanda.

« Toujours pas de contact avec votre sœur ? demanda Martin.

– Absolument aucun. »

Martin avait mis deux mois à convaincre Shelly que sa sœur – le dernier membre de sa famille biologique avec qui elle était restée en contact, celle qui lui disait qu'elle passait trop de temps dans sa nouvelle Église – l'empêchait d'avoir une relation personnelle avec Dieu.

« Et toi ? demanda-t-il à la petite Amanda. Tu aimes les jouets que nous t'avons envoyés ? »

L'enfant hocha timidement la tête, puis sourit. Oh, comme il aimait cette expression – pleine de confiance et de joie. « Tu veux bien m'embrasser, toi aussi ? » Un autre signe de tête, puis elle passa les bras autour de son cou. Elle était encore inquiète en sa présence. C'était normal. Ces choses-là prennent du temps. Maintenant que Shelly et elle étaient logées dans un appartement dont il payait le loyer, il allait passer plus de temps avec la mère et la fille.

Martin savait comment séduire. Il avait étudié la psychologie à l'université. Un des cours était consacré au syndrome des femmes battues : l'isolement, le pouvoir et la domination, la croyance que celui qui bat est tout-puissant et possède la connaissance.

Martin avait obtenu un A+ à la fin de ses études. Il n'avait pas besoin de livres ni des explications d'un expert. Il avait observé ces traits chez sa propre mère, incapable d'empêcher son père de les brutaliser... elle et le jeune Martin. Il avait compris les relations entre la peur et la dépendance, si bien qu'à l'âge de dix ans il s'était juré que plus vieux, ce serait lui qui dominerait. Et jamais l'inverse.

Un jour, alors qu'il zappait d'une chaîne à une autre au milieu de la nuit, il avait vu le pasteur d'une méga-Église à la télévision. Un numéro vert défilait en bas de l'écran pour recueillir des dons. Le principe était simple : ignorez le Seigneur et vous irez en enfer, ou écoutez – et donnez de l'argent – à l'homme sympathique de la télévision et vous gagnerez une place auprès de Dieu. Le b.a.ba du pouvoir.

Il se mit à regarder ce prédicateur tous les soirs, s'entraînant à reproduire les mots et leur cadence. Il se renseigna sur la fiscalité applicable aux Églises. Sur les subventions confessionnelles qui leur permettaient d'obtenir de l'argent du gouvernement en mettant en œuvre des actions caritatives. Il se fit blanchir les dents et imprima des brochures sur papier glacé promettant aux gens qu'ils se rapprocheraient de Dieu en aidant les pauvres.

Le seul problème, c'était la police. Ils n'avaient aucune preuve pour le moment, mais les penchants de Martin avaient retenu l'attention des représentants de la loi du Nebraska, et il était fatigué de les voir ralentir quand ils passaient devant sa maison ou le voyaient près d'une aire de jeux. Il était parti en Californie du Sud à la recherche du soleil, de l'argent et de gens désireux de se sentir bien. Les Militants de Dieu étaient nés.

Restait que c'était sous son propre toit qu'il avait acquis les clés de son pouvoir.

Ingrédient numéro un : la peur. Sur ce point, pas de problème. Martin n'avait pas besoin de faire de mal à qui que ce soit. Une Église indépendante des grandes confessions mais ardemment religieuse comme les Militants de Dieu attirait des fidèles qui avaient peur du monde qui les entourait. Ils cherchaient des réponses faciles, et il était prêt à les leur fournir.

Numéro deux : pouvoir et domination. Martin était le Militant de Dieu « suprême », la voix de Dieu sur terre. En bref, il était leur dieu. Quand il parlait, ils écoutaient. Cet aspect de l'Église avait valu aux MD leur content de détracteurs, mais Martin n'avait pas besoin que le monde entier croie en lui. L'Église comptait déjà seize mille membres et il collectait plus de quatre cents dollars par fidèle et par an. L'arithmétique fonctionnait.

Numéro trois : l'isolement. Pas d'amis, pas de membres de la famille, rien ni personne pouvant contrecarrer l'emprise des MD. Au départ, cela avait été son plus grand défi, et il avait appris sa leçon avec Nicole. À présent, il était plus sélectif, forçant les membres de l'Église à mériter leur accession au premier cercle des MD au bout de plusieurs années de loyauté. Tant qu'ils n'en savaient pas trop sur les finances des MD, Martin pouvait se permettre de laisser les gens partir.

Son portable sonnait dans sa poche de poitrine. Il le prit et regarda l'écran. C'était Steve qui lui faisait son rapport depuis le Nord.

« Je dois prendre cet appel, dit-il à Shelly. Mais je passerai vous voir demain.

– Cela me fera plaisir », dit-elle en le serrant contre elle.

Martin tapota la tête de la petite Amanda. Ses cheveux étaient doux et chauds. S'il choisissait bien son heure le lendemain, elle serait de retour de l'école avant que Shelly quitte le poste de gardienne qu'il lui avait trouvé dans un immeuble de bureaux.

Il répondit en se dirigeant vers la sortie. « Oui.

– Nicole a reçu aujourd'hui une visite, la première depuis que je la surveille. Une femme, dans les soixante-dix ans au volant d'une Volvo. Je l'ai filée jusqu'à un endroit appelé Castle Crossings, près d'Oakland. Plutôt chic. C'est peut-être sa mère ?

– Non, elle est morte à Irvine il y a plusieurs années. » Martin franchit une porte coupe-feu et gagna la cage d'escalier pour ne pas être entendu. « Vous avez un nom ?

« – Pas encore. C'est une résidence sécurisée. Pas d'inquiétude – Keepsafe a une quantité d'alarmes installées là-dedans, et je pourrai entrer. Je connais la voiture et le numéro d'immatriculation. Je repérerai sa maison demain et trouverai son identité. »

Martin songeait parfois qu'il lui serait facile de recueillir des informations malveillantes sur ses ennemis potentiels s'il avait un policier ou deux dans son premier cercle. À partir d'un numéro de plaque, un flic pourrait obtenir toutes les informations en quelques secondes. Mais les flics n'avaient pas un cerveau programmé pour succomber à la formule de Martin. Il avait envisagé d'engager quelqu'un qu'il appointerait personnellement, mais il s'était dit que tout flic qui se laisserait acheter serait prêt à le trahir à tout instant.

Dès que le tournage de *Suspicion* aurait débuté, Martin pourrait compter sur Keith Ratner pour découvrir, si c'était le cas, ce que Nicole s'apprêtait à dire sur les Militants de Dieu. Jusque-là, il ne pouvait qu'attendre et recueillir les bribes d'informations que Steve pourrait réunir.

« Très bien, dit-il. Merci, Steve. »

Une fois que ce dernier eut raccroché, Martin jeta son téléphone si violemment que le bruit de l'écran qui se brisait retentit dans la cage d'escalier vide.

24

Q UAND LAURIE ouvrit les yeux le lendemain matin, elle mit un instant à réaliser qu'elle était de retour dans son propre lit, et non dans un avion ou sur le canapé de son bureau. Le réveil numérique indiquait 5 : 58. Elle se réveillait rarement avant la sonnerie de l'alarme. C'est vrai qu'elle s'était écroulée la veille à vingt heures trente.

En désactivant l'alarme, elle entendit un cliquetis de vaisselle dans la cuisine. Comme toujours, Timmy était déjà réveillé. C'était le portrait craché de son père, debout à l'aube. Elle sentit l'odeur des toasts. Elle s'étonnait toujours que son petit bonhomme soit capable de préparer seul son petit-déjeuner.

Un rai de lumière perça l'obscurité de sa chambre, et elle vit Timmy en contre-jour dans l'embrasure de la porte, portant un plateau. « Maman, chuchota-t-il, tu es réveillée ?

– Tout à fait. »

Elle alluma la lampe de chevet.

« Regarde ce que je t'apporte. »

Il s'avança lentement, le regard fixé sur le verre plein de jus d'orange, et posa doucement le plateau sur le lit. Les toasts étaient bien grillés, juste comme elle les aimait, déjà tartinés de beurre et de confiture de fraises. Le plateau était l'un des deux que lui avait offerts Greg pour leur cinquième anniversaire de mariage – en bois, selon la tradition. Ils n'avaient jamais eu l'occasion de les utiliser ensemble.

Elle tapota la place vide dans le lit à côté d'elle, et Timmy vint s'y glisser. « Qu'ai-je fait pour mériter de prendre mon petit-déjeuner au lit ?

– J'ai vu que tu tombais de sommeil hier soir. Tu dormais debout quand tu es venue me border.

– Je ne peux pas te cacher grand-chose, hein ? »

Elle croqua dans un toast et il rit en la voyant rattraper une goutte de confiture avec sa langue.

« Maman ?

– Hummm ?

– Est-ce que tu iras encore en Californie pour ton travail ? »

Le cœur de Laurie se serra. Le premier tournage de la série *Suspicion* s'était déroulé dans le Westchester County. Elle était rentrée chez elle tous les soirs. Mais les émissions devaient se situer chaque fois dans des lieux différents. Elle n'avait même pas pensé à l'expliquer à son fils qui redoutait déjà de la voir partir en voyage.

Elle reposa le toast sur son assiette et attira Timmy contre elle. « Tu sais que mon émission essaye d'aider des gens qui ont perdu des êtres chers, comme nous avons perdu ton papa, n'est-ce pas ? »

Il hocha la tête. « Pour que des méchants comme Z'Yeux Bleus soient pris. Comme ce que faisait grand-père dans la police.

— Eh bien, je ne suis pas aussi héroïque, mais nous faisons de notre mieux. Cette fois, nous aidons une femme qui habite en Californie. Quelqu'un lui a pris sa fille, Susan, il y a vingt ans. Susan est le sujet de notre prochaine émission. Et donc, il faudra que j'aille en Californie pendant quelque temps.

— Vingt ans, c'est beaucoup d'années. Deux fois plus que moi. » Il fixait ses doigts de pieds, qu'il remuait sous les draps.

« Grand-père va habiter ici avec toi.

— Sauf que grand-père a dit que tu ne pouvais même pas appeler l'autre soir à cause du décalage horaire. Et quand tu es rentrée à la maison, tu avais tellement sommeil que tu as failli t'endormir pendant le dîner. »

Elle avait passé toutes ces années depuis la mort de Greg à craindre pour leur sécurité, convaincue que Les Yeux Bleus mettrait sa menace à exécution. L'anxiété qu'éprouvait son fils en la voyant s'éloigner pour raisons professionnelles ne lui était même pas venue à l'esprit. Elle avait vécu si longtemps avec son image de veuve guerrière qu'elle n'avait jamais développé la culpabilité de la mère seule débordée par son travail. Elle sentit les larmes lui monter aux yeux, mais les refoula pour les lui cacher.

« Je m'occupe toujours bien de nous, non ?

— Toi, grand-père et moi. Chacun de nous s'occupe de l'autre, répondit Timmy d'un ton désinvolte.

— Alors, fais-moi confiance. Je vais trouver une solution. Je peux travailler et être ta maman en même temps, d'accord ? Et tu passeras toujours en premier. Quoi qu'il arrive. » Cette fois, elle ne put retenir ses larmes. Elle rit et l'embrassa. « Tu vois ce qui arrive quand mon gentil garçon me sert mon petit-déjeuner au lit. Je deviens idiote. »

Il rit et lui tendit le verre de jus d'orange. « Il faut que j'aille me laver les dents, annonça-t-il. Je ne veux pas être en retard. » Il était comme elle.

Tous les éléments de l'Affaire Cendrillon étaient en place et elle ne pouvait s'empêcher de penser à la remarque de son père la prévenant qu'elle allait se trouver en compagnie d'un assassin. Un frisson la traversa. La culpabilité de la mère active était le moindre de ses soucis.

25

LE MAÎTRE D'HÔTEL du Bernardin accueillit Laurie par une poignée de main chaleureuse.

« Madame Moran. J'ai vu votre nom dans le registre. Quel plaisir de vous revoir ici. »

À une époque, elle y venait chaque semaine avec Greg et ils prenaient une baby-sitter pour aller dîner en amoureux. Maintenant qu'elle était seule à faire bouillir la marmite et ne dînait plus guère en tête à tête qu'avec un écolier de CM1, la famille Moran avait tendance à opter pour un hamburger ou une pizza plutôt qu'un repas gastronomique dans un trois-étoiles Michelin.

Mais si Laurie s'offrait ce luxe ce jour-là, c'était pour célébrer le fait que Brett Young avait officiellement donné son feu vert pour l'émission. Et Grace et Jerry étaient ses invités d'honneur.

« Vous serez trois, aujourd'hui ? s'assura le maître d'hôtel.

– Oui, merci.

– Et moi qui espérais voir le charmant Alex Buckley, soupira Grace. Jerry m'a dit qu'il avait accepté de présenter l'Affaire Cendrillon.

– Oui, mais on sera juste tous les trois pour le déjeuner, j'en ai bien peur. »

Avec sa coupe impeccable et son unique costume bleu nuit, Jerry se fondait parfaitement dans le cadre élégant du restaurant. Mais en s'asseyant, Laurie remarqua que la cliente de la table voisine lorgnait Grace d'un œil réprobateur. Que ce soit les cheveux crêpés, le maquillage excessif, les deux kilos de bijoux fantaisie, la minijupe ultracourte ou les talons de douze centimètres qui la dérangeaient, peu importait. Laurie fut agacée. Elle dévisagea la dame jusqu'à ce que celle-ci détourne les yeux.

« De toute façon, la taquina Laurie, tu ne trouves pas qu'Alex est un peu vieux pour toi, Grace ? Il a au moins douze ans de plus que toi.

— Tout ce que je peux dire, répondit Grace, c'est qu'il est de plus en plus beau chaque année. »

Jerry secoua la tête en souriant, habitué à entendre Grace délirer sur les hommes.

« C'est bien joli d'être sous le charme du présentateur, mais on a d'autres chats à fouetter. Je sais que c'est toi qui décides, Laurie, mais je vois mal comment on va pouvoir faire sans arrêt des allers-retours en Californie. »

Elle repensa aux grands yeux écarquillés de Timmy lui demandant le matin même si elle irait souvent en Californie. À présent qu'elle avait convaincu Brett Young d'accepter le projet, elle ne pouvait pas faire machine arrière.

« Je suis bien d'accord, dit-elle. Si tu trouves le moyen de produire toute l'émission de New York, je te vouerai une reconnaissance éternelle. »

Grace manifesta son opinion en soupirant.

« Tss tss. Le soleil. L'océan. Hollywood. N'hésitez pas à m'envoyer là-bas, surtout. Pour n'importe quel travail.

— J'ai commencé à dresser la liste de ce qu'on avait à faire. »

Laurie n'avait jamais rencontré quelqu'un d'aussi organisé que Jerry. La clé du succès, aimait-il à dire, c'était d'établir un plan de travail et de s'y tenir.

« On peut engager une actrice qui ressemble à Susan pour reconstituer la traque dans Hollywood Hills – en floutant la scène, probablement.

– Dans ce cas, il faudra se limiter à ce dont on est certains, éviter les opinions personnelles et les extrapolations.

– Bien sûr, dit Jerry. Par exemple, il est évident qu'on ne va pas montrer l'actrice qui s'enfuit en courant de chez Frank Parker. Mais on sait qu'elle a été retrouvée étranglée dans Laurel Canyon Park. Et en se basant sur la découverte de l'escarpin manquant, les égratignures qu'elle avait au pied et les traces d'herbe piétinée qui menaient à son corps, la police a estimé que le tueur l'avait poursuivie sur la route qui mène à l'entrée puis à l'intérieur du parc. Je me disais qu'on pourrait reconstituer ce moment-là, sa fuite, depuis le panneau du parc jusqu'à l'endroit où son corps a été découvert. »

Laurie acquiesça d'un signe de tête.

« La vraie question, dit Grace, est de savoir comment elle est arrivée sur cette route. Sa voiture était garée sur le campus.

– On mettra l'accent là-dessus aussi, dit Jerry. Les photos de l'enquête devraient suffire, je pense. Et j'ai déjà prévu un médecin légiste pour parler des résultats d'autopsie.

Une certaine Janice Lane, de la faculté de médecine de Stanford. C'est une experte qui a souvent témoigné et elle passe bien à l'image.

— Parfait, dit Laurie. Préviens-la que nous voulons à tout prix éviter les détails scabreux. Inutile d'infliger à la mère de Susan Dempsey des descriptions horribles de la mort de sa fille sur une chaîne nationale. Le Dr Lane aura essentiellement pour rôle d'analyser la chronologie des faits. C'est l'estimation de l'heure de la mort qui a aidé Frank Parker à établir son alibi. »

Jerry se lança dans des explications :

« À partir de la température, de la lividité et de la rigidité cadavériques…

— J'en connais un qui est allé rafraîchir ses connaissances scientifiques, dit Grace.

— Crois-moi, répondit-il, c'est grâce au Dr Lane. Avec elle, ça paraît simple comme tout. Toujours est-il qu'en se basant sur les données scientifiques, le légiste chargé de l'enquête a estimé que Susan avait été tuée entre dix-neuf heures et vingt-trois heures le samedi soir. Elle était censée arriver chez Frank Parker à dix-neuf heures trente. En voyant qu'elle n'était toujours pas là à dix-neuf heures quarante-cinq, il a appelé Madison Meyer, qui a sauté dans sa voiture et qui est arrivée chez lui vers vingt heures trente. D'après Parker et Meyer, elle est restée jusqu'à minuit environ.

– Qu'est-ce qu'ils ont fait pendant tout ce temps ? » demanda Grace. À la voir hausser les sourcils, elle avait manifestement sa petite idée.

« À mon avis, ça ne nous regarde pas, répondit Jerry. À moins qu'il y ait un lien avec la mort de Susan Dempsey.

– Tu n'es pas drôle. »

Laurie leur fit signe d'arrêter.

« Concentrez-vous sur les faits. Si l'on en croit Frank et Madison, il a décidé de l'engager en moins d'une heure. Il était tellement enthousiaste qu'il voulait lui montrer le court-métrage qui était à l'origine de *Beauty Land* et discuter un peu plus du projet. Comme il n'avait pas encore dîné, il a passé une commande par téléphone ; c'est corroboré par un bon de livraison de pizza à vingt et une heures trente. »

Grace murmura un merci au serveur qui remplissait son verre d'eau.

« Mais si Susan est morte entre dix-neuf heures et vingt-trois heures, et si Madison n'est arrivée chez lui qu'à vingt heures trente, l'alibi ne tient pas totalement la route. Où était-il entre dix-neuf heures et vingt heures trente ?

– Oui, mais il faut prendre en compte tous les éléments, lui rappela Jerry. Susan devait arriver chez Frank à dix-neuf heures trente. L'idée, c'est que Frank n'aurait jamais pu pourchasser Susan, la tuer, ramener la voiture de Susan sur le campus de UCLA et rentrer chez lui, et tout ça avant l'arrivée de Madison, une heure après. Sans parler de sa tentative pour joindre Susan sur son portable, puis de son coup de téléphone à Madison à la résidence. Si Madison dit la vérité, Frank est hors de cause.

— Il n'empêche que cet alibi me semble louche, dit Laurie : on a du mal à croire que Frank ait pu contacter une autre actrice un quart d'heure seulement après l'heure du rendez-vous fixé avec Susan et qu'elle ait aussitôt sauté dans sa voiture.

— Si, justement, objecta Jerry, c'est cohérent quand on sait à quel point Frank Parker est obsédé par la ponctualité. Il lui est arrivé de virer des gens sous prétexte qu'ils avaient cinq minutes de retard. Et on a vu que Madison est obsédée par la célébrité. Si on lui agitait un film sous le nez, elle rappliquerait ventre à terre. »

Grace n'était pas vraiment emballée par sa théorie.

« Mais vous avez bien vu qu'elle s'est mis du rouge à lèvres juste pour aller répondre à la porte de sa vieille bicoque. À mon avis, elle a dû passer un sacré moment à se pomponner pour aller voir Frank Parker.

— Vous voyez ? dit Laurie. C'est précisément le type de détails qu'il faut clarifier lors du premier entretien. Au départ, on va les voir pour qu'ils nous resservent gentiment la version qu'ils ont donnée à l'époque. Et essaie de repérer des incohérences.

— Et Alex, quand est-ce qu'il entre en scène ?

— Décidément, c'est une obsession aujourd'hui, dit Laurie. Le budget approuvé par Brett Young couvre les

149

premiers entretiens avec tous les protagonistes, suivis de ce qu'on appellera notre réunion au sommet : en fait les seconds entretiens, tournés au même endroit. C'est là qu'Alex interviendra pour poser les questions qui fâchent, une fois qu'on aura défriché le terrain.

— Pour cette partie-là, dit Jerry, je me disais qu'on pourrait louer une maison à côté du campus, avec suffisamment de place pour loger toute l'équipe de production. Ça nous permettrait d'économiser sur le logement, et après, on l'utiliserait pour tourner les interviews avec Alex. »

Laurie n'était pas sûre d'avoir envie de se retrouver sous le même toit que tous ses collègues, mais d'un point de vue strictement financier, la logique de Jerry était imparable.

« Ça me semble être une bonne idée, dit-elle. Quoi qu'il en soit, nous avons déjà bien mérité le délicieux déjeuner qui nous attend. »

Laurie hochait poliment la tête en écoutant d'une oreille le serveur réciter de mémoire les descriptions alambiquées des plats, mais en réalité les idées se bousculaient dans sa tête et elle mesurait l'ampleur de la tâche qui les attendait. Elle avait promis à Brett Young une émission d'une qualité exceptionnelle. Et le matin même, elle avait donné sa parole à son fils de neuf ans qu'elle y parviendrait en se consacrant pleinement à son rôle de mère.

Comment pourrait-elle tenir ces deux promesses à la fois ?

26

LYDIA LEVITT était assise en tailleur dans le canapé de son salon, son ordinateur portable posé entre les genoux. Elle rajouta une dernière virgule, puis relut la critique du Rustic Tavern, le restaurant où elles avaient choisi de déjeuner la veille avec Rosemary, avant de la poster sur Internet. Elle effaça ladite virgule pour la remplacer par un point d'exclamation. *Je reviendrai certainement – cinq étoiles !* Satisfaite, elle appuya sur ENTRÉE.

Le site la remercia pour sa critique. C'était la soixante-dix-huitième qu'elle postait. Lydia estimait qu'il était important de donner son avis, qu'il soit positif ou non. Comment sauraient-ils autrement ce qu'appréciaient les consommateurs et ce qu'ils pouvaient faire pour s'améliorer ? Sans compter que ça l'occupait de rédiger ces critiques. Lydia détestait ne rien faire.

Le repas avait été délicieux et la terrasse magnifique, mais si elle avait passé un si bon moment la veille, ce n'était pas la seule raison. Elle était ravie de s'être fait une nouvelle amie en la personne de Rosemary Dempsey. Lydia habitait à Castle Crossings depuis douze ans, mais elle avait toujours été plus âgée que tous ses voisins.

Ce type de quartier résidentiel attirait surtout les jeunes couples qui souhaitaient un cadre protégé et sans surprise pour élever leurs enfants.

Pour lui tenir compagnie, elle n'avait guère que ceux qui se surnommaient eux-mêmes les « grands-parents de Castle Crossings », les parents des jeunes couples, qui vivaient non loin de là pour les aider à s'occuper des enfants et pour mieux assumer leur rôle.

Mais c'était la première fois que Lydia rencontrait quelqu'un comme Rosemary à Castle Crossings. Elle la trouvait audacieuse. Intéressante. Et peut-être était-ce le deuil terrible qui l'avait frappée, mais elle avait aussi un côté tourmenté.

Cependant, Lydia avait bien vu que Rosemary était sidérée quand elle lui avait parlé de sa jeunesse déchaînée au début des années soixante-dix. Si le déjeuner n'avait pas été interrompu par l'appel que Rosemary avait reçu de la productrice de télévision, Lydia aurait peut-être trouvé le moyen de lui expliquer le rapport entre ce pan de sa vie et son rôle actuel de maniaque du règlement de Castle Crossings. Lydia avait vu ce que cela donnait quand les gens n'en faisaient qu'à leur tête, envers et contre tout. Elle avait vu nombre de ses amis mourir d'overdose, sombrer dans l'alcoolisme, être rejetés par les leurs et finir le cœur brisé, car ce que les uns appellent tolérance est pour les autres la définition même de la trahison. Aussi avait-elle compris l'intérêt de se conformer aux règles.

Lydia posa son ordinateur portable sur la table basse, alla à la fenêtre et écarta les rideaux de lin gris du bout des doigts. L'allée de Rosemary était déserte. Et zut. Elle espérait qu'elle viendrait de nouveau lui rendre visite.

Elle s'apprêtait à laisser retomber les rideaux quand elle remarqua un pick-up blanc cassé garé devant chez les voisins de Rosemary. Le conducteur en descendit, vêtu d'un pantalon cargo et d'un coupe-vent noir. Environ quarante ans, le crâne rasé, mince et baraqué comme un boxeur.

Il se dirigeait vers la maison de Rosemary.

Lydia lâcha le rideau en ménageant une minuscule fente pour jeter un œil dehors. Don la taquinait toujours dans ces cas-là. Ils savaient que tout le monde l'appelait « la fouineuse ».

« Que veux-tu que je fasse toute la journée ? lui demandait-elle. Je m'ennuie à mourir. » Comme les critiques de restaurant qu'elle postait sur Internet, espionner les gens de Castle Crossings était une manière d'occuper son temps. Elle prenait un réel plaisir à s'inspirer des banales allées et venues de ces impasses tranquilles pour inventer les histoires les plus folles. Dans l'univers parallèle qu'elle avait inventé, la bande de jeunes avec lesquels Trevor Wolf traînait après les cours projetait des braquages de banques en série. M. et Mme Miller fabriquaient de la méthamphétamine dans leur sous-sol. Le nouveau chien abandonné qu'Ally Simpson avait recueilli était en réalité un chien renifleur de drogue qui avait été infiltré pour dévoiler les activités criminelles des Miller. Quant aux liaisons, naturellement, il y en avait à tous les coins de rue.

« Tu as une imagination incroyable, lui disait toujours Don. Tu devrais écrire un roman policier un de ces jours. »

En tout cas, Don était à son club de gym, ce n'était pas aujourd'hui qu'il la surprendrait à espionner.

Elle observa l'homme du pick-up, qui commença par frapper chez Rosemary avant de se pencher pour regarder par la fenêtre à l'intérieur de son salon. En le voyant repartir, elle pensa qu'il s'apprêtait à regagner sa voiture. Mais il fit volte-face et bifurqua à gauche pour faire le tour de la maison.

Voilà qui était intéressant. Elle commença à échafauder des explications : un cambrioleur qui avait réussi à échapper à la vigilance du gardien à l'entrée ; un membre de l'équipe de l'émission de télévision dont Rosemary lui avait parlé la veille ; un adepte d'une nouvelle religion venu faire du porte-à-porte chez sa voisine.

Mais bien sûr ! Sa paroisse ! Elle se rappelait que Rosemary lui avait parlé d'une brocante qui devait se tenir à Saint-Patrick. Elle lui avait dit qu'elle était contente de ne pas avoir à coltiner elle-même à l'église les choses qu'elle donnait. Un bénévole était censé passer les chercher. Le pick-up était le véhicule idéal pour ça. Peut-être Rosemary avait-elle convenu qu'en cas d'absence, elle laisserait les dons à l'arrière de la maison.

Lydia décrocha une veste en polaire du portemanteau de l'entrée. Elle pouvait l'aider à charger la camionnette, ou au moins le saluer de la part de Rosemary.

Elle traversa la rue et emprunta le même chemin que l'homme, en contournant la maison de Rosemary pour rejoindre le jardin. Elle l'aperçut qui essayait en vain de faire coulisser la baie vitrée et se rappela que le jour où elle avait aidé Rosemary à porter ses courses, la semaine précédente, elle l'avait vue déverrouiller sa porte d'entrée.

« Je lui ai dit que c'était vraiment inutile de tout fermer à clé, lança Lydia. C'est surtout pour ça que la plupart des gens habitent ici. »

L'homme se retourna, le visage inexpressif.

« Je m'appelle Lydia, dit-elle en s'avançant avec un petit signe de la main. La voisine d'en face. Vous êtes de la paroisse de Rosemary ? »

Toujours aucune expression. Et pas de réponse. Peut-être était-il sourd ?

Elle s'approcha encore et remarqua qu'il portait des gants noirs. Il ne lui semblait pas qu'il faisait si froid, mais elle avait tendance à avoir plus chaud que les autres. Il finit par ouvrir la bouche et ne prononça que deux mots :

« La paroisse ?

— Oui, je croyais que vous étiez de Saint-Patrick. Pour la brocante. Elle vous a dit où elle a laissé tout ce qu'elle donnait ? J'ai cru comprendre qu'il y en avait un paquet.

— Un paquet de quoi ? » demanda-t-il.

Quand elle fut près de lui, elle remarqua le logo sur son coupe-vent.

« Ah, vous êtes de Keepsafe ? » Elle connaissait l'entreprise pour en avoir entendu parler à l'époque où Don travaillait dans le domaine de la sécurité. C'était un des plus grands fournisseurs de systèmes d'alarme de maison du pays.

En entendant ce nom, l'homme parut émerger de sa torpeur. Le sourire qu'il esquissa était encore plus étrange que le regard inexpressif qu'il avait eu jusqu'alors.

« Oui, je suis de Keepsafe. L'alarme de votre voisine a transmis une alerte à notre centre de surveillance. Elle ne l'a pas désactivée et n'a pas répondu quand on l'a appelée. On fait automatiquement une visite du domicile, dans ces cas-là. Ce n'est sans doute qu'une erreur – un chien qui a renversé un vase, sûrement.

– Rosemary n'a pas de chien. »

Encore ce drôle de sourire.

« Ce n'était qu'un exemple, dit-il. Ça arrive tout le temps. Il n'y a pas de quoi s'inquiéter.

– Vous êtes sûr d'avoir frappé à la bonne porte ? Rosemary n'a pas de système d'alarme. »

C'était le genre de détail que Lydia aurait aussitôt remarqué quand elle était entrée chez Rosemary.

L'homme ne répondit pas, mais le sourire était toujours là. Pour la première fois de sa vie, Lydia fut convaincue que le danger qu'elle percevait était tout sauf imaginaire.

27

PRÈS LEUR RITUELLE PARTIE de Cluedo du soir et un dernier en-cas de quartiers de pomme tartinés de beurre de cacahuètes, Laurie alla coucher Timmy. Elle entendit de l'eau couler et de la vaisselle s'entrechoquer dans la cuisine.

Elle trouva son père en train de charger le lave-vaisselle.

« Ne te donne pas cette peine, papa. Tu en fais déjà tellement pour Timmy quand je suis au bureau.

— De mon temps, ça prenait une bonne heure de tout nettoyer après le dîner. Je suis encore capable de jeter des barquettes de plats à emporter et de mettre quelques assiettes dans une machine. Tu es tellement débordée de travail. »

Elle prit une éponge sur le rebord de l'évier et commença à essuyer les plans de travail en granite.

« Malheureusement, je n'ai même pas encore fini pour aujourd'hui.

— Il est vingt et une heures, Laurie. Tu vas t'épuiser à la tâche.

— Ne t'en fais pas pour moi, papa. Juste un dernier coup de fil à passer. »

Ça allait être un cauchemar de tourner l'émission en Californie, l'avantage, c'était qu'avec le décalage horaire, elle pouvait contacter la côte Ouest bien après l'heure à laquelle les gens normaux s'arrêtaient de travailler.

« Jerry s'occupe d'organiser les interviews avec les autres participants. Mais c'est à moi d'appeler la mère de Susan. »

Rosemary Dempsey décrocha au bout de deux sonneries.

« Madame Moran ?

– Bonjour. Et appelez-moi Laurie, je vous en prie. Je vous téléphone pour confirmer quelques dates. Nous aimerions venir la semaine prochaine pour vous voir en tête à tête. Et la semaine suivante, nous voudrions que chacun des participants rencontre Alex Buckley. Ça se passera en Californie du Sud. Ce serait possible pour vous ?

– Euh, oui. Comme vous voulez. »

La voix de Rosemary paraissait différente, plus étouffée, hésitante.

« Tout va bien ? demanda Laurie. Si vous avez des doutes...

– Non, pas du tout. C'est juste que... »

Laurie crut l'entendre renifler à l'autre bout du fil.

« Je crains de vous avoir dérangée à un mauvais moment. Ça peut attendre demain. »

Rosemary s'éclaircit la voix :

« Non, on peut en parler maintenant. Ça me changera les idées. Il s'est passé quelque chose d'affreux ici. Une de mes voisines a été assassinée. La police pense qu'elle a été battue à mort. »

Laurie ne sut quoi dire.

« Oh, mon Dieu. C'est horrible. Je suis vraiment navrée, Rosemary. »

Elle se rendait compte que ses paroles étaient aussi vaines que tout ce qu'elle avait pu entendre quand les gens avaient appris la mort de Greg.

« Elle s'appelait Lydia. Elle était très gentille. C'était… c'était une amie. Et on l'a retrouvée dans mon jardin.

— Dans *votre* jardin ?

— Oui. Je ne sais pas ce qu'elle pouvait bien faire là. Selon la police, il est possible qu'elle ait surpris un cambrioleur qui essayait de pénétrer chez moi.

— C'est absolument terrifiant. C'est arrivé aujourd'hui ?

— Il y a quelques heures, confirma Rosemary. Les policiers viennent seulement de m'autoriser à rentrer chez moi, mais mon jardin est encore interdit d'accès.

— Si je comprends bien, ça s'est passé en plein jour ? »

Exactement comme Greg, ne put-elle s'empêcher de penser.

« Tout le quartier est sous le choc. Ce genre de chose n'arrive jamais par ici. Alors, pour être franche, je serai contente de m'éloigner de la maison pour l'émission. »

Elles fixèrent rapidement une journée entière pour tourner dans la baie de San Francisco et Rosemary dégagea les trois jours prévus pour la grande réunion en Californie du Sud. Laurie promit de la rappeler pour lui dire où devait se dérouler cette rencontre dès que Jerry aurait trouvé une maison à louer pour ce qu'ils appelaient la « réunion au sommet ».

« Encore une fois, je suis désolée pour votre amie, lui redit Laurie avant de lui souhaiter une bonne soirée.

Quand elle raccrocha, son père hésitait dans l'embrasure de la porte.

« Il s'est passé quelque chose de grave ? demanda-t-il.

– Plutôt, oui. Une des amies de Rosemary, une de ses voisines, a été assassinée dans son jardin à elle. La police pense qu'elle a peut-être surpris un cambrioleur.

– La maison de Rosemary a été visitée ? Il y a des choses qui ont disparu ?

– Je ne sais pas, répondit Laurie. La police vient seulement de l'autoriser à rentrer chez elle. Manifestement, elle a été très ébranlée. »

Son père jouait avec ses mains, le pouce contre l'index, comme toujours quand il était préoccupé.

« Quelqu'un essaie de pénétrer par effraction chez elle et tue sa voisine alors même que tu t'intéresses au meurtre de sa fille ?

– C'est un peu tiré par les cheveux, papa. Tu sais mieux que personne que des braves gens se font agresser pour toutes sortes de raisons absurdes que seul un psychopathe peut comprendre. Et la victime n'est pas Rosemary Dempsey, mais une de ses voisines. Ce n'est même pas dans le quartier où Susan a grandi. Il n'y a aucun lien.

– Je n'aime pas les coïncidences.

– Ne t'inquiète pas, surtout. D'accord ? »

160

Elle le raccompagna jusqu'à la porte tandis qu'il enfilait son manteau. Avant de partir, il la prit dans ses bras et l'embrassa, mais quand il se dirigea vers l'ascenseur, elle s'aperçut qu'il continuait à se triturer les mains, plongé dans ses pensées.

28

EN REGAGNANT À PIED son appartement, situé à deux pas de chez Laurie, Leo ne cessa de se faire du mauvais sang. D'abord, il vit une femme penchée par la portière ouverte d'une Mercedes – dos au trottoir, les clés suspendues à la serrure côté conducteur, occupée à chercher quelque chose sur le siège passager. Il suffisait d'une bousculade, un grand coup dans l'épaule, pour qu'un voleur démarre au volant de sa voiture sans même lui laisser le temps d'appeler au secours. Six mètres plus loin, un vieux relevé de compte apparaissait distinctement à travers le plastique mince d'un sac-poubelle posé au bord du trottoir. Avec un peu d'habileté, un usurpateur d'identité pouvait vider le compte en banque dans la nuit.

Puis, au pied de son immeuble, il y avait ce jeune homme qui ramassait des comprimés éparpillés par terre pour les mettre dans un flacon de médicaments. Il devait avoir vingt-cinq ans. À l'arrière de son crâne rasé, un tatouage proclamait « Intrépide ».

N'importe qui d'autre se serait dit qu'il les avait fait tomber par maladresse, mais pas Leo. Il aurait parié le contenu de son portefeuille que les comprimés étaient de l'aspirine, et que Crâne Tatoué venait d'escroquer un passant et préparait ses munitions pour la prochaine attaque. C'était une des plus vieilles arnaques de rue.

Parfois, l'objet « tombé » était une bouteille déjà brisée. Parfois des lunettes de soleil précassées. Ce soir, c'était un flacon de médicament rempli d'aspirine faiblement dosée. L'escroquerie consistait à trouver un pigeon, le bousculer, « laisser tomber » l'objet sur le trottoir et prétendre que c'était la faute de l'autre. *Je n'ai pas les moyens de m'en racheter.* Les plus généreux offraient une compensation.

Là où d'autres auraient vu sur le trottoir une dame devant sa voiture, un sac-poubelle et un jeune homme ramassant un paquet qu'il avait fait tomber, Leo voyait un délit en puissance.

C'était un réflexe totalement incontrôlable. Comme de voir des lettres sur une page et de les lire automatiquement. D'entendre deux plus deux et de penser quatre. Il réfléchissait en flic, c'était inscrit au plus profond de ses cellules.

Arrivé chez lui, Leo alluma l'ordinateur dans la pièce qui faisait office de bureau et de chambre pour Timmy.

L'engin n'était pas aussi rapide et élégant que celui de Laurie, mais il lui suffisait amplement.

Il commença par chercher Rosemary Dempsey sur Google. Il parcourut rapidement le blog qui avait amené sa fille à s'intéresser au meurtre surnommé « l'Affaire Cendrillon » par la presse. Laurie le lui avait montré quand elle avait envisagé d'y consacrer une émission. L'auteur mentionnait que Rosemary avait quitté la maison où elle avait vécu avec Susan et son mari. Elle habitait à présent dans un quartier résidentiel sécurisé de la banlieue d'Oakland. Bingo.

Il tapa ensuite « meurtre dans un quartier résidentiel sécurisé Oakland » puis limita ses recherches aux dernières vingt-quatre heures. Il trouva deux entrées récentes, postées l'une et l'autre par des organes de presse de Californie du Nord. Lydia Levitt, soixante et onze ans, assassinée l'après-midi même dans son quartier de Castle Crossings.

Il rechercha Castle Crossings et trouva le code postal du secteur, puis entra ce dernier sur le site « Criminalité ». Seuls treize incidents avaient été déclarés au cours des trente derniers jours, pour la plupart des vols à l'étalage. Il regarda la carte et zooma sur les environs du quartier sécurisé où habitait la victime. Aucun incident. Il étendit la recherche aux deux années précédentes. Dix incidents, sans violences. Un seul cambriolage en un an.

Et pourtant, aujourd'hui, alors que *Suspicion* s'apprêtait à présenter l'affaire du meurtre de Susan Dempsey, une femme de soixante et onze ans était assassinée dans le jardin de la mère de la jeune fille.

Leo savait qu'il avait tendance à s'inquiéter pour sa fille, non seulement comme le font tous les pères, mais aussi en tant que flic. Et la tension qu'il percevait en cet instant provenait de son cerveau de flic. C'était une sensation aussi primaire que celle du lézard posé sur un rocher sentant venir le coup.

Leo n'était pas un père paranoïaque. Il avait la certitude que le meurtre de Lydia Levitt était lié d'une manière ou d'une autre à *Suspicion*.

Quand le soleil perça à travers les persiennes de sa chambre, Leo n'avait pas fermé l'œil de la nuit, mais il avait pris une décision.

Il décrocha le téléphone posé sur sa table de chevet et appela Laurie.

« Papa ? Tout va bien ? »

Elle lui posait toujours la même question dès qu'il appelait trop tard le soir, trop tôt le matin ou trop de fois d'affilée.

« Tu disais qu'avec le tournage prévu en Californie, tu t'inquiétais pour Timmy.

– Bien sûr que je m'inquiète. Mais je trouverai bien une solution. Comme toujours. Je peux revenir les week-ends. Ou peut-être fixer des heures pour s'appeler par Skype, même si je sais bien que ce n'est pas pareil que d'être ensemble.

Visiblement, il n'était pas le seul à avoir passé la nuit à se tracasser.

« Ce ne sera pas nécessaire, dit-il. Nous partirons avec toi, Timmy et moi, tous les deux.

– Papa…

– Inutile de discuter. On est une famille. Je préviendrai l'école. C'est juste pour deux semaines. On engagera un professeur particulier si nécessaire. Cet enfant a besoin d'être près de sa mère.

– Bon, d'accord », répondit Laurie après une brève hésitation. Leo devina à sa voix à quel point elle lui était reconnaissante. « C'est génial. Merci papa. »

Leo se sentit vaguement coupable de ne pas révéler la seconde raison pour laquelle il préférait l'accompagner. À ce stade, Laurie ne réussirait pas à mettre un terme à l'Affaire Cendrillon. Au moins, il serait là pour la protéger si ça tournait mal.

Il espéra que pour une fois son cerveau de flic se trompait.

$\mathcal{L}$AURIE ET GRACE se garèrent sur le parking du siège de REACH à Palo Alto peu après dix heures. La circulation était telle pour venir de leur hôtel de San Francisco, qu'en comparaison le trafic dans New York était la fluidité même.

Ils étaient en Californie depuis peu, mais Laurie avait déjà le mal du pays.

L'entrevue prévue ce jour-là avec les anciens camarades de Susan au laboratoire d'informatique de UCLA était le premier des entretiens préliminaires avant la réunion au sommet de la semaine suivante. Il leur avait semblé logique de commencer par recueillir des informations dans la baie de San Francisco avant de se rapprocher du lieu du crime et des suspects possibles. Pendant que Laurie et Grace iraient voir Dwight Cook, Jerry ferait des repérages dans l'ancien quartier de Susan. L'idée était de démarrer l'émission par un montage de photos de Susan entrecoupées d'images de son lycée et de sa maison d'enfance.

Laurie frissonna en descendant de la voiture de location. Elle ne portait qu'un pull en cachemire léger avec un pantalon, sans veste.

« J'oublie toujours qu'il peut faire si froid dans la baie de San Francisco.

— Et moi donc, je suis gelée. » Grace était vêtue d'un haut en soie vert jade avec un décolleté plongeant assorti d'une jupe noire encore plus courte que d'habitude. « J'ai fait mes bagages en pensant au soleil de Los Angeles et aux mojitos.

— On n'est là que pour trois jours. Après ça, tu pourras profiter de Hollywood. »

Dwight Cook les accueillit dans le hall en costume de prix et cravate rouge unie. Étant donné les photos qu'elle avait vues de lui, Laurie s'attendait à ce qu'il arrive dans son uniforme habituel : jean, tee-shirt, blouson à capuche et baskets en toile. Elle demanderait peut-être à Jerry de lui suggérer de mettre la tenue dans laquelle il se sentait « le plus à l'aise » pour le tournage de la réunion. Là, on aurait dit, en plus vieux, un enfant étrennant son premier costume le jour de sa confirmation.

Dwight les guida dans le labyrinthe de couloirs aux couleurs vives et de recoins aux formes étranges. Quand ils arrivèrent enfin dans son bureau, celui-ci leur parut par contraste d'une sérénité absolue, avec des murs d'un gris froid, un sol en ardoise, et un mobilier contemporain épuré. La seule touche personnelle était une photo de lui en combinaison et palmes, s'apprêtant à plonger d'un bateau dans des eaux turquoise étincelantes.

« Vous faites de la plongée ?

– C'est probablement la seule chose que j'aime plus que le travail, dit-il. Je peux vous offrir quelque chose ? De l'eau ? Un café ? »

Laurie déclina son offre mais Grace accepta un café. Laurie s'étonna de le voir sortir une bouteille d'un mini-réfrigérateur surmonté d'une cafetière Nespresso.

« Je m'attendais plus ou moins à voir débarquer un robot télécommandé.

– Vous n'imaginez pas le nombre de fois où ma mère m'a demandé d'inventer Rosie le Robot, comme dans la série des *Jetson*. Aujourd'hui, dans la Silicon Valley, il n'est plus question que de téléphones et de tablettes. On a des projets de compression des données, des applications de réseaux sociaux, de technologie d'interface de géolocali-sation, tout ce que vous voulez – s'il s'agit d'interaction avec un gadget, j'ai probablement quelqu'un qui travaille dessus. Le moins que je puisse faire, c'est de me servir de l'eau et du café tout seul. Nicole m'a dit que votre émission a permis de résoudre une affaire qui n'avait jamais été élucidée. »

Le voir changer de sujet aussi brusquement était désta-bilisant mais Laurie comprenait qu'un homme qui avait aussi bien réussi que Dwight Cook gérait constamment ses affaires avec une efficacité maximale.

« Il n'y a aucune garantie, dit-elle prudemment, mais l'objectif principal de *Suspicion* est de relancer l'enquête, de présenter des faits anciens sous un jour nouveau.

– Laurie est trop modeste, intervint Grace en rejetant une longue mèche de cheveux noirs derrière son épaule. Dans la première émission, l'affaire a été résolue avant même la fin du tournage.

– Ce que Grace veut dire, je crois, l'interrompit Laurie, c'est que nous ferons tout notre possible en ce qui concerne la mort de Susan.

– Ce n'est pas trop difficile pour vous, Laurie, de travailler sur ce type d'affaires alors que votre mari a été lui-même assassiné ? »

Laurie ne put s'empêcher d'écarquiller les yeux. Nicole l'avait prévenue que Dwight était parfois « maladroit » en société. Mais jamais personne, autant qu'elle s'en souvienne, ne l'avait interrogée aussi crûment sur les répercussions qu'avait eues le meurtre de Greg sur un plan personnel.

« Non, finit-elle par répondre. Avec ce que j'ai vécu, j'espère au contraire être bien placée pour raconter ces histoires. Pour moi, cette émission est la voix de victimes qui autrement seraient oubliées. »

Il détourna le regard.

« Pardon. On me reproche parfois d'être trop direct.

– Puisque nous parlons franchement, Dwight, autant vous dire que selon certaines rumeurs, vous et Susan étiez rivaux au laboratoire. Vous vous disputiez l'approbation du professeur Hathaway.

« – Quelqu'un a insinué que j'aurais fait du mal à Susan ? À cause d'Hathaway ? »

Elle ne voyait pas l'utilité de lui dire que c'était Keith Ratner qui avait évoqué cette hypothèse lors d'une conversation téléphonique, où il critiquait par ailleurs la mère de Susan qui le soupçonnait depuis toujours et citait comme éventuels suspects tous les gens que Susan avait pu connaître, y compris Dwight Cook. Les théories de Ratner lui avaient paru aussi bancales les unes que les autres, mais ces entretiens préliminaires étaient l'occasion pour elle d'envisager toutes les pistes possibles hors caméra. C'était une bonne façon de se préparer pour le jour où Alex Buckley mettrait réellement les participants sur la sellette.

« Il ne s'agit pas seulement de votre directeur de recherche, expliqua-t-elle, mais aussi de votre travail. Vous travailliez au laboratoire de l'université, vous avez créé REACH deux mois après la mort de Susan en réunissant rapidement des millions de dollars en capital d'investissement pour financer votre nouvelle technologie de moteur de recherche. Une somme pareille pouvait constituer un mobile suffisant pour se débarrasser d'elle.

– Vous n'y êtes pas du tout », répondit Dwight d'un ton triste.

Laurie s'attendait à ce qu'il se mette sur la défensive, lui démontre à coups de faits que ses talents de programmeur étaient bien supérieurs à ceux de Susan. Mais il semblait sincèrement blessé.

« S'il y a quelqu'un qui n'aurait jamais fait de mal à Susan, c'est bien moi. Je ne ferais jamais de mal à quiconque, que ce soit pour de l'argent ou pour autre chose, et à Susan encore moins. C'était… c'était mon amie. »

Laurie se rendait compte que Dwight changeait de ton à chaque fois qu'il prononçait le nom de Susan. « Visiblement, vous l'aimiez bien.

— Beaucoup, en effet.

— Vous connaissiez son petit ami, Keith Ratner ?

— Malheureusement, oui, dit-il. Il ne s'est jamais beaucoup intéressé à moi, mais il passait au labo pour retrouver Susan – quand il n'était pas en retard ou ne lui posait pas de lapin. Laissez-moi deviner : c'est lui qui a suggéré que je me suis approprié REACH aux dépens de Susan ?

— Je ne peux pas vous le dire.

— Inutile. C'est une preuve de plus qu'il ne s'est jamais intéressé au travail de Susan. Il n'avait pas la moindre idée de ce qu'elle faisait au labo. Susan n'a jamais travaillé sur les moteurs de recherche. Elle développait des logiciels de conversion voix-texte. »

Laurie mit un instant à comprendre l'expression. « Comme la dictée automatique ? demanda-t-elle. Je m'en sers sur mon portable pour dicter des e-mails.

— Exactement. Si vous avez des doutes, on peut les dissiper tout de suite. » Il décrocha son téléphone et composa

171

un numéro. « L'équipe de *Suspicion* est là. Vous pouvez passer ? »

Une minute plus tard, un bel homme d'une bonne cinquantaine d'années arriva dans le bureau de Dwight. Il était simplement vêtu d'un pantalon beige et d'une chemise en madras, mais cette tenue décontractée allait parfaitement avec son bronzage et ses cheveux bruns ondulés. Il se présenta : Richard Hathaway.

« Nous parlions des recherches que menait Susan dans votre labo de UCLA, dit Laurie.

– Quel gâchis. Je sais, dit comme ça c'est un peu cruel. C'est toujours un gâchis de voir un jeune mourir. Mais Susan était brillante. Elle n'était pas vissée vingt-quatre heures sur vingt-quatre sur son clavier, comme d'autres programmeurs. » Il sourit à Dwight. « Elle était créative. Son aptitude à se lier aux autres – ce que les informaticiens comme nous ont souvent du mal à faire – lui permettait d'ancrer la technologie dans la réalité.

– Je vais sortir un instant, proposa Dwight. Mme Moran a quelque chose à vous demander. »

Une fois seule avec l'ancien professeur, Laurie lui demanda si Susan travaillait sur un projet particulier.

« Il peut vous être utile de savoir comment fonctionnait mon labo. L'informatique est parfois un travail solitaire, et le rôle essentiel de mes assistants de recherche était de me seconder pour les cours d'initiation. Il arrivait aussi qu'ils m'aident sur un point précis de mes recherches, à l'époque, c'était le *pipelining* informatique – une technique qui permet d'imbriquer des boucles itératives. Et naturellement, vous n'avez pas la moindre idée de ce que ça veut dire, je me trompe ?

– Aucune.

– C'est parfaitement normal. Il s'agit d'une méthode d'optimisation de programme qui n'intéresse que les codeurs. Toujours est-il que je choisissais des étudiants dont les projets de première année étaient prometteurs. Celui de Susan était la conversion voix-texte, ce que la plupart d'entre nous appellent dictée. C'était assez rudimentaire dans les années quatre-vingt-dix, mais sans la fonction élémentaire de reconnaissance vocale, Steve Jobs n'aurait jamais pu nous donner Siri. Si Susan n'était pas morte... qui sait ?

– Travaillait-elle avec Dwight sur REACH ?

– REACH n'existait pas encore. Mais Dwight et elle travaillaient à proximité l'un de l'autre, si c'est ce que vous voulez dire. Cependant, Dwight ne s'intéressait pas au même domaine. Vous le savez sans doute, REACH a inventé une nouvelle façon de localiser l'information sur Internet, à l'époque où on l'appelait encore le *world wide web*, le réseau mondial. Non, c'était très éloigné du domaine d'intérêt de Susan.

– Professeur...

– Appelez-moi Richard, je vous en prie. J'ai quitté l'université pour prendre ma retraite, et déjà à l'époque je n'avais pas une passion pour les titres.

– Vous m'avez l'air bien jeune pour un homme à la retraite.

– Je l'ai prise il y a longtemps. J'ai quitté UCLA pour aider Dwight à fonder REACH. Imaginez un peu un étudiant de deuxième année courtisé par des capitaines d'industrie qui se battent afin d'obtenir un rendez-vous. Je sais reconnaître le talent et j'ai accepté de le soutenir quand il a voulu finir ses études à UCLA – pour que ses parents soient fiers de lui, vous imaginez ? Je croyais que ce ne serait qu'une simple étape avant de me reconvertir vraiment dans le secteur privé, et vingt ans plus tard, je suis toujours là.

– C'est touchant de voir que vous êtes aussi proches, tous les deux.

– Ça fait peut-être sentimental, mais je n'ai pas d'enfants. Dwight... Oui, c'est vrai, nous sommes très proches.

– J'ai l'impression que Dwight serait peut-être plus à l'aise pour discuter avec notre présentateur s'il était accompagné d'un vieil ami comme vous. » En réalité, elle se disait qu'Hathaway passerait mieux à la télévision que Dwight Cook avec son côté brut de décoffrage. « Vous croyez que vous pourriez vous joindre à nous pour le tournage à Los Angeles ? Nous avons l'intention de trouver une maison à louer du côté de l'université.

– Bien sûr, dit-il. Tout ce que vous voudrez. »

Évoquée par Keith Ratner, l'hypothèse d'une rivalité professionnelle entre Susan et Dwight lui avait semblé tirée par les cheveux. À présent, elle venait d'être infirmée par Dwight et le professeur Hathaway. Laurie vérifierait auprès de Rosemary et Nicole que Susan ne s'était jamais disputée avec Dwight, car il était essentiel qu'elle explore la moindre piste. Mais Laurie avait la conviction intime que les véritables réponses au meurtre de Susan se trouvaient à Los Angeles.

30

HATHAWAY offrit de reconduire les membres de l'équipe de télévision jusqu'à la sortie du building, et Dwight reprit possession de son bureau.

Il avait bien vu au regard qu'Hathaway lui avait lancé qu'il était contrarié par les questions que la productrice avait posées sur REACH, mais au moins ils ne s'étaient pas aventurés dans des territoires hasardeux. L'idée que Susan ait pu être liée de près ou de loin avec leur technologie était totalement aberrante.

Pourtant, Dwight regrettait de ne pas pouvoir revenir en arrière et redémarrer la journée. Il avait évoqué le défunt mari de Laurie dans l'idée de faciliter ses rapports avec elle, de leur donner un caractère plus personnel. Mais sa question était tombée comme un pavé dans la mare. À l'époque où Dwight et Hathaway avaient commencé à rencontrer des investisseurs, son professeur lui avait dit : *Tu es tellement direct. Une vraie massue. Quand nous sommes tous les deux, ça ne pose pas de problème, mais s'il est question d'argent, il faut que tu apprennes à nuancer.*

Leurs rapports étaient d'une franchise délibérée. Dwight repensa à ce vendredi soir, en deuxième année, où Hathaway l'avait surpris dans son labo à pirater la base de données du secrétariat des élèves. Dwight n'était pas en train de tricher ou de modifier ses notes, il voulait simplement se prouver à lui-même qu'il pouvait s'introduire dans l'enceinte virtuelle de son université. C'était illégal et constituait une violation du règlement, d'autant qu'il avait eu la bêtise de se servir de l'ordinateur du labo, que l'université mettait souvent sous surveillance. Hathaway lui avait dit qu'il voulait bien croire qu'il n'avait pas agi par malveillance et qu'il prendrait sa défense face à l'université, mais qu'il était obligé de prévenir l'administration pour protéger son labo.

Dwight s'en voulait tellement d'avoir déçu son directeur de recherche qu'il était revenu au labo tard le lendemain soir avec l'intention d'emporter ses affaires et de laisser une lettre de démission. Au lieu de trouver le labo désert, il était tombé sur une étudiante qu'il se rappelait avoir vue au cours d'initiation à la science informatique où il était assistant. Elle sortait du bureau d'Hathaway. Dwight n'avait pas pu s'empêcher de repenser aux bruits qui couraient dans le campus sur le prof « le plus craquant » de l'université.

Il aurait pu s'éclipser discrètement du labo et démissionner comme prévu si les semelles de ses chaussures n'avaient pas crissé sur le carrelage. Hathaway était sorti de son bureau et lui avait déclaré qu'après tout il ne voyait aucune raison de dénoncer le piratage à l'université. L'administration en ferait tout un plat, sans comprendre la curiosité naturelle d'un étudiant au talent aussi prometteur que lui. Cependant, il lui avait fait promettre de canaliser ce talent dans une activité légitime – et susceptible de faire la fortune d'un jeune homme dans la Silicon Valley.

Cette conversation avait débouché sur une curieuse amitié. Leur relation de professeur à élève, de maître à disciple, s'était transformée en un rapport d'égal à égal, marqué par une complète honnêteté de part et d'autre. Hathaway était le premier adulte à traiter Dwight comme une personne à part entière et non comme un enfant déchiré qu'il fallait soigner ou isoler. En retour, Dwight acceptait Hathaway, malgré son côté un peu louche. Comment REACH aurait-elle pu voir le jour s'ils n'avaient pas eu une confiance aveugle l'un dans l'autre ?

Si seulement Dwight était aussi doué qu'Hathaway pour cultiver ses relations. Il aurait peut-être pu faire allusion au mari de Laurie sans mettre les pieds dans le plat. Il espérait qu'il ne l'avait pas blessée au point d'être éliminé du tournage.

Une fois que tout le monde serait réuni à Los Angeles, il lui faudrait juste avoir accès quelques secondes au portable de chaque participant pour que tous leurs sms, leurs mails et leurs appels soient automatiquement téléchargés sur son ordinateur. Le seul ennui, c'est qu'il ne savait pas s'ils arriveraient tous en même temps sur le tournage ou s'ils auraient rendez-vous les uns après les autres.

En pensant à ce tournage à Los Angeles, une autre idée lui vint à l'esprit. Il retrouva le dernier mail qu'il avait reçu de Jerry, l'assistant de production dont Laurie lui avait dit qu'il cherchait une maison à louer près du campus. Il tapa un nouveau message.

Après l'avoir envoyé, il se renversa dans son fauteuil et regarda la photo posée à côté de son ordinateur. Hathaway l'avait prise trois ans auparavant lors d'une sortie en plongée qu'il avait faite durant le séminaire annuel de REACH organisé à Anguilla. La compagnie avait invité tous les employés – y compris les stagiaires – à passer quatre jours au luxueux hôtel Viceroy. Tout le monde s'était extasié devant l'immense domaine et la douceur du sable blanc de Mead's Bay, mais pour Dwight, le principal intérêt de ces voyages était les explorations sous-marines. La photo de son bureau représentait une plongée sur un tombant de trente mètres au large de Dog Island.

Il avait nagé avec des thons, des tortues, des vivaneaux à queue jaune et même un requin de récif et deux raies pastenagues. C'était dans les profondeurs de la mer que son esprit s'apaisait enfin.

Il contempla l'eau sur la photo en rêvant de pouvoir sauter dans le cadre. Il avait précisément besoin de calme. Cette histoire d'émission ravivait la douleur qu'il avait éprouvée en perdant Susan. Et quand il ne revivait pas sa souffrance, il était sur des charbons ardents à la perspective d'apprendre peut-être enfin qui avait tué la seule femme qu'il ait jamais aimée.

31

ROSEMARY DEMPSEY arpenta la cuisine, passant les doigts sur le plan de travail en granite gris foncé. « Ça fait un drôle d'effet d'être de retour. C'est ici que j'ai fait la cuisine pendant près de quarante ans. »

Elle avait rassemblé une série de photos et de souvenirs d'enfance de sa fille – un premier prix remporté lors d'un salon scientifique, l'écharpe de reine qu'elle portait au bal de promotion de son lycée. Elle avait même confié à Laurie le livre d'or des obsèques de Susan.

Elles se trouvaient à présent dans l'ancienne maison des Dempsey, où Jerry s'était arrangé pour qu'ils puissent tourner leur interview ce jour-là. C'était dans cette cuisine que Rosemary avait appris que le corps de sa fille avait été retrouvé dans Laurel Canyon Park.

« Je croyais que ce serait traumatisant de revenir ici, dit Rosemary. Mais après ce qui s'est passé dans mon jardin la semaine dernière, je suis contente de sortir de mon "nouveau" quartier.

– La police a-t-elle progressé dans son enquête, pour votre amie ?

– Apparemment pas. Voilà peut-être une nouvelle affaire pour votre émission », répondit-elle en souriant tristement.

Laurie voyait bien que Rosemary avait besoin de prendre son temps avant d'évoquer l'horrible matin où elle avait appris la mort de Susan. Elle lança un coup d'œil à Jerry, qui traînait à côté du cameraman posté près de la baie vitrée, juste à l'extérieur de la cuisine. Il lui fit signe que c'était bon. Même s'ils restaient à distance, ils pouvaient tout de même faire les prises de vues dont ils avaient besoin pour le film.

« La maison a beaucoup changé depuis l'époque où vous y habitiez ? » demanda Laurie.

Rosemary cessa de faire les cent pas et regarda autour d'elle.

« Non, pas vraiment. Mais l'atmosphère n'est pas du tout la même. Les meubles – ils sont bien plus modernes que les nôtres. Et il n'y a plus les tableaux. Les photos. Tout ce qui faisait que c'était chez nous se trouve aujourd'hui dans ma nouvelle maison ou dans un garde-meuble.

– Si ce n'est pas trop pénible pour vous, pourriez-vous nous montrer quelques souvenirs liés à votre fille. Si nous commencions par sa chambre ? »

Laurie n'avait pas besoin de filmer d'autres pièces, mais elle espérait qu'en faisant le tour des lieux, Rosemary finirait par se laisser aller à parler de Susan. L'émission ne fonctionnait que s'ils réussissaient à dépeindre la victime non comme le sujet d'une énigme à élucider, mais comme une personne bien vivante.

Rosemary gravit l'escalier en chêne et les conduisit dans une chambre tout au bout du couloir du premier. Elle tourna la poignée d'une main tremblante. La pièce était à présent une chambre de bébé, avec des murs lavande ornés de tulipes jaunes.

Elle s'approcha de la fenêtre et caressa le loquet. « Vous voyez, l'avancée du toit de la véranda est juste sous la fenêtre, ici. Je vérifiais ce loquet tous les soirs parce que j'avais peur que quelqu'un vienne m'enlever ma petite fille. »

Puis elle se dirigea vers le placard et passa la main à l'intérieur du chambranle. « C'est là que nous la mesurions, en marquant chaque anniversaire d'un trait. Ils ont repeint, mais on les voit encore. Tenez, regardez… là, ces petites lignes. »

Laurie regarda par-dessus l'épaule de Rosemary et sourit, même si elle ne discernait pas la moindre trace sous la peinture blanche.

Une fois de retour dans la cuisine, devant les caméras, Laurie eut le sentiment que Rosemary était prête. « Pourriez-vous nous dire comment vous avez appris la mort de votre fille ? » l'encouragea-t-elle gentiment.

Rosemary hocha lentement la tête. « C'était le week-end du soixantième anniversaire de Jack. Nous avions organisé une grande fête dehors, le samedi. C'était une belle soirée. Tout s'est merveilleusement bien déroulé, si ce n'est que Susan n'a pas pu venir. Elle a appelé l'après-midi même pour souhaiter un bon anniversaire à son père, mais il faisait un golf au club. Il travaillait tellement. Depuis toujours. Elle était en grande forme, ravie de ses cours à la fac et encore plus de l'audition qu'elle devait passer ce soir-là.

— Avec Frank Parker ?

— Oui. Elle m'a dit son nom, mais je n'en avais jamais entendu parler. Elle m'a expliqué que c'était la star du moment. Elle a dit… elle a dit qu'elle avait l'impression que c'était *son jour de chance*, que c'était *trop beau pour être vrai*. » Sa voix s'étrangla lorsqu'elle répéta les paroles de sa fille. « Et puis la police a appelé le lendemain matin.

182

Le pire, c'est que toute la journée, j'avais eu l'impression pénible que quelque chose allait mal tourner, une espèce de pressentiment vague mais terrifiant.

— À propos de Susan ?

— Non, pas au départ. C'était plutôt une angoisse diffuse. Mais dès que la police a appelé, tout a basculé. C'était le LAPD. Ils avaient trouvé un corps. La suite, vous la connaissez — elle avait perdu un de ses escarpins, sans doute en essayant de fuir dans Laurel Canyon Park. Son portable était également un peu plus loin. Son collier porte-bonheur, lui, avait été arraché. Ils voulaient savoir ce qu'elle faisait dans le parc. Je leur ai dit qu'elle avait rendez-vous avec Frank Parker ce soir-là. Ce n'est qu'après qu'on a appris qu'il habitait à moins de huit cents mètres de l'endroit où son corps avait été retrouvé. »

Laurie voyait le chagrin qui étreignait encore Rosemary après toutes ces années. Elle savait bien qu'il ne disparaîtrait jamais. « Pour revenir à Frank Parker, vous n'avez pas trouvé bizarre qu'il ait donné rendez-vous à Susan le soir ? demanda-t-elle avec douceur.

— Non, mais elle ne m'avait pas dit qu'elle allait chez lui. Et je pensais que son agent serait là. Croyez-moi, si je pouvais revenir en arrière, je l'empêcherais d'aller à cette audition.

— Pourquoi ? Parce que vous pensez que c'est Frank Parker qui a fait du mal à votre fille ? »

Rosemary regarda ses mains et fit signe que non. « Non. Si je regrette de ne pas l'avoir empêchée d'aller à Hollywood Hills ce soir-là, c'est qu'elle aurait été plus près du campus et qu'elle connaissait bien le secteur. Elle n'aurait pas mis des escarpins avec lesquels elle ne pouvait pas courir. Au moins, même si elle n'avait pas réussi à s'échapper, on ne l'aurait pas appelée Cendrillon, comme si ma fille n'était qu'une jolie petite poupée en quête d'un prince pour la nuit. Ce surnom et le cadre de Hollywood n'auraient pas détourné l'attention de façon aussi pénible.

– Détourné l'attention de quoi, Rosemary ? »

Rosemary Dempsey resta silencieuse un instant, les lèvres serrées, choisissant ses mots. Quand elle reprit la parole, toute la timidité qu'elle éprouvait face aux caméras s'était envolée. Elle fixa l'objectif comme une habituée des plateaux de télévision.

« La détourner de la vérité, à savoir que l'individu le plus dangereux qu'ait connu Susan faisait partie de son entourage proche : son petit ami, Keith Ratner. C'est un menteur, il la trompait et il savait que ma Susan irait loin, bien plus loin qu'il ne le pourrait jamais. Jusqu'à mon dernier souffle, je resterai persuadée que c'est lui qui a tué ma petite fille. »

32

*L*E LENDEMAIN MATIN, Laurie descendit du minibus devant la maison de Nicole Melling. Il faisait facilement cinq degrés de plus de ce côté-ci du Golden Gate Bridge que lorsqu'ils avaient quitté leur hôtel du centre de San Francisco une demi-heure plus tôt.

Jerry poussa un sifflement en découvrant le panorama. « Je ne vais peut-être pas rentrer à New York après tout. »

La maison était située au sommet d'une crête qui dominait la ville, en bordure de Sorich Ranch Park.

Au loin, de l'autre côté de la Ross Valley, ils voyaient deux montagnes couvertes d'arbres, les cornouillers déjà en fleur venant seuls ponctuer l'océan de verdure.

Laurie entendit s'ouvrir la portière arrière du minibus et regarda Grace qui s'en extirpait en leggings ultramoulants et cuissardes à talons aiguilles.

« Waouh, fit-elle en suivant leur regard. Ça suffirait presque à me réconcilier avec la nature.

– On a du mal à croire qu'on n'est qu'à trente kilomètres de San Francisco », dit Laurie.

Jerry donna un coup de coude à Grace qui jouait avec son iPhone. « Ton amour de la nature aura été de courte durée, la taquina-t-il.

« – Ce n'est pas vrai, s'indigna-t-elle. Je faisais des recherches. » Elle tendit l'écran et leur montra une image qui ressemblait à la vue qu'ils avaient sous les yeux. « Là, c'est la Bald Mountain et le Mount Tamalpais, dit-elle en butant sur la prononciation. Et si ça vous intéresse, d'après le site immobilier de Zillow, cette maison vaut dans les... »

Jerry la gronda en lui agitant l'index sous le nez. « Non ! C'est déjà assez pénible que tu traques sur le Net tous les gens que tu rencontres, je ne veux pas y être mêlé. Laurie, hier, elle a trouvé un site qui s'appelle QuiSort-Qui. D'abord, grammaticalement, ça ne tient pas. Ça devrait être QuiSortAvecQui. Mais grâce à cette ineptie, en attendant les bagages à l'aéroport, j'ai dû me coltiner la liste des diverses ingénues qui ont eu une histoire avec Frank Parker avant qu'il se marie.

– Si tu savais, Laurie. La liste était si longue qu'on aurait eu largement de quoi s'occuper aussi pendant que nous attendions à la réception de l'hôtel. »

Jerry n'avait pas fini de se plaindre. « À propos de bagages, tu crois que tu as assez de valises, Grace ? Je me suis débrouillé pour n'emporter qu'un bagage à main.

– Les valises, ce n'est pas ma faute ! protesta Grace. C'est à cause de ton père, Laurie. Il a cru bon d'embarquer un calibre. Pour transporter un flingue de New York en Californie, on est obligé d'enregistrer ses bagages. Alors oui, Jerry, je me suis dit que tant qu'à faire, autant emporter toutes mes chaussures préférées. »

Laurie éclata de rire. Jerry et Grace formaient un tandem incroyablement efficace, mais elle se disait parfois qu'avec leurs caractères antagoniques à la Laurel et Hardy, ils méritaient d'avoir leur propre show à la télévision.

« Mon père n'a pas "embarqué un calibre", Grace. Mais on ne change pas un flic : il ne peut pas fermer l'œil de la nuit s'il n'a pas son revolver dans sa table de chevet. Maintenant, concentrons-nous sur la fille qui partageait la chambre de Susan. Et ce qu'elle a peut-être à cacher. »

L'intérieur de Nicole Melling était tout aussi idyllique que les environs. Elle les accueillit dans une entrée baignée de lumière et remplie d'œuvres d'art contemporain de couleurs vives. Laurie avait fait des recherches de son côté et n'avait pas trouvé une seule photo de Nicole sur Internet. Elle n'avait que deux photos d'album de promotion datant du lycée que Jerry avait récupérées dans sa ville natale d'Irvine et sa photo de première année à UCLA. Même sur sa photo d'université, Nicole avait l'air d'avoir à peine quatorze ans.

La femme qui se tenait devant elle aujourd'hui ne ressemblait en rien à l'image que s'en faisait Laurie. Ce n'est pas que Nicole avait mal vieilli. Elle était au contraire devenue bien plus séduisante que l'adolescente banale au visage criblé de taches de rousseur.

Mais elle avait radicalement changé d'apparence. Les cheveux blond vénitien qui lui descendaient plus bas que les épaules étaient désormais coupés au carré, sous le menton, et teints en brun foncé. Peut-être était-ce pour les caméras, mais ce jour-là elle s'était maquillée à outrance, se dessinant un œil charbonneux. Ce qui était encore plus frappant peut-être que tous ces changements physiques, c'était qu'elle dégageait une assurance absente de ses photos de jeunesse.

« Madame, dit Laurie, en lui tendant la main, merci beaucoup d'avoir accepté de participer à *Suspicion*... Rosemary Dempsey m'a dit que Susan et vous étiez très proches à l'université.

– Elle était très gentille avec moi », répondit Nicole à voix basse.

Elle les conduisit dans un grand salon qui offrait une vue dégagée sur la vallée.

Ils furent interrompus par un homme vêtu d'une chemise ample en oxford et d'un pantalon beige. Il était légèrement bedonnant et commençait à se dégarnir, mais il avait un sourire affable. Laurie crut sentir une légère odeur de savon.

« Bonjour. Je me suis dit que je pouvais au moins venir vous saluer. Je suis le mari, Gavin. »

Laurie lui serra la main. « Vous n'auriez pas dû prendre un jour de congé pour nous, dit-elle.

– Non, je travaille là-haut. »

Il indiqua l'escalier qui donnait dans l'entrée.

« Gavin est dans la finance, expliqua Nicole. Sa société est en ville mais il travaille ici, sauf quand il a des réunions.

— Quelle chance, dit Laurie. Vous avez également fait vos études à UCLA ? C'est comme ça que vous vous êtes rencontrés ?

— Non, non. Je sortais de Harvard et je travaillais dans une start-up de San Francisco — une des premières sociétés à avoir laissé des gens comme vous et moi acheter et revendre des actions en ligne sans passer par un courtier. J'ai rencontré Nicole dans un bar. »

Sa femme leva les yeux au ciel, l'air excédé. « J'ai horreur que tu dises ça. J'ai l'air de quoi, moi ?

— Et le pire, c'est qu'elle a craqué alors que je l'ai draguée en lui sortant le truc le plus ringard qu'on peut imaginer. Je lui ai demandé si elle avait un pansement parce que je m'étais écorché le genou en tombant amoureux. »

Laurie fit mine de gémir. « Aïe, c'est affligeant.

— C'est vrai, dit Gavin, mais c'était voulu. Ça change tout.

— Soyons clairs, intervint Nicole, c'est comme ça qu'on s'est rencontrés. Il m'a fait tellement pitié que je lui ai donné mon numéro de téléphone, mais ce n'est que plus tard qu'on a commencé à sortir réellement ensemble.

— Et qu'est-ce qui vous a amenée à San Francisco après UCLA ? » demanda Laurie.

189

Elle savait que Nicole avait lâché ses études après sa deuxième année et supposait que c'était à cause de ce qui était arrivé à Susan. Voir comment la mort de quelqu'un modifiait le cours de tant d'existences l'étonnait toujours.

« Au départ, je voulais aller à Stanford ou Berkeley, je devais déjà être attirée par la Californie du Nord. Regardez un peu cette vue. »

Elle donnait l'impression de débiter un récit convenu, superficiel. « Vous avez poursuivi vos études ici ? demanda Laurie.

– Non. »

Nicole secoua la tête mais s'abstint d'en dire plus.

« C'est juste que je n'ai pas pu m'empêcher de remarquer que parmi les amis proches de Susan, beaucoup ont arrêté leurs études. Vous, Madison Meyer, Keith Ratner.

– Il faudrait leur demander pourquoi. Il est relativement courant que les acteurs arrêtent leurs études quand ils commencent à travailler régulièrement. Sans oublier que Madison a décroché le rôle dans *Beauty Land*. Quant à moi, je crois que la mort de Susan m'a fait comprendre que la vie était courte.

– Vous êtes toujours en contact avec Madison ou Keith ? »

Nicole fit signe que non.

Laurie eut le sentiment que le sujet la mettait mal à l'aise et décida d'aborder la question sous un autre angle. « Si je comprends bien, quand notre dragueur ici présent vous a lancé cette réplique on ne peut plus subtile, vous étiez nouvelle dans le coin ? »

Gavin fut le seul à rire. « Vous pouvez le dire, elle débarquait à peine. Et anxieuse avec ça. Elle a avoué m'avoir donné son numéro, mais ce qu'elle ne vous dit pas, c'est qu'elle m'a donné un faux nom.

— Non, c'est vrai ? s'étonna Laurie. Mais pourquoi ? »

Nicole s'agita sur son siège. « Holà, je ne pensais pas qu'on parlerait de ça. Pour être franche, j'étais entrée dans ce bar avec un faux permis de conduire. Je ne voulais pas que le barman m'entende donner un nom qui ne correspondait pas à celui qui était inscrit sur le permis que je venais de lui montrer. Et puis, je ne suis pas la première femme à inventer un faux nom quand un inconnu l'aborde dans un bar. »

Certes, se dit Laurie. Mais d'habitude, le faux nom allait de pair avec un faux numéro. Combien de fois quand elle était jeune Laurie avait-elle repris les paroles d'une vieille chanson pop et griffonné Jenny 867-5309 sur la pochette d'allumettes d'un play-boy bourré ?

« Quoi qu'il en soit, ça a été un coup de foudre presque immédiat. On s'est mariés exactement six mois après notre rencontre. »

Nicole sourit et tapota l'avant-bras de son mari. « C'est bien ce que je dis, la vie est courte.

— J'ignorais que c'était à cause de Susan que tu t'étais engagée aussi vite, dit Gavin. En fait, Nicole ne m'avait jamais dit qu'elle avait partagé la chambre de Susan à l'université jusqu'au jour où on est tombés sur Rosemary Dempsey dans un de ces immenses restaurants de dim-sun de Chinatown. Tu te souviens, chérie ? »

Nicole haussa les sourcils mais resta silencieuse.

« Mais si, insista son mari. Au milieu du brouhaha et du vacarme des chariots, j'entends une dame qui crie *Nicole, Nicole Hunter ?* C'est son nom de jeune fille. Et la voilà qui accourt et serre ma femme dans ses bras. Du coup, évidemment, je lui demande qui c'est. Et c'est là qu'elle me raconte qu'elle partageait la chambre de la victime de l'Affaire Cendrillon.

– Je n'aimais pas trop en parler, dit Nicole. Ni même maintenant.

– Enfin, quoi qu'il en soit, c'est moi qui suis allé à la table de Rosemary Dempsey et qui ai insisté pour qu'elle nous appelle. »

À entendre Rosemary, Laurie avait cru comprendre que Susan et Nicole étaient les meilleures amies du monde, mais voilà qu'elle apprenait qu'au départ, Nicole n'avait pas même parlé du meurtre de Susan à son mari et n'avait entretenu aucune relation avec la mère de Susan avant que Gavin ne le lui suggère. Rosemary l'avait prévenue qu'elle était parfois timide et pouvait même paraître distante. Mais là, dans le salon de Nicole, qui continuait à afficher un sourire poli, Laurie eut la certitude que la prétendue meilleure amie de Susan lui mentait.

192

33

ERRY boucla sa ceinture de sécurité et mit en marche le minibus. « Admirez une dernière fois cette vue sublime, dit-il, car je crois bien que c'est la seule raison pour laquelle on est venus jusqu'ici.

— Sans blague, dit Grace, qui était assise à l'arrière, en se penchant vers eux. Un vrai bide. Tu parles d'un glaçon. »

Laurie n'était donc pas la seule à être surprise que Nicole ne se soit pas exactement épanchée sur ses souvenirs de Susan Dempsey.

Jerry mit le clignotant bien qu'il n'y ait aucune voiture en vue et démarra. « C'est à croire qu'elle n'était même pas là.

— C'est vrai, dit Laurie. Elle avait l'air un peu ailleurs.

— Non, je veux dire, c'est comme si elle n'avait pas été à UCLA, reprit Jerry. Elle n'est pas restée en contact avec ses amis. Elle n'a raconté aucune anecdote sur Susan, n'a pas parlé d'elle, si ce n'est pour dire qu'elle s'était montrée gentille à son égard. Tout ce qu'elle voulait, c'était parler de tous les autres : Frank Parker, qui avait curieusement donné rendez-vous à Susan chez lui, Madison, qui était tellement avide de célébrité, son petit ami, que Susan avait surpris à flirter avec d'autres filles à de multiples reprises. On aurait dit qu'elle voulait qu'on s'intéresse à tout le monde sauf à elle. »

Laurie essayait de comprendre l'attitude de Nicole quand elle fut interrompue dans ses réflexions par son portable. C'était son père.

« Tout va bien papa ?

— Impeccable. Je crois que Timmy commence à se remettre du décalage de la côte Ouest, il a enfin repris des horaires à peu près convenables. Il a dormi jusqu'à sept heures et demie, puis il a avalé un énorme petit-déjeuner au restaurant de l'hôtel et ensuite nous sommes allés déjeuner au port de pêche et nous avons pris un grand plat de *fish and chips*.

— Tu ne dois pas manger ce genre de trucs, tu le sais. »

L'année précédente, on avait précipitamment emmené Leo aux urgences du Mount Sinai Hospital car il souffrait de fibrillation cardiaque. On lui avait posé deux stents dans le ventricule droit, et il était censé suivre un régime pour ne pas fatiguer son cœur.

« Pas de souci à te faire, docteur Laurie. J'ai pris du flétan grillé et de la salade. Et pour tout t'avouer, quatre frites.

— Allez, je fermerai les yeux pour cette fois. Nous sommes en train de rentrer à l'hôtel. On dîne chez Mama Torini's ? » Laurie était venue à San Francisco avec ses parents vingt ans plus tôt, à l'époque où elle envisageait d'intégrer Stanford. Les meilleurs souvenirs qu'elle gardait de ce voyage étaient le jour où Leo avait enfermé la mère de Laurie dans une cellule quand ils étaient allés visiter Alcatraz, et puis un dîner chez Mama Torini's, avec ses nappes à carreaux rouges et blancs et ses gigantesques portions de pâtes qu'Alberto préparait devant vous. « Timmy devrait adorer.

— Les grands esprits se rencontrent. C'est pour ça que j'appelais. J'ai déjà réservé une table pour dix-neuf heures. Je sais que tu travailles, mais je me suis dit qu'on ne pouvait pas y aller plus tard pour Timmy.

Malgré la présence de Timmy et son père, Laurie avait tout de même du mal à jongler avec son emploi du temps. Elle promit à Leo qu'elle serait rentrée à l'hôtel dans moins d'une heure et raccrocha.

Grace se pencha de nouveau en jouant avec son téléphone. « Vous vous rappelez, le site QuiSortQui ? demanda-t-elle.

— AvecQui, rectifia Jerry. Qui sort avec qui. Je vais leur envoyer un e-mail en leur demandant de corriger.

— Eh bien, j'ai cherché l'ancien petit copain de Susan, Keith Ratner. Visez un peu ça. » Elle commença à égrener une liste interminable de femmes qui avaient eu une liaison avec l'acteur de série B au fil des ans.

« Je n'en connais que deux, je crois », dit Laurie. C'étaient des actrices qui avaient bien dix ans de moins que Keith.

« Il n'est plus en position de s'offrir une célébrité, dit Grace. Ce que je veux dire, c'est que la liste est longue. Rosemary et Nicole ont dit qu'il trompait Susan. Quand un type est infidèle, il n'est pas près de changer.

— Entre tromper et tuer, il y a tout de même une différence, dit Jerry.

— Oui, dit Grace, mais imagine qu'elle l'ait surpris ? Je vois la scène. Keith l'a peut-être accompagnée à l'audition, soit dans l'espoir de décrocher un rôle lui aussi, soit pour s'assurer que Frank n'essayait pas de peloter sa petite copine. Si Susan l'a accusé de la tromper, ils se sont peut-être disputés. Elle pique une colère et descend de la voiture. Ça m'est déjà arrivé. Il lui court après. Ils se battent et tout dérape. »

Ce n'était pas mal, comme théorie. Cela pouvait expliquer que Susan ait atterri à Laurel Canyon Park, alors que sa voiture avait été retrouvée sur le campus.

Jerry s'arrêta à un feu rouge. « Malheureusement, Keith a un alibi et on n'a aucune preuve.

— C'est comme dans ce bon vieux Cluedo, dit Laurie en songeant aux parties qu'elle faisait avec son fils. Explorons toutes les théories possibles et imaginables en les sondant l'une après l'autre. Quand il n'y en aura plus qu'une, on tiendra peut-être nos réponses.

— Et c'est là qu'interviendra notre sublime présentateur Alex Buckley, dit Grace. Tiens, d'ailleurs, voyons voir ce qu'on obtient si on entre son nom. Ooh, ce n'est peut-être pas Keith Ratner, mais ce n'est pas exactement un moine. » Grace commença à lire les noms qu'affichait son site. Laura en reconnut un certain nombre : un mannequin, une actrice, une cantatrice, une présentatrice du journal du matin.

Le feu passa au vert et Jerry bifurqua à droite. Laurie était si absorbée par les bavardages de Grace qu'elle ne remarqua pas que le pick-up blanc cassé qui était garé dans la rue de Nicole venait lui aussi de tourner derrière eux.

34

MARTIN COLLINS se prélassait sur une chaise longue en rotin sur la terrasse de sa maison de huit cents mètres carrés qui donnait sur Sunset Strip. Il contemplait, au-delà de la piscine à débordement, le soleil couchant sur la ville qui s'étendait en contrebas. Il avait acheté cette maison quatre ans auparavant pour une somme supérieure à tout ce qu'il avait jamais rêvé de gagner. Elle était à des années-lumière de l'appartement miteux du Nebraska dans lequel il avait grandi. Il était fait pour vivre là.

Il se pencha à nouveau sur le dossier qu'il avait sur les genoux. C'étaient les épreuves corrigées des dernières brochures des Militants de Dieu, assorties de photos de membres de l'Église, radieux, tendant des boîtes de conserve aux miséreux, de pique-niques en famille ou de Martin lançant un Frisbee à un labrador beige. Martin hocha la tête. C'était le type d'images que les nouveaux disciples pouvaient distribuer à leurs amis et aux membres de leur famille pour faire des émules. Plus il y avait de Militants de Dieu, plus il y avait de contributions.

Il coupa court à cet élan d'optimisme en se rappelant soudain qu'il devait téléphoner à Steve Roman pour savoir ce qu'il en était de Nicole. Il chercha le numéro sur son portable et appela.

« Vous tombez bien, dit Steve en guise de salutations. Je viens de quitter la maison de Nicole. L'équipe de télé est passée.

– Et vous ne sauriez pas ce qu'elle leur a dit, par hasard ? »

Quand Steve lui répondit par la négative, il éprouva un certain agacement. Depuis une semaine, les comptes rendus de Steve étaient plutôt laconiques. Il était peut-être temps d'envoyer un autre sous-fifre pour le remplacer.

« Vous me cachez quelque chose ? demanda Martin.

– Bien sûr que non », lui assura Steve.

Martin connaissait le passé violent de celui-ci – les vols, les rixes dans les bars, les accès de colère imprévisibles qu'il avait connus avant de trouver l'Église. Cependant, Steve ne lui avait jamais donné de raisons de s'inquiéter.

Plus que tout autre adepte des Militants de Dieu, il avait réellement changé. Et il était loyal.

« Je suis resté dans le camion pendant que l'équipe allait chez elle, expliquait-il. C'est sacrément grand. Elle s'est bien débrouillée – financièrement, je veux dire.

— C'est tout ce que tu as ?

— Pour l'instant. Mais je file l'équipe de télé. Ils viennent de déposer deux types et du matériel dans un entrepôt et en ce moment, ils sillonnent le centre de San Francisco. Je me dis que si je ne les lâche pas, je pourrai peut-être entendre ce qu'ils se disent. Y a-t-il quelque chose en particulier que je dois surveiller ?

— Vous vous souvenez qu'on a parlé de ces gens qui ne comprennent pas les Militants de Dieu ? Qui essaient de dénigrer à tout prix nos bonnes œuvres ? Eh bien, il se pourrait que Nicole soit une des pires ennemies de notre Église. Si jamais on lui offre une tribune dans une émission nationale, elle peut être tentée de s'en prendre à nos convictions. D'inventer des mensonges sur les MD ou sur moi personnellement. Il faut que je sache si Nicole leur a révélé quoi que ce soit sur l'époque où elle était à UCLA. »

Martin ne partageait généralement pas ses secrets, mais il lui était impossible de demander à Steve d'espionner pour son compte sans lui fournir un minimum d'informations. Steve savait donc que Nicole avait fait partie des premiers membres des Militants de Dieu, avant de quitter l'Église en mauvais termes. Il savait que l'une des étudiantes avec lesquelles elle partageait sa chambre, Susan Dempsey, avait été assassinée et que sa mort était l'objet de l'émission de télévision dont Martin craignait qu'elle donne une mauvaise image d'eux dans les médias.

Martin n'avait pas l'intention d'en dire plus. C'était précisément l'erreur qu'il avait commise avec Nicole en lui dévoilant un aspect de lui qu'elle n'était pas encore prête à accepter. Quand elle avait lâché ses études et quitté la ville, il s'attendait à en subir les conséquences un jour ou l'autre et se demandait s'il en avait assez fait pour garantir son silence. Les mois avaient passé, puis les années, et cela faisait maintenant près de dix ans.

Et voilà que survenait cette émission ridicule. Il avait regardé la précédente et savait à quel point leur enquête était minutieuse. Nicole s'en sortirait-elle sans révéler qu'elle avait été liée aux MD ?

« Mais l'émission est sur la copine de Nicole, dit Steve. Qu'est-ce que le meurtre de Susan Dempsey a à voir avec les MD ?

– Vous posez trop de questions, Steve. »

Martin avait ce ton glacial et péremptoire qui le caractérisait.

« Désolé, répondit prudemment Steve. J'ouvre l'œil. Attendez, ils viennent de s'arrêter devant un hôtel. Oui, ils descendent. Je sais déjà qui dirige l'opération, ça se voit à sa façon de donner des ordres – une femme à l'avant, côté passager. Je vais me garer et continuer à pied, je la garde dans mon collimateur. Je vais voir ce que je peux trouver.

– Allez-y, Steve. »

35

IL ÉTAIT À PEINE DIX-NEUF HEURES, mais Nicole se démaquillait déjà à grande eau devant le lavabo de sa salle de bains, enlevant la couche de fard qu'elle avait mise ce jour-là pour les caméras. Elle avait également troqué son fourreau noir ajusté contre le pantalon de yoga et le sweat à capuche qu'elle portait habituellement.

Quand elle eut fini de s'essuyer le visage, elle rouvrit les yeux et vit Gavin qui se reflétait derrière elle dans le miroir.

« Je te retrouve, dit-il en l'enlaçant par la taille et en l'embrassant sur sa joue fraîchement débarbouillée. Tu étais très belle aujourd'hui, mais je t'ai toujours préférée comme ça. »

Elle se retourna et l'embrassa à son tour. « Je n'ai jamais été belle. Ça sert de se maquiller, bien sûr, mais c'est une telle corvée. Je n'ai jamais compris qu'on puisse supporter ça tous les jours.

« – Pour moi, tu as toujours été belle.

– Arrête, quand tu m'as rencontrée, j'avais encore une allure d'ado un peu godiche. Aujourd'hui, je devrais me réjouir d'avoir toujours fait jeune pour mon âge. »

Gavin souriait rêveusement.

« Qu'y a-t-il de si drôle ? demanda-t-elle.

– C'est le fait d'avoir raconté notre rencontre à cette productrice de télé. Je n'y avais pas repensé depuis longtemps. Si on s'est mariés, c'est grâce à ton faux permis.

– Si j'avais ce permis, c'était à cause de Madison. C'est elle qui nous les avait procurés, à Susan et moi, pour qu'on puisse aller regarder les célébrités dans les boîtes de nuit.

– Je ne t'imagine pas faire ce genre de choses. »

C'est parce que tu ne m'as pas connue quand j'étais une suiveuse, se dit Nicole. Un mouton. Une fille dont les propres parents savaient qu'elle serait perdue si elle était livrée à elle-même. Celle qui avait fini par passer plus de temps avec les escrocs des Militants de Dieu qu'avec sa meilleure amie.

« Tu as fini ce que tu avais à faire ? demanda-t-elle.

– Juste deux ou trois e-mails à envoyer et je suis à toi pour la soirée.

– Super. Je prépare le dîner. Des lasagnes, ça te va ?

– J'adore », dit-il en lui déposant un autre baiser sur la joue.

Il regagna son bureau au fond du couloir pendant qu'elle descendait à la cuisine. En hachant du basilic frais pour la sauce des lasagnes, elle repensa à l'entretien qu'elle avait eu avec l'équipe de télévision. Elle avait bien fait d'évoquer Madison, Keith et Frank Parker, les trois personnes réellement soupçonnées. Mais avant même de parler de l'enquête, Laurie l'avait assaillie de questions sur les raisons qui l'avaient poussée à arrêter ses études et à s'installer dans la baie de San Francisco. Elle avait même paru intriguée par le fait qu'elle avait donné un faux nom à Gavin quand elle l'avait rencontré.

Savait-elle qu'après s'être enfuie de Los Angeles, ce faux permis ne lui avait pas simplement servi à s'acheter du vin ? Était-elle déjà au courant, pour les Militants de Dieu ?

Non, c'était impossible. Nicole n'avait jamais parlé des Militants de Dieu et de Martin Collins depuis qu'elle avait quitté LA, elle n'avait même jamais prononcé ces noms. Elle avait trop peur.

Peut-être Keith Ratner avait-il parlé à l'équipe de télé des liens que Nicole avait entretenus avec les MD. Après tout, c'était elle qui lui avait fait connaître cette arnaque. Évidemment, chez les Militants de Dieu, personne n'appelait ça une arnaque. Ils prétendaient que c'était une religion. Ils disaient qu'ils se consacraient aux « bonnes œuvres ».

C'était si vieux que Nicole avait parfois du mal à se rappeler à quel moment Susan avait commencé à manifester une telle hostilité à l'égard des Militants de Dieu. Au début, elle l'avait soutenue. De la même manière que

Susan avait de son côté ses activités de comédienne et ses études d'informatique, Nicole avait trouvé un nouveau réseau d'amis au sein d'un « groupe de bénévoles » qui se consacraient à « aider les pauvres », comme elle l'avait expliqué à Susan.

Mais à mesure que Nicole progressait à l'intérieur du cercle, elle s'était mise à solliciter des dons auprès des étudiants les plus riches, comme Susan, et celle-ci s'était interrogée sur les perpétuelles exigences financières de l'Église.

C'était au début du second semestre, en deuxième année, que Nicole s'était confiée à Susan : pendant les vacances, elle avait non seulement vu Martin Collins dans le cadre du groupe, mais aussi commencé à sortir avec lui. Elle s'attendait à ce que Susan soit préoccupée par leur différence d'âge : Nicole, qui avait terminé ses études secondaires avec un an d'avance, n'avait que dix-huit ans, et Martin en avait vingt-neuf. Mais ce qui inquiétait Susan était autrement plus grave. Elle disait que les Militants de Dieu étaient une escroquerie. Que Martin se remplissait les poches avec l'argent destiné aux pauvres. Qu'il enrôlait des personnes vulnérables pour le traiter comme un dieu. Elle avait l'impression que Nicole basculait dans *un autre monde*. Qu'elle avait subi un *lavage de cerveau*. Elle lui avait demandé pourquoi un homme de vingt-neuf ans s'intéressait à une étudiante de deuxième année.

« Comment peux-tu prétendre connaître Martin alors que tu ne l'as jamais rencontré ? Comment peux-tu juger les MD alors que tu refuses de t'y intéresser ? Ce n'est pas étonnant que Martin dise que tu essaies de me corrompre ! » avait hurlé Nicole. C'était la première fois qu'elles se disputaient.

Mais, ce n'est que le jour où Nicole avait invité Keith à venir assister à une célébration avec Martin et elle que Susan s'était réellement mise en colère. Nicole ne l'avait jamais vue dans une telle fureur. Elle qui était toujours si calme, le sourire aux lèvres, comme si elle s'amusait d'une plaisanterie qu'elle était seule à connaître ou chantait dans sa tête une chanson qu'elle aimait. Ce jour-là, cependant, elle avait hurlé avec une telle violence que son visage, d'habitude si pâle, était devenu cramoisi sous son maquillage qui dégoulinait. *Dès que Keith croise une fille, il faut qu'elle s'intéresse à lui. D'abord, c'était Madison. Maintenant, c'est toi. Mais tu es pire que Madison. Elle, c'est juste une flirteuse, rien de bien méchant, alors que toi, tu emmènes mon petit copain dans ton espèce de secte de fous de Dieu ! Qu'est-ce qui t'arrive, Nicole ? je ne te reconnais plus.*

Encore maintenant, Nicole ne se rappelait pas avoir pris son manuel de sciences politiques pour le balancer à la tête de Susan. Elle avait seulement vu son amie se figer, bouche bée, tant elle était choquée. Elle se souvenait qu'elle avait essayé de s'excuser mais que Susan n'avait pas voulu se calmer. « Ça suffit, Nicole ! » avait-elle hurlé dans l'embrasure de la porte. « Je t'aime beaucoup, mais soit tu quittes cette secte, soit tu t'installes ailleurs ! »

C'était la dernière fois qu'elles s'étaient parlé.

Nicole s'était sauvée elle aussi, elle était allée à pied chez Martin puis s'était introduite dans sa chambre à l'improviste. Il n'était pas seul. Nicole avait compris sur-le-champ pourquoi Martin avait été attiré par elle. Elle avait toujours fait plus jeune que son âge. Mais il s'avérait qu'elle n'était pas tout à fait assez jeune pour son goût.

36

MAMA TORINI's était semblable au souvenir qu'en gardait Leo : nappes à carreaux rouges et blancs, moulures en bois sombre, murs d'un jaune vif qu'on distinguait à peine derrière les innombrables affiches de films italiens et photos signées de célébrités. Il avait peine à croire que cela faisait plus de vingt ans qu'il y était venu avec Laurie et Eileen. Il aurait tant aimé que sa femme soit là pour partager ce moment avec son petit-fils, mais elle avait succombé à une crise cardiaque dix ans auparavant, avant même d'avoir pu connaître Timmy. Il regrettait que Greg, le mari de Laurie, ne soit pas là non plus. Mais comme disaient les Stones, *You can't always get what you want.* On ne peut pas toujours avoir ce qu'on veut.

Quand Laurie prit place à table, Leo remarqua un homme bien habillé à la table voisine, visiblement admiratif. Comme d'habitude, sa fille ne s'aperçut même pas de l'attention qu'on lui portait. Elle était entièrement absorbée par Timmy, à qui elle montrait une photo signée de Wynton Marsalis où le jazzman figurait en compagnie de deux des serveurs du restaurant.

« Alors, qu'est-ce que tu as fait avec grand-père aujourd'hui ? lui demanda-t-elle lorsqu'ils furent installés.

— On a marché, marché, marché, dit Timmy, cent kilomètres au moins. On a marché même plus qu'à New York. Et on le sent plus parce que ça monte. J'étais... » Il s'interrompit pour se mettre à haleter, la langue pendante comme un chien exténué. « Quand on est rentrés à l'hôtel, j'ai dit à grand-père que si je faisais un pas de plus, mes pieds tomberaient par terre. »

Elle fit mine de regarder sous la table. « On est venus ici à pied et tu les as toujours. Et à part ces kilomètres et cet épuisement, tu as vu des choses ?

— C'était top ! On a tout vu, lança-t-il, surexcité. Chinatown, le port, un truc qui s'appelle Exploratorium, qui était trop cool. Et, grand-père, c'était comment cette rue trop en pente, avec plein de tournants ?

– Lombard Street. Et ce garçon l'a grimpée jusqu'en haut comme un champion.

– Vous n'avez pas chômé, à ce que je vois », dit Laurie.

À en croire le récit de Timmy, ils avaient passé la journée entière à visiter la ville. Pourtant Leo avait trouvé le temps de travailler de son côté. Son rôle essentiel ici était de veiller sur son petit-fils en l'absence de Laurie mais, s'il voulait réellement assurer leur sécurité, il ne pouvait pas débrancher la partie du cerveau qui l'avait conduit en Californie – celle du flic.

Le commissaire Leo Farley du NYPD avait profité que Timmy regardait la télévision pour passer vingt minutes au téléphone avec l'inspecteur Alan O'Brien qui était chargé d'enquêter sur le meurtre de Lydia Levitt. Si un autre que lui avait appelé les services du shérif du comté d'Alameda au sujet d'un meurtre perpétré la semaine précédente et qui n'avait pas encore été élucidé, il est probable qu'on l'aurait envoyé promener, mais malgré la retraite et cet exil temporaire sur la côte Ouest, ses trente ans de carrière avaient leur avantage.

L'inspecteur O'Brien lui avait appris que la police n'avait aucun suspect pour le moment, pas même officieusement. La triste réalité, c'était que la plupart du temps, quand une femme était tuée, c'était à mettre sur le compte de violences domestiques. Mais la police n'avait trouvé aucun signe de discorde, et encore moins de violences physiques chez les Levitt. Aux dires de tous, Don, le mari de Lydia, était un honnête citoyen qui, à l'heure où sa femme avait été assassinée, avait un alibi irréfutable grâce aux caméras de surveillance de son club de gym.

Une autre hypothèse était que cette femme menait peut-être une double vie qui l'avait mise en danger. Mais après avoir minutieusement fouillé toute la maison et les ordinateurs de la famille, ils n'avaient aucune raison de penser que Lydia Levitt dissimulait une facette autre que celle qu'on lui connaissait : celle d'une épouse, mère et grand-mère de soixante et onze ans qui aimait jardiner, aller au restaurant et bavarder avec ses voisins.

D'après l'inspecteur O'Brien, l'explication la plus plausible était que Mme Levitt avait surpris un cambrioleur qui tentait de s'introduire chez Rosemary Dempsey. La police recherchait les voleurs connus de ses services dans l'espoir de glaner un tuyau.

« Mme Dempsey vous a dit que sa fille a été assassinée il y a vingt ans ? avait-il demandé à l'inspecteur.

— En effet, oui, avait répondu O'Brien. Elle était bouleversée par ce qui était arrivé à sa voisine, ce qui est bien compréhensible, et a dit que ça lui rappelait ce qui était arrivé à Susan. L'Affaire Cendrillon. On se demande bien quand elle sera résolu, celle-là.

— En fait, c'est la raison pour laquelle je suis en Californie. » Et d'expliquer que Laurie avait décidé de consacrer une émission de *Suspicion* à l'affaire Susan Dempsey. « Je vous avouerais que ça m'a tracassé quand j'ai appris qu'il y avait eu un meurtre chez une des participantes au moment même où le tournage allait commencer.

– Vous croyez que le meurtre de Lydia Levitt est lié à *Suspicion* ?

– Je me suis dit que je devais au moins évoquer cette possibilité. Alors, si jamais vous trouvez un lien quelconque, surtout, appelez-moi, soyez gentil. »

Leo espérait que l'inspecteur O'Brien tiendrait parole. À l'entendre, il avait l'air digne de confiance. Tant que Leo n'aurait pas prouvé à Laurie que la voisine de Rosemary avait été tuée à cause de l'émission, il ne réussirait pas à la convaincre qu'elle était en danger.

Pendant que Timmy regardait la télévision, il y avait eu aussi un coup de fil d'Alex Buckley. Cette fois, il pouvait en parler à sa fille.

« Alex a appelé aujourd'hui, dit-il.

– Il m'a appelée aussi mais sans laisser de message. Que devient-il ? »

Leo ne savait jamais si Laurie s'intéressait réellement aux nouvelles qu'il avait d'Alex ou si elle se contentait d'écouter.

« Il a hâte de venir.

– Super. Quand on en sera aux réunions au sommet, il pourra passer aux contre-interrogatoires.

– C'est pour ça qu'il appelait. Il arrive à Los Angeles demain. »

Leo vit que sa fille était décontenancée.

« Tu as dû mal entendre, papa. Pour l'instant, on prépare le terrain en recueillant les témoignages personnels. Alex n'a pas besoin de venir avant la semaine prochaine.

– Je sais bien que c'est ce qui était prévu. Mais Brett a dû décider qu'il fallait qu'Alex ait le plus de contacts possibles avec les suspects, ou les protagonistes, appelle-les comme tu voudras. D'après Alex, Brett aurait déjà dû t'en parler et il voulait s'assurer que tu étais au courant qu'il venait plus tôt que prévu. »

En entendant Timmy lui raconter ce qu'il avait fait ce jour-là, Laurie s'était déconnectée de son travail, mais Leo vit aussitôt sa fille reprendre un air tendu.

« Non, je n'étais pas au courant. C'est typique de Brett.

– Ça t'embête ? Alex est ton ami. C'est un type bien.

– J'ai envie qu'il vienne, évidemment. Mais je voulais d'abord me faire ma propre idée sur les gens avant qu'il ne les interviewe.

– On dirait que tu essaies de trouver des prétextes pour le tenir à l'écart...

– Papa. S'il te plaît. »

Leo comprit qu'il était temps de changer de sujet. « Alors, tu as rencontré la copine de Susan ? Nicole ? »

Elle hocha la tête. « Elle n'était pas du tout comme je croyais. Je l'ai trouvée très bizarre. C'est dingue, je sais, mais je me demande même si la police l'a jamais soupçonnée. Il se peut qu'ils aient été tellement occupés avec

211

les autres qu'ils n'aient même pas pensé à demander où se trouvait la meilleure amie de Susan.

– Parfois, je me dis que tu as vraiment hérité de mon instinct de flic.

– C'est plutôt mon instinct de reporter. *Suspicion* est peut-être de la téléréalité, mais je n'ai jamais oublié que je suis d'abord et avant tout une journaliste. De la même manière que nous ne voulons pas déformer les faits en présentant comme coupables des gens qui ne le sont pas, je ne tiens pas à donner de Nicole l'image angélique de la meilleure amie de Susan si la réalité est tout autre.

– Alors, qu'est-ce que tu vas faire ?

– Je vais découvrir qui était réellement Nicole Melling à l'époque de UCLA – quand elle s'appelait encore Nicole Hunter. »

Steve Roman fut interrompu dans ses réflexions par l'arrivée du barman, les cheveux bruns gominés attachés en catogan, moulé dans un tee-shirt noir qui soulignait ses biceps.

« Vous reprendrez une San Pellegrino, monsieur ? »

Steve jeta un coup d'œil discret à la femme accompagnée d'un vieux monsieur et d'un enfant. Elle faisait signe d'apporter l'addition. « Non, ça ira. Merci. »

D'ordinaire, Steve s'efforçait d'éviter les situations où il risquait d'être tenté de boire de l'alcool, mais ce soir-là il avait été obligé de s'installer au bar de Mama Torini's. Du tabouret sur lequel il était perché, il pouvait aisément suivre la conversation à la table de la productrice, à quelques mètres de lui.

D'après ce qu'il avait cru comprendre, Nicole Melling, née Hunter, avait gardé pour elle la dent qu'elle avait contre les Militants de Dieu.

S'il n'avait rien eu d'autre à lui annoncer, Martin aurait été soulagé. Peut-être même l'aurait-il déchargé de sa mission et il serait retourné à sa routine.

Mais Steve venait d'apprendre qu'ils avaient un nouveau problème sur les bras. Toujours assis au comptoir, il avait cherché sur Google « émission *Suspicion* » et était aussitôt tombé sur une photo de la femme qu'il avait repérée comme étant la responsable de l'équipe de tournage. Elle s'appelait Laurie Moran. C'était la créatrice et la productrice de l'émission. Il avait également appris que le mari de cette Laurie avait lui-même été victime d'un meurtre et qu'elle était la fille d'un flic. Il avait effectué une nouvelle recherche qui lui avait confirmé que le vieux monsieur assis à sa table était son père.

Et voilà qu'elle était curieuse d'en savoir plus sur Nicole et comptait s'intéresser de plus près à son passé. *Je vais découvrir qui était réellement Nicole Melling.*

Martin n'allait pas être content.

37

ALEX BUCKLEY regarda la valise et la housse à habits qu'il avait préparées et laissées ouvertes sur son lit. Il lui était déjà arrivé de devoir se déplacer à l'autre bout du pays pour certaines affaires et il était habitué à être invité sur des plateaux de télévision, mais c'était la première fois qu'il combinait les deux. Il avait réussi à faire entrer dans ses bagages six costumes et d'autres tenues plus décontractées.

Quand Brett Young l'avait appelé cet après-midi-là pour lui demander d'avancer son départ pour Los Angeles, Alex avait voulu s'assurer que Laurie était au courant. Il s'était douté que Young avait pris Laurie au dépourvu en le contactant sans la prévenir. Il avait donc gagné du temps en expliquant à Brett qu'il avait besoin de vérifier son calendrier de procès. En réalité, il avait profité de ce sursis pour appeler Laurie, mais elle n'avait pas répondu. Il avait donc téléphoné à Leo, qui lui avait certifié que Laurie serait ravie qu'il lui apporte sa contribution plus tôt que prévu. Mais maintenant que ses bagages étaient faits, il se demandait tout de même si Leo n'avait pas ses raisons de vouloir le faire venir en Californie. Une fois là-bas, ne risquait-il pas de ralentir Laurie dans son travail avec l'équipe de tournage ? Ce serait la première fois qu'ils coopéreraient depuis qu'ils étaient devenus amis.

Quand il avait été invité à présenter la première émission de *Suspicion*, consacrée au Gala des Lauréates, il n'avait pas résisté. Il avait suivi l'affaire de près à l'époque où il était en deuxième année à Fordham University et il avait toujours été persuadé que le tueur était une des étudiantes présentes à la fête donnée ce soir-là par la victime pour fêter son diplôme. En définitive, ses soupçons étaient infondés. Si sa participation à l'émission l'avait tellement marqué, ce n'était pas parce qu'il avait découvert la véritable identité du tueur, mais parce qu'il était tombé amoureux de Laurie Moran.

« Avez-vous besoin qu'une voiture vienne vous prendre, demain, monsieur Alex ?

— Combien de fois faudra-t-il que je vous dise de laisser tomber le monsieur, Ramon ? Alex tout court, ça suffit amplement. Vous pouvez même m'appeler Al, si ça vous chante. *Call me Al*, comme dit Paul Simon.

— Ça ne se passe pas comme ça avec Ramon, monsieur Alex. »

Alex secoua la tête en riant. Quand il voyait la vie qu'il menait, il avait parfois du mal à y croire. Ramon, lui, avait soixante ans, il était originaire des Philippines. Divorcé, père d'une jeune femme qui vivait à Syracuse, il était son « assistant ». Alex préférait ce titre à celui de

215

« majordome » que portait Ramon quand il était employé au service d'une famille partie s'installer sur la côte Ouest. La décoratrice qui avait veillé à ce que l'appartement d'Alex soit agencé avec goût lui avait recommandé d'engager Ramon en voyant qu'Alex était tellement surchargé de travail qu'il lui arrivait de racheter du linge au lieu de mettre en route la machine à laver.

L'appartement qu'occupait Alex sur Beekman Place avec vue sur l'East River comportait six pièces, sans compter celles réservées au personnel. Il était bien trop grand pour un célibataire. Mais il présentait l'avantage d'avoir une salle à manger pour recevoir ses amis, un véritable bureau, de quoi loger Ramon et suffisamment de place pour accueillir son jeune frère, Andrew, qui était avocat d'affaires à Washington et venait souvent le voir. Dans son esprit, cet appartement reflétait sa fidélité et son dévouement à sa famille et ses amis, mais il avait conscience de l'impression que cela pouvait donner si on ne le connaissait pas vraiment.

Plus précisément, de l'impression que cela donnait sans doute à Laurie.

Au début, il croyait que tout serait facile. L'homme que Timmy appelait Z'Yeux Bleus avait essayé de les tuer, lui et sa mère. D'instinct, Alex s'était précipité vers eux et les avait pris tous les deux dans ses bras. L'espace d'un instant, il avait presque eu le sentiment qu'ils formaient une famille.

Mais Leo avait surgi, et Laurie et Timmy s'étaient éloignés de lui. La famille, c'était Leo, Laurie et Timmy. Alex n'était qu'un ami. Un collègue. Pas un membre de la famille. Et surtout, il n'était pas Greg.

Il en avait conclu alors que Laurie n'était pas prête à entamer une nouvelle relation. Il comprenait parfaitement quelles pouvaient en être les raisons. Elle devait jongler entre son enfant et un métier très prenant. Elle avait perdu son mari. Elle ne pouvait pas encore tourner la page. Elle ne la tournerait peut-être jamais.

Mais, à la veille de partir à Los Angeles pour collaborer de nouveau avec elle, il se demandait si Laurie n'éprouvait pas de vraies réticences à son égard. Outre un appartement qui pouvait paraître trop vaste et un assistant aux airs de majordome qui l'appelait monsieur Alex, on lui avait collé une réputation digne des tabloïds.

Combien de fois s'était-il vu en photo dans le carnet mondain, une femme à son bras, le tout accompagné d'une légende suggérant le début d'une idylle ? Avec la pseudo-célébrité que lui valait son activité à mi-temps d'expert juridique à la télévision, ces rencontres étaient systématiquement montées en épingle. Andrew lui avait même parlé d'un site Internet qui prétendait inventorier toutes les personnes avec lesquelles Alex était prétendument sorti. Alex ignorait la plupart des noms.

Pourquoi une femme aussi intelligente et sûre d'elle que Laurie lui ferait-elle confiance ? Elle devait se préoccuper de sa carrière et de son enfant. Elle n'avait que faire d'un bellâtre de papier glacé d'un mètre quatre-vingt-treize, qui plus est, cavaleur. Pouvait-elle laisser Timmy s'attacher à un homme qui selon elle avait toutes les chances de disparaître de sa vie ?

Alex regarda de nouveau ses bagages et remplaça une cravate violette à motifs cachemire un peu trop voyante par une autre plus classique à rayures bleues et blanches en sachant cependant que ce n'était pas cela qui changerait quoi que ce soit.

38

« *W*AOUH, MAMAN. On dirait presque l'énorme petit-déjeuner qu'il y avait à l'hôtel quand on est allés à Aruba. »

L'hiver précédent, ils étaient partis en vacances sur l'île d'Aruba pour fêter le succès de la première émission de *Suspicion*. Laurie avait l'impression d'avoir travaillé non-stop depuis.

Elle posa la main sur l'épaule de Timmy en balayant du regard le buffet du petit-déjeuner présenté sur le gigantesque îlot central de la cuisine. Au départ, Laurie s'était montrée sceptique à la perspective que l'équipe campe sous le même toit à Los Angeles, mais comme Brett se plaignait déjà du budget trop élevé de l'émission, elle n'était pas en position de contester l'argument de Jerry qui soutenait qu'il était plus avantageux de ne prendre qu'une seule maison pour les loger tous et filmer la réunion au sommet.

Évidemment, elle ne s'attendait pas à ce que la maison de Bel Air ait des allures de manoir normand. Ni à ce qu'ils aient chacun – Jerry, Grace, Laurie, Timmy, Leo et Alex – leur chambre, avec salle de bains attenante et lit king size garni des draps les plus doux que Laurie ait jamais touchés.

Et voilà qu'au saut du lit, elle découvrait avec Timmy qu'un petit-déjeuner soigneusement préparé les attendait dans la cuisine, grâce au remarquable sens de l'organisation de Jerry.

« Je peux avoir un bagel ? demanda Timmy en commençant à palper l'assortiment présenté sur le plateau.

– Ne les touche pas tous, tu veux ? » Les garçons de neuf ans n'ont aucune notion des microbes. « Et on dit s'il te plaît. Bien sûr que oui, tu peux en prendre un.

– Et, s'il te plaît, je peux prendre du beurre et du fromage frais et du saumon fumé et de la salade de fruits ?

– Absolument. Mais sois gentil d'en laisser pour les autres.

– Faut pas que je me goinfre, c'est ça ?

– Exactement. »

Où est-ce qu'il allait chercher tout ça ?

Elle regardait Timmy tartiner du fromage frais sur un bagel aux graines de sésame quand Jerry fit son entrée. Il était vêtu de façon encore plus décontractée que d'habitude, un polo jaune et un pantalon marine. Il avait les cheveux mouillés, sortant visiblement de la douche. « Ah, formidable. Le service de restauration est déjà passé.

— Tu sais qu'on ne filme pas ici aujourd'hui ? s'assura Laurie. On fait les pré-interviews avec Keith Ratner.

— Je sais. Mais ce n'était pas beaucoup plus cher de leur demander de s'occuper de nous livrer que de manger dehors, et puis ça nous fait gagner du temps. Ils viendront pour les trois repas et pour ranger le soir, à moins que j'annule. Mais je me suis dit, pourquoi ne pas se faire plaisir le premier jour ? On a économisé tellement d'argent avec la maison qu'on peut bien se permettre un petit supplément.

— J'ai du mal à croire que cette maison entre dans le budget que nous a fixé Brett Young », remarqua Laurie en lui faisant signe de regarder autour de lui. La cuisine ouverte donnait sur un immense séjour orné d'une cheminée et séparé en trois coins salon indépendants. La salle à manger pouvait facilement accueillir seize personnes. À l'extérieur, une piscine digne d'un hôtel miroitait au soleil.

« Pour nous, si, répliqua fièrement Jerry, parce qu'on l'a eue gratuitement.

— Pardon ?

– Tu as bien entendu. Quand j'ai appelé Dwight Cook pour fixer l'heure de l'interview, je lui ai dit que le lieu de la réunion au sommet restait à préciser et qu'on chercherait une maison près du campus. Il s'avère qu'il a acheté celle-ci pour ses parents quand REACH a commencé à cartonner. Il y a deux ans, ses parents ont décidé qu'il leur fallait un endroit plus petit, de plain-pied. J'imagine qu'il ne veut pas la vendre à cause de l'impôt sur les plus-values ou pour une raison quelconque que je ne suis pas assez riche pour comprendre. Il l'a confiée à un gestionnaire immobilier qui la propose en location haut de gamme pour des tournages ou ce genre de choses. Mais on l'a eue gratis. Tu es fâchée ?

– Que la maison nous ait été prêtée par le collègue de Susan au labo d'informatique ? »

Il hocha la tête. « J'aurais sans doute dû te demander avant, mais je me suis dit que tu avais suffisamment à faire pour ne pas avoir en plus à t'occuper de ce genre de détails. »

C'est vrai qu'elle avait été submergée de travail, mais elle aurait tout de même aimé savoir qu'ils étaient subventionnés par Dwight Cook. Ce n'était certes pas la première fois qu'une personne liée à une affaire les aidait. Pour le Gala des Lauréates, ils avaient tourné toute l'émission chez le mari de la victime. Celui-ci avait même versé de sa poche une indemnité supplémentaire à certains participants pour s'assurer de leur présence. Mais la journaliste qu'elle était ne put s'empêcher de faire la grimace.

Jerry aida Timmy à se servir un verre de jus d'orange.

« J'ai pensé que ça ne posait pas de problème parce que Dwight ne fait pas partie des suspects. C'était un ami de Susan et, franchement, il a si bien réussi que ce n'est pas en squattant sa maison inoccupée qu'on va faire un trou dans son portefeuille. Et puis, dans l'affaire du Gala des Lauréates…

– Ne t'en fais pas, Jerry. Inutile de te justifier. J'aurais pris la même décision. Il faudra juste qu'on le mentionne pendant l'émission. »

Laurie se faciliterait la tâche si elle acceptait de laisser davantage d'autonomie à Jerry.

« La maison est vraiment jolie, dit Timmy en reposant son verre de jus d'orange. Merci de nous l'avoir trouvée, Jerry.

– Ah là là, si on pouvait mettre ce nectar en canette et le vendre, on serait aussi riches que Dwight Cook. »

Laurie se retourna en entendant des pas et vit son père et Alex Buckley entrer dans la cuisine.

« Qu'est-ce que c'est que tout ça ? s'exclama Leo.

– Jerry nous a préparé le petit-déjeuner ! s'écria Timmy.

– Encore mieux, dit Jerry. Jerry a embauché quelqu'un pour nous préparer le petit-déjeuner. »

Alex dit bonjour à Laurie en l'embrassant et alla directement se servir du café. Il tenait un iPod sur lequel il s'apprêtait à consulter le *New York Times*, elle le savait. Il était arrivé si tard la veille qu'ils avaient à peine eu le temps de se saluer.

Elle regarda Timmy se lever d'un bond pour présenter le buffet à Alex et son grand-père. Elle sourit malgré elle en les regardant tous les trois. Elle sentait encore la chaleur du baiser d'Alex sur sa joue.

Elle détourna volontairement les yeux de la place vide à côté d'elle.

« Nous sommes au complet, à part Grace, dit-elle. Elle doit être en train de parfaire sa coiffure et son maquillage.

— En fait, dit Jerry, je lui ai dit qu'elle pouvait faire la grasse matinée.

— On est censés voir Keith Ratner aujourd'hui. » Laurie regarda sa montre. Ils devaient se dépêcher. « On pourra discuter de la stratégie à adopter en chemin. Rosemary a toujours été persuadée que Keith était impliqué.

— Je sais, le petit ami est important. Mais il est presque aussi obsédé par la célébrité que Madison Meyer. Du coup, je me disais que tu devrais emmener Alex plutôt que Grace et moi. Si vous êtes d'accord, Alex, bien entendu. »

Alex leva les yeux de son café. « Je ne dirais pas que je suis une célébrité, mais je ferai ce que Laurie décidera. »

Jerry marquait de nouveau un point. Il avait raison. Alex roulerait probablement Keith Ratner dans la farine — autant profiter de son expérience. « Si Keith cache des choses depuis des années au sujet du meurtre de Susan, je crois que tu es le mieux placé pour le faire parler, Alex.

— Je me trompe peut-être, Jerry, lança gaiement Leo, mais j'ai l'impression que vous misez sur Laurie et Alex pour vous offrir un jour de congé.

— Absolument pas, monsieur Farley, protesta Jerry en brandissant une liste. Avec Grace, on a des tonnes de choses à faire avant la réunion au sommet de la semaine prochaine. »

Laurie sourit. « Je t'assure que Jerry travaille non-stop, papa. À ce propos, Alex, on ferait mieux d'y aller. Tu peux barrer un coup de fil de ta liste, Jerry. On ne manquera pas de dire à Keith où se déroulera le tournage la semaine prochaine. »

39

À CINQ CENT QUATRE-VINGTS KILOMÈTRES de là, plus au nord, Dwight Cook se réveillait à peine dans sa maison de Palo Alto. Elle faisait plus de six cents mètres carrés, mais il passait le plus clair de son temps dans son immense suite avec vue panoramique sur les contreforts des collines. Ce matin-là, toutefois, c'était une autre de ses propriétés qui l'intéressait. Il prit aussitôt son ordinateur portable sur la table de chevet et ouvrit la fenêtre de visualisation des caméras de surveillance de la maison de Bel Air.

La première caméra donnait sur l'entrée. Laurie Moran se dirigeait vers la porte. Il reconnut derrière elle Alex Buckley, le présentateur de l'émission.

Dwight passa en revue les autres caméras placées dans toute la maison en appuyant sur la flèche droite.

L'assistante, Grace, sortait d'une chambre du premier étage en chantant une vieille chanson disco. Les autres finissaient leur petit-déjeuner dans la cuisine et le petit garçon demandait s'ils auraient le temps de faire un tour à Disneyland. Le système de surveillance – encastré dans les murs, totalement indétectable – fonctionnait impeccablement. Dwight avait fait installer le même dans toutes ses propriétés pour renforcer la sécurité, mais cette fois, il servirait à autre chose.

Dwight ne comptait pas aller à Los Angeles avant le week-end, mais en pratique, il était là, avec l'équipe de production. Et une fois que la réunion au sommet aurait débuté, il serait en mesure de tout voir et tout entendre.

40

AURIE rejoignit le 4 × 4 noir. En plus du Land Cruiser, ils avaient également loué un minibus pour l'équipe technique et une berline pour que Leo et Timmy puissent se promener de leur côté. Elle agita les clés. « Tu veux conduire ou tu préfères que ce soit moi ?

— Comme tu veux.

— Je n'ai jamais conduit dans Los Angeles. Je devrais essayer. Si jamais je me rends compte que je nous mets en danger, je me gare et on échange.

— Entendu, répondit Alex, mais c'est surtout pour le premier conducteur qui aurait la bêtise de t'énerver que je me fais du souci.

— J'avoue que je ne suis pas toujours facile, dit Laurie en riant. J'essaierai d'éviter de piquer une crise au volant. »

Elle avait déjà entré la destination dans le GPS. Quand ils eurent bouclé leur ceinture, elle démarra et prit la direction de Westwood, non loin de là.

« Je m'étonne que tu n'aies pas de chauffeur, dit Alex.

— Évidemment, toi, avec ton majordome, répondit-elle, pince-sans-rire. Franchement, tu connais Brett, non ? Il n'a pas arrêté de me harceler au sujet du budget de l'émission. Ce n'est pas donné de tourner en Californie. On peut très bien se débrouiller sans chauffeur, à mon avis.

— Cette maison n'a pas exactement l'air bon marché.

— C'est drôle que tu dises ça. Jerry vient justement de m'annoncer qu'elle appartient à Dwight Cook. Il nous la prête, gratuitement.

— Tu as l'air agacée.

— Non, tout va bien. C'est juste que Jerry avait amplement le temps de mentionner ce détail plus tôt.

— Mais tu risquais de refuser et il se serait retrouvé à devoir chercher un endroit assez grand pour nous loger tous et qui convienne au tournage, le tout avec le budget du studio. Comme on dit, mieux vaut s'excuser que demander la permission.

— Tu as raison. En ce qui concerne Jerry, je crois que j'ai du mal à me défaire de l'image du stagiaire dégingandé qui allait chercher le café.

— Ça ne me regarde pas, mais à en juger par ce que j'ai vu, il vaut bien mieux que ça. Il est très efficace.

— Je sais. Le fait qu'il ait proposé que tu viennes avec moi voir Keith Ratner en est un bon exemple. Madison et lui ont une conscience aiguë du statut social. Ils vivent dans un monde où on mesure quotidiennement la valeur des gens à la vitesse à laquelle le voiturier de l'Ivy leur ramène leur véhicule. Ratner n'est pas une grande star, mais il ne ferait qu'une bouchée de Jerry et de Grace.

— Grace ne se laisserait jamais faire.

— C'est vrai.

— Où doit-on le retrouver ?

— Dans une petite librairie de Westwood. D'après ce que j'ai vu sur le Net, c'est un lieu alternatif, style contre-culture.

— Drôle d'endroit. Il avait bien dit qu'il assistait à une espèce de cérémonie religieuse le soir où Susan a été tuée ? »

Elle aurait dû se douter qu'Alex aurait déjà examiné toutes les pièces du dossier. « Oui, enfin, soi-disant. Mais l'Église en question n'en était pas exactement une à l'époque. Elle était à ses débuts. C'était un peu limite, à mon avis. Il y a vingt ans, Keith a dit à la police qu'il participait à un groupe de discussion dans une librairie. Lors de l'enquête, ils ont découvert qu'en fait il s'agissait d'une réunion d'un groupe qui s'appelait les Militants de Dieu. »

Plusieurs autres membres du groupe avaient témoigné de la présence de Keith à l'heure où Susan avait été assassinée, mais compte tenu de ce qu'elle savait de l'Église, Laurie se demandait s'ils n'étaient pas tellement coupés du monde qu'ils se couvraient les uns les autres.

« Ils ont fait du chemin depuis l'époque où ils recrutaient dans les petites librairies indépendantes, dit Alex.

Ce n'est pas une des méga-Églises de la côte Ouest, maintenant ?

— Et comment crois-tu qu'ils en sont arrivés là ? demanda Laurie. L'argent. Ils disent qu'ils "militent pour la bonté de Dieu" – elle ajouta des guillemets –, mais en fait ils ne font que collecter de l'argent. Selon eux, il est destiné à aider les pauvres, mais franchement, j'ai des doutes. Et en attendant, les membres de l'Église obéissent aveuglément.

— C'est pour cette raison que tu dis que Keith a *soi-disant* un alibi pour le meurtre de Susan.

— Exactement. Il faut avouer qu'à l'époque Ratner était un acteur qui crevait de faim et il venait à peine d'entrer chez les MD. S'il était lié au meurtre de Susan, je ne vois pas pourquoi l'Église aurait pris des risques en le couvrant.

— Chez les avocats, ça s'appelle réfuter ses propres arguments.

— Je sais. Je suis capable de regarder tous les témoins en les considérant comme innocents et, en un clin d'œil, de les imaginer traquant cette pauvre Susan dans le parc. Même son amie Nicole a eu un comportement très bizarre quand on lui a parlé, comme si elle cachait quelque chose. Je comprends que la police n'ait jamais réussi à élucider l'affaire.

— Attends un peu avant de t'exciter. Ce n'est que le début. »

La minuscule librairie débordait de livres du sol au plafond, dont un grand nombre d'occasion. Derrière la caisse, un panneau blanc annonçait les prochains événements. Ce soir-là, un auteur devait signer son livre, intitulé *Tout légaliser*.

Avec la barbe en broussaille qu'il arborait, il était difficile de donner un âge à l'unique employé.

« Vous cherchez un café ou autre chose ? »

Visiblement, Laurie n'était pas la seule à penser qu'ils détonnaient dans le décor, Alex et elle. Heureusement, ils furent interrompus par la clochette de la porte d'entrée. À la tête de Keith Ratner, Laurie devina qu'il avait immédiatement reconnu Alex pour l'avoir vu à la télévision.

« Je ne savais pas qu'on tournerait aujourd'hui. » Il passa la main dans ses cheveux ébouriffés.

« On ne tourne pas, expliqua-t-elle. Mais Alex tenait à vous rencontrer hors caméra. »

Alex lui tendit la main. « Bonjour Keith. Ravi de vous rencontrer. J'ai adoré *Intimes Convictions*. » Keith Ratner avait joué un jeune procureur dans cette série éphémère.

« Merci d'avoir accepté de nous rencontrer, dit Laurie. Et, avant que j'oublie, le lieu du tournage est fixé pour la semaine prochaine. C'est une maison pas très loin d'ici. » Elle lui tendit un bout de papier où était notée l'adresse de Bel Air.

« Pas de problème, dit-il en glissant l'adresse dans la poche de son jean. C'est fou. Cet endroit n'a pas du tout changé. Ça fiche un sacré coup de vieux.

— Vous n'êtes pas venu ici depuis longtemps ? demanda Laurie.

— Je ne suis venu que deux fois, je crois. À chaque fois pour des événements.

— Des réunions des Militants de Dieu, vous voulez dire.

— Oui. Ça pose un problème ?

— Seulement si les membres de votre Église vous ont soutenu parce que vous partagez la même religion.

— Vous parlez d'une petite conversation amicale. » Keith se tourna vers Alex pour qu'il lui vienne en aide, mais celui-ci faisait mine de consulter un rayonnage étiqueté HAIKU ET TANKA. « Si j'ai été soupçonné, c'est uniquement parce que Rosemary Dempsey ne m'a jamais aimé. J'ai six témoins qui ont confirmé à la police que j'avais passé la soirée avec eux — d'abord ici, à la librairie, et après, quand on est allés prendre un café. Mais comme on faisait partie d'une nouvelle Église que les gens ne comprenaient pas, c'est à croire que notre parole n'avait aucune valeur.

— Désolée, Keith, il ne s'agit pas de dénigrer vos croyances. Reconnaissez qu'au téléphone vous avez tout fait pour détourner l'attention en me parlant des autres et non de vous.

— La nature humaine. » Keith regarda de nouveau Alex. « L'avocat pénaliste que vous êtes doit comprendre ça.

Quelqu'un a tué Susan et ce n'est pas moi – alors, oui, on peut sans doute dire que je soupçonne tout le monde. On a l'air d'oublier que c'était ma petite amie. Depuis quatre ans. J'aimais cette fille.

– Et pourtant vous la trompiez », dit Alex.

Il n'avait pas l'intention de jouer le rôle du gentil flic.

« Je n'ai jamais dit que j'étais parfait. Pourquoi croyez-vous que je me cherchais une religion ? Une croyance à laquelle me raccrocher ? Comme petit ami, j'étais lamentable, mais ça ne fait pas de moi un meurtrier. Vous avez pris la peine de vous pencher sur ce que je vous ai dit, au sujet de Dwight Cook ? Ça tombe bien qu'il ait monté comme par hasard une boîte aussi lucrative quelques mois après le meurtre de Susan.

– En fait, dit Laurie, j'ai examiné votre théorie. Et ce que j'ai appris, c'est que vous connaissiez si peu votre petite amie que vous ne saviez même pas sur quoi elle travaillait. Son professeur a d'ailleurs confirmé que les recherches de Susan n'avaient rien à voir avec le concept qui est à l'origine de REACH.

– Les professeurs ne connaissent pas réellement leurs étudiants. Dwight suivait Susan partout comme un petit chien. À chaque fois que je passais la voir dans sa chambre, il était dans les parages. Je me fiche de l'argent qu'il a gagné. Mais moi je vous le dis : quelque chose ne tournait pas rond chez ce type.

— On a l'impression que vous ne savez plus quoi inventer, Keith. »

Il secoua la tête. « Vérifiez, si vous ne voulez pas me croire. Vous savez, quand j'ai accepté de faire l'émission, vous m'avez dit que vous seriez objective, que vous étiez d'abord et avant tout une journaliste. Mais il est évident que Mme Dempsey vous a monté la tête à mon sujet. Je m'en vais.

— Nous vous posons juste des questions, dit Laurie. Et vous avez signé un contrat.

— Vous n'avez qu'à m'attaquer en justice. »

Quand il sortit, le tintement de la clochette retentit comme le gong d'un round que Laurie savait avoir perdu.

41

KEITH sentit son téléphone vibrer dans sa main. Cela faisait des années qu'il n'avait pas perdu son sang-froid ainsi. En tout cas, il ne se rappelait pas s'être jamais montré aussi ferme devant Martin Collins. « Je ne pouvais pas. Tu aurais dû les entendre démolir les MD. Je ne pouvais pas maîtriser ma colère. J'ai été obligé de partir pour éviter de dire des choses que j'aurais pu regretter.

– Allons, Keith, je sais mieux que quiconque ce que c'est de voir nos croyances bafouées par des gens qui ne comprendront jamais nos bonnes œuvres. »

Keith aurait dû se douter que Martin n'accepterait pas sa décision, mais il ne comprenait pas son exaspération. Il avait encore dans l'oreille le ton narquois sur lequel Laurie Moran avait parlé des Militants de Dieu. Elle ne pourrait jamais comprendre comment les MD l'avaient sauvé après la mort de Susan.

En se mettant au service des autres et en suivant la voie que lui offrait Martin en le persuadant de la bonté de Dieu, il avait évité de noyer son chagrin dans l'alcool et avec les filles. Et puis il y avait les réunions de groupe. Keith avait mesuré sa culpabilité en songeant à la façon lamentable dont il avait traité Susan. Il s'était rendu compte que ses trahisons étaient autant de petites vengeances. Malgré tout l'amour qu'il lui portait, Susan lui donnait un sentiment d'infériorité. Il repensait aux lycéens qui racontaient qu'ils étaient quasiment traités comme des membres de la famille par les parents de leurs petites amies. Son ami Brian recevait même des cadeaux d'anniversaire et de Noël de la part de la famille de Becky, sa petite copine.

Mais Keith n'avait jamais reçu le moindre signe d'approbation – et encore moins d'affection – de la part de Rosemary ou de Jack Dempsey. Jack travaillait tellement qu'il aurait probablement été incapable de le reconnaître dans une parade d'identification de suspect. Quant à Rose-mary, elle traitait Keith comme un chien, lui infligeant en permanence des soupirs déçus et des commentaires acerbes qui bafouaient son rêve de devenir une star.

Susan lui répétait de ne pas y prêter attention. Elle lui disait que sa mère se contentait de la protéger et qu'elle aurait eu la même réaction si sa fille était sortie avec un prince, eût-il été lauréat de la prestigieuse bourse Rhodes. Mais après la mort de Susan, Keith s'était rendu compte que ces critiques l'avaient profondément marqué. Le mal qu'il faisait à Susan, la domination qu'il exerçait sur elle, était pour lui le moyen d'éviter qu'elle le blesse.

Et voilà que Rosemary Dempsey semblait de nouveau faire la loi. Keith s'efforça, une fois de plus, d'expliquer tout cela à Martin.

« Le ton que la productrice a employé avec moi a ravivé mon sentiment d'insécurité. Et quand je les ai entendus parler des MD, ça m'a rappelé Susan qui disait que c'était une arnaque, au début, à l'époque où Nicole a rejoint le groupe.

— Tu ne leur as pas laissé entendre que c'était Nicole qui t'avait fait connaître l'Église, au moins ?

— Bien sûr que non.

— N'oublie pas, si jamais ils te posent la question : on t'a donné un prospectus sur le campus et ça t'a intrigué. Avec tous les tracts que j'ai distribués à l'époque, c'est parfaitement plausible. Ne dis rien qui permette d'établir un lien entre Nicole et les MD.

— Je ne dirai rien du tout. Je ne veux pas participer à l'émission.

— Ne sois pas ridicule. Il n'y a pas que toi sur terre, Keith. Comment peux-tu servir au mieux la parole de Dieu ?

— Je vois mal comment je pourrais servir la parole de Dieu dans une maison remplie de gens qui tournent en ridicule tout ce que notre Église représente.

— Une maison ?

— Oui, ils ont loué une maison pour le tournage. Ils vont même y loger. »

Il sortit l'adresse de sa poche et la lut à Martin.

« Écoute-moi : tu vas appeler la productrice de l'émission et confirmer que tu seras présent. Les Militants de Dieu sont un *groupe* au service de Dieu, et la participation de Nicole constitue une menace pour ce groupe. J'ai des raisons de croire que, pour l'instant, Nicole ne dira rien sur nous, mais il se peut qu'ils fouillent dans son passé.

— Comment ça, des raisons de croire ?

— Je compte sur toi pour me tenir au courant de ce qu'elle dit et orienter l'interrogatoire pour éviter qu'ils remontent jusqu'aux MD. Compris ? »

Parfois, Keith se demandait s'il ne ferait pas mieux de s'interroger davantage sur les ordres de Martin. Mais sans les Militants de Dieu, que lui resterait-il ?

42

ΒΙΕΝ DÉCIDÉE à maintenir la tradition familiale du jeu du soir, Laurie avait rassemblé l'équipe dans la salle de télévision de Bel Air pour faire une partie de Bananagrams – une version survoltée du Scrabble. Ce que préférait Timmy, c'étaient les moments où on faisait des jeux de mots avec « banane » : « banana-split » au début de la partie et « peau de banane » pour tirer de nouvelles lettres. Grace avait gagné trois parties d'affilée en disant à chaque fois à Timmy qu'il y avait sûrement plus intelligent qu'elle dans la pièce, mais que personne au monde n'avait autant qu'elle l'esprit de compétition et que, « au bout du compte, c'est le plus important ».

Laurie voyait bien que Leo et Timmy étaient de cet avis.

Tout le monde jouait, sauf Jerry qui était plongé dans l'organisation de la réunion au sommet de la semaine suivante, calé dans un fauteuil au coin de la cheminée.

« Reposez-vous un peu, lui dit Leo. Vous allez finir par loucher.

– Impossible de se reposer quand on vit sous le même toit que son boss. »

Jerry leva les yeux de ses notes et glissa un clin d'œil à Timmy que sa blague fit rire.

Laurie se disait que la seule à devoir travailler tard ce soir-là, ce serait elle. Elle avait totalement raté l'entretien avec Keith. Il était peut-être arrogant, mais il n'avait pas tort. Rosemary était absolument convaincue que Keith était impliqué dans le meurtre de Susan, mais ses soupçons étaient-ils basés sur des faits, ou sur la certitude que Susan ne serait jamais allée à Los Angeles s'il n'y avait pas eu son petit ami ? L'alibi de ce dernier aurait-il été remis en question s'il lui avait été fourni par six membres d'un cercle de lecture ou de tout autre groupe bien établi, et non par des Militants de Dieu ?

Elle était censée former des mots avec ses lettres, mais les paroles de Keith résonnaient dans sa tête : *Vous m'avez dit que vous seriez objective.* Pour que l'enquête soit objective, il fallait vérifier son alibi.

Elle s'excusa et se leva pour passer un coup de téléphone. Elle chercha le numéro de l'Église des Militants de Dieu et tomba sur un répondeur. « Laurie Collins à l'appareil, je cherche à joindre le révérend Collins. » Elle avait lu que Martin Collins était le fondateur et le pasteur des Militants de Dieu. Les témoins qui avaient corroboré l'alibi auprès de la police appartenaient tous à l'Église à titre personnel, mais le groupe était si restreint à l'époque et l'enquête avait été si médiatisée qu'elle était persuadée que Collins devait être au courant. « C'est au sujet d'un membre de l'Église du nom de Keith Ratner et d'une enquête de police qui date de 1994. Pourrait-il me rappeler ? Merci d'avance. »

Laurie regagnait la salle de jeux improvisée quand Jerry lui fit signe d'approcher.

« Tu devrais vraiment arrêter pour ce soir. Je commence à culpabiliser.

– T'inquiète, je travaille encore plus tard à New York. Et puis, c'est plutôt marrant. Je regardais des anciens numéros du journal de UCLA que j'ai téléchargés sur mon ordinateur. Je me disais que ça valait peut-être le coup de jeter un œil aux répercussions du meurtre de Susan sur le campus. Les étudiants avaient-ils peur ? L'université a-t-elle renforcé la sécurité ? Ce genre de choses.

– Bonne idée.

– Merci. Je suis tombé là-dessus. »

Il pivota son ordinateur pour qu'elle puisse voir l'écran. L'article était intitulé UN PROFESSEUR DE NOUVELLES TECH-NOLOGIES REJOINT LE SECTEUR PRIVÉ. À LA TÊTE DE L'EN-TREPRISE, UN ÉTUDIANT DE UCLA.

L'article avait été publié en septembre 1994, dans le premier numéro de l'année scolaire qui avait suivi la mort de Susan, et rapportait le départ de Richard Hathaway, professeur d'informatique apprécié et chercheur prolifique qui quittait l'université pour rejoindre un secteur privé en plein essor, boosté par Internet.

Selon l'article, la politique de l'université qui reven-diquait la propriété intellectuelle des résultats de son département recherche-développement avait peut-être pesé sur la décision d'Hathaway. L'auteur suggérait qu'avec cette politique, l'université risquait d'avoir du mal à recruter et retenir des professeurs dans les secteurs les plus innovants et les plus lucratifs. Il précisait également que le premier poste de Richard Hathaway dans le secteur privé était celui de consultant de Dwight Cook, un étudiant de deuxième année à UCLA qui cherchait à réunir des fonds pour sa technologie de recherche sur Internet.

La photo du professeur Hathaway était accompagnée de la légende suivante : « Dans une start-up à succès, le professeur pourrait gagner en une journée l'équivalent de son salaire annuel à UCLA. »

Mais ce fut le dernier paragraphe de l'article que Jerry souligna à l'écran :

Les étudiants étrangers au département d'informatique reconnaîtront peut-être en la personne du professeur Richard Hathaway celui que ce journal a nommé l'« enseignant le plus craquant » de l'université à trois reprises au cours des cinq dernières années. Bien que ce qualificatif soit l'une des nombreuses récompenses décernées à titre de plaisanterie par la rédaction du journal, tout le monde n'a pas été sensible à cet humour. L'an dernier, une étudiante a déposé plainte auprès de l'université, relayant des rumeurs circulant dans le campus selon lesquelles le professeur Hathaway serait sorti avec des étudiantes et prétendant qu'en conséquence il faisait preuve de favoritisme envers les plus séduisantes.

N'ayant pas souhaité divulguer le nom des jeunes filles susceptibles d'avoir eu une relation avec le professeur si apprécié, l'étudiante a dû retirer sa plainte, et aucun autre élève n'est venu confirmer ses allégations.

Jerry regarda Laurie pour s'assurer qu'elle avait fini de lire l'article. « On sait que Susan était une de ses étudiantes préférées. Et elle était très séduisante. »

Laurie étudia de plus près la photo qui accompagnait l'article. Hathaway devait avoir un peu moins de quarante ans, à l'époque. Quand elle l'avait rencontré dans le bureau de Dwight Cook, elle l'avait trouvé bel homme, mais il avait le visage plus empâté et les cheveux plus clairsemés que sur la photo. En le voyant plus jeune, elle s'aperçut subitement qu'Hathaway présentait certaines ressemblances avec Keith Ratner. Des cheveux bruns, des pommettes saillantes et un sourire ravageur.

Susan et son professeur ? C'était une théorie que la police n'avait jamais envisagée.

« Je demanderai aux autres filles, pour voir s'il y avait quoi que ce soit qui aurait pu indiquer que Susan et Hathaway étaient ensemble. Si c'était le cas, Dwight n'en savait rien. Quand je lui ai parlé, j'ai tout de suite vu qu'il était lui-même le soupirant malheureux de Susan, et Keith a laissé entendre que Dwight était obsédé par elle. Il n'aurait jamais gardé Hathaway comme bras droit chez REACH si le professeur était allé trop loin avec Susan.

Mais dans l'article il est dit qu'il était consultant. On sait qu'Hathaway a joué dès le départ un rôle essentiel chez REACH. Ça signifie qu'il a reçu des stock-options et beaucoup d'argent. Je sais bien que tu m'as dit qu'Hathaway avait confirmé que l'idée de REACH venait de Dwight, et non de Susan, mais...

– Tu crois que Dwight Cook aurait pu assassiner Susan ?

– Je ne sais pas, Jerry. S'il y a une chose que j'ai retenue, c'est que le coupable est souvent le suspect le plus improbable. »

Elle repensa au meurtre de son mari. Dans la mesure où Greg était médecin urgentiste, la police pensait qu'il avait peut-être croisé le chemin d'un patient dérangé qui avait fait une fixation sur lui. Personne n'avait jamais imaginé que Greg ait pu être la cible d'un psychopathe rongé par une haine farouche à l'égard du père de sa femme, le commissaire du NYPD Leo Farley.

Laurie repensa à la conversation qu'elle avait eue avec Alex ce matin même. Jerry avait vraiment fait du chemin depuis l'époque où il était stagiaire. Désormais, il était quasiment son partenaire dans l'émission et il fallait qu'elle le traite comme tel. « Je vais appeler Rosemary, on ne va pas se contenter de croire Hathaway et Dwight sur parole au sujet des recherches de Susan. Elle saura sans doute sur quoi travaillait sa fille. »

Laurie espérait réduire le nombre des personnes soupçonnées avant la réunion au sommet, mais la liste de suspects ne cessait de s'allonger.

43

ORSQUE DWIGHT COOK mit la clé dans la serrure de son bungalow de Westwood, il était presque minuit. Il avait pris le jet de REACH avec Hathaway, mais le vol avait été retardé par le brouillard qui recouvrait la baie de San Francisco.

Hathaway raillait souvent Dwight d'avoir tenu à conserver cette maison modeste qu'il avait achetée à la fin de sa troisième année d'études, une fois que la start-up avait semblé assez solide pour lui permettre de décrocher un petit prêt. Hathaway était tellement certain que REACH pouvait rapporter gros qu'il avait pris sa retraite en renonçant à son poste de titulaire.

Cependant, Hathaway avait toujours été plus motivé que Dwight par la réussite financière. C'était peut-être simpliste, mais Dwight aimait vraiment la fac – non pas faire la fête, ni traîner sur le campus mais apprendre. Et malgré le lancement de REACH, il avait trouvé le moyen de finir ses études, d'autant qu'il avait Hathaway pour superviser sa société.

Dès qu'il eut refermé la porte, Dwight ouvrit son ordinateur et se connecta sur les caméras de surveillance de la maison de Bel Air. En présence d'Hathaway, il n'avait pas pu vérifier ce qui s'était passé dernièrement.

Il fit défiler en accéléré des heures entières d'enregistrement pour faire un tour d'horizon. Le petit garçon et son grand-père étaient revenus en premier, puis l'enfant avait regardé la télévision pendant que le grand-père passait des coups de fil. Ensuite Jerry et Grace étaient rentrés, suivis par Laurie et Alex Buckley. Visiblement, ils avaient terminé la soirée en jouant à un jeu quelconque dans la salle de télévision.

Il mit sur PAUSE. Jerry était seul dans son coin, tandis que tous les autres jouaient ensemble. Apparemment, Laurie s'était arrêtée pour lui parler en tête à tête. Il revint au début de leur conversation et appuya sur LECTURE.

Le temps que Laurie retourne s'asseoir avec les autres joueurs, Dwight avait eu envie de balancer son ordinateur à travers la pièce. Quand il avait décidé de surveiller ce qui se passait dans la maison, il se disait que ça lui donnerait un semblant de contrôle, mais là, c'était à devenir fou. En fait, il aurait voulu être sur place avec eux. Pourvu qu'ils lui posent les bonnes questions. Ainsi, il mettrait les choses au clair.

Susan et Hathaway ? L'idée le rendait malade. Et en plus, elle était ridicule. Susan était trop aveuglée par l'adoration qu'elle portait à l'effroyable Keith Ratner pour s'intéresser à qui que ce soit d'autre.

Et cette supposition selon laquelle ç'aurait été Susan qui aurait développé REACH ? La technologie qui était à l'origine de REACH n'était pas une découverte de Susan ; ce n'était pas même celle de Dwight. Comme l'avait dit Hathaway, à eux deux, ils formaient un tout. S'il avait été seul, Dwight n'aurait peut-être jamais conçu une idée de cette envergure. Mais sans le talent de programmeur de Dwight, Hathaway aurait pataugé et il aurait fini par être rattrapé et surpassé avant que REACH n'ait pris son essor.

Rien à voir avec Susan.

Dwight voulait qu'on élucide le meurtre de Susan, mais les gens de *Suspicion* faisaient fausse route, et il ne pouvait pas rectifier le tir sans leur révéler qu'il surveillait leurs conversations. Il était coincé. Il ne pouvait que les observer et les écouter en espérant. Oh, Susan, songea-t-il avec mélancolie.

Il passa sur le site « Plongée en Californie du Sud ». Il espérait qu'un internaute aurait des tuyaux sur de nouveaux sites à explorer pendant qu'il était à Los Angeles mais visiblement, il allait devoir s'en tenir à ses plongées habituelles : Farnsworth Bank, sur la côte au vent de l'île de Catalina et les plates-formes pétrolières au large de Long Beach.

Il avait déjà plongé là des dizaines de fois, mais ce n'était pas plus mal. Pour donner le meilleur de lui-même, Dwight avait besoin de se plier à une routine. Huit heures, réveil. Café. Jogging de cinq kilomètres. Céréales et fruit. Travail. Dîner de temps à autre avec Hathaway. Lecture. Sommeil. Et rebelote.

Depuis que Nicole avait débarqué chez REACH en lui annonçant que *Suspicion* allait consacrer une émission au meurtre de Susan, sa routine avait été perturbée. Une fois qu'il aurait découvert qui avait tué Susan, la vie reprendrait son cours normal.

Et d'ici là, il avait besoin d'un répit sous l'eau. Encore deux jours avant de pouvoir plonger.

44

MADISON MEYER poussa la porte de la chambre marquée 2F. « Je ne peux pas croire que cette chambre soit encore là. Elle était neuve, à l'époque, mais elle a pris un sacré coup de vieux. »

Le bâtiment de deux étages en briques blondes était divisé en chambres fonctionnelles dotées d'une salle de bains. Toutes les résidences des campus américains de l'époque étaient conçues sur le même modèle. C'était la chambre triple que Susan, Nicole et Madison avaient partagée pendant leur deuxième année.

« Hé, vous, avec la casquette noire ! » Madison interpellait un des cameramen. « Si je me tourne par là, c'est qu'il y a une raison. Ne vous mettez pas à ma droite. Je vous ai déjà dit que ce n'était pas mon bon profil.

— Nous avons pris en compte toutes les requêtes de votre agent », répondit Grace avec fermeté.

Madison jouait les divas, et Laurie comprit que Grace voulait la remettre à sa place à la new-yorkaise. Jerry se serait montré plus patient, mais il était resté à Bel Air pour organiser les réunions de la semaine suivante. « Ce que Grace essaie de vous dire, je crois, intervint aimablement Laurie, c'est que nous y veillerons au montage. De plus, vous apparaîtrez à l'image essentiellement au moment de la réunion.

— Et oui, ajouta Grace, nous avons prévu quelqu'un pour vous coiffer et vous maquiller. Et des plats végétariens à tous les repas. Et la marque d'eau minérale que vous avez demandée. »

Alex Buckley posa gentiment la main sur l'épaule de Grace. « Maintenant, je crois que Grace essaie de vous dire que votre agent a bien travaillé pour vous. »

Grace et Madison éclatèrent de rire. Laurie s'étonnerait toujours de voir comment il suffisait qu'un bel homme

247

leur prête attention pour que certaines femmes oublient tout le reste.

Provisoirement calmée, Madison poursuivit la visite de la chambre. Laurie aurait préféré que Nicole soit également présente, mais celle-ci ne souhaitait pas venir à Los Angeles avant la réunion au sommet. L'avantage, c'était qu'en son absence, Madison leur parlerait peut-être de Nicole à l'époque où elles partageaient cette chambre. Laurie était bien décidée à découvrir ce que lui cachait Nicole Melling.

Quand ils eurent fait le tour des lieux, Laurie demanda à Madison comment il se faisait qu'elle n'ait rejoint Nicole et Susan qu'en deuxième année, alors que les deux autres avaient été affectées ensemble dans cette chambre en première année.

« Disons qu'elles ont eu plus de chance que moi quand les camarades de chambre ont été tirés au sort. La fille avec laquelle je partageais la mienne en première année était un désastre. Dès qu'elle débarquait quelque part, c'était comme une tornade. Même dans sa famille, on l'appelait Taz. Comme dans *Le Diable de Tasmanie*. Elle était braillarde, prétentieuse, elle empruntait mes affaires sans me le demander. Un vrai cauchemar. On n'aurait jamais pu former un de ces tandems comme Nicole et Susan qui restent ensemble année après année. Sans attendre le tirage au sort, j'ai fait savoir autour de moi que je cherchais quelqu'un avec qui partager une chambre. Susan m'a demandé si je voulais venir habiter avec Nicole et elle.

— Comment connaissiez-vous Susan ? demanda Laurie.

— Je l'avais rencontrée au cours d'art dramatique.

— On m'a dit que vous étiez plus ou moins rivales, toutes les deux. Étant donné votre ressemblance physique, vous étiez souvent en concurrence pour les mêmes rôles.

— Vous savez ce qu'on dit toujours. On a parfois besoin d'un rival pour donner le meilleur de soi.

— Ça ne vous faisait pas un drôle d'effet de vivre avec votre rivale ? D'autant qu'à l'époque, elles devaient avoir leurs habitudes, toutes les deux. Vous n'avez jamais eu l'impression de tenir la chandelle ?

— Pardonnez-moi si ça fait prétentieux, dit Madison, mais je n'ai jamais eu le sentiment de ne pas être à ma place. Je ne suis pas programmée pour ça. Bien sûr, si vous voulez savoir s'il m'est arrivé de me sentir légèrement de trop, oui, sans doute. Des petites choses, cette façon qu'elles avaient de me charrier en me disant que je flirtais trop. On a toutes un côté cruel, et Susan et Nicole n'hésitaient pas à me snober de temps en temps. »

Laurie sentait affleurer l'amertume dans les propos mesurés de Madison, mais les querelles insignifiantes entre amies ne constituaient généralement pas des motifs suffisants pour commettre un meurtre. Il était temps d'aborder certaines questions qui avaient été soulevées pendant les autres entretiens.

« Vous ne vous rappelleriez pas, par hasard, sur quoi travaillait Susan au laboratoire d'informatique ? » demanda Laurie.

Madison répondit sans hésitation. « Un logiciel de dictée. L'idée lui était venue parce que son père travaillait souvent chez lui en se servant d'un dictaphone pour ses requêtes et ses mémos. Mais il était obligé d'attendre le lundi que sa secrétaire les lui tape. »

La nature des recherches de Susan était confirmée non seulement par Dwight et Hathaway, mais également par Nicole et Rosemary. Il était clair que Dwight n'avait pas volé l'idée de REACH à Susan, comme le suggérait Keith Ratner.

Mais il y avait aussi les rumeurs selon lesquelles Hathaway était sorti avec des étudiantes. Laurie avait passé la soirée précédente à chercher sur Internet d'autres informations sur Richard Hathaway. À en juger par ce qu'elle avait vu, s'il avait quitté UCLA pour faire carrière dans le secteur privé, depuis, il avait uniquement travaillé pour REACH, ce qui s'était révélé extrêmement lucratif. Elle avait aussi trouvé des revues spécialisées qui suggéraient qu'Hathaway était en fait le véritable cerveau de l'opération, alors que Dwight présentait le profil idéal du jeune excentrique que recherchaient les investisseurs au début de l'ère Internet. Elle n'avait rien découvert d'autre sur d'éventuels flirts avec des étudiantes.

« Et comment ça se passait entre Susan et son petit ami ? demanda Laurie.

– Ah oui, fit Madison d'un ton détaché. Comment s'appelait-il déjà ?

– Keith Ratner. » Laurie trouva curieux que Madison ne se souvienne pas de Keith, alors qu'ils étaient tous les deux devenus des acteurs relativement connus.

« C'est vrai. Ils sortaient ensemble depuis le lycée. Ils étaient fous l'un de l'autre.

– Ah bon ? intervint Alex. On m'a dit que Keith avait tendance à draguer les autres filles.

– Ça ne m'a jamais frappée.

– À votre avis, se peut-il que Susan ait eu une liaison avec quelqu'un d'autre que Keith ? » demanda Laurie.

Cette fois, Madison se montra plus catégorique : « Absolument pas. Ce n'était pas son genre. Et puis l'amour, ça ne l'intéressait pas tant que ça. Bien sûr, elle avait un petit copain, mais même Keith n'était pas sa priorité absolue. Ce qui la passionnait vraiment, c'étaient ses études, ses travaux, ses cours d'art dramatique. Keith était un peu sa quatrième priorité, comme s'ils étaient un vieux couple. »

Laurie remarqua qu'une fois de plus, Madison regardait Alex droit dans les yeux. Pourquoi n'annonçait-elle pas franchement la couleur : *Avec moi, on ne s'ennuie jamais. Les hommes sont ma seule priorité.* Elle était si transparente.

« Et Nicole ? demanda Laurie.

– Quoi donc ?

– Rosemary Dempsey me dit qu'elle était très amie avec sa fille, mais parfois, les mères ne savent pas tout de la vie de leurs enfants quand ils sont à la fac. Vous l'avez dit, on a toutes un côté cruel. Nicole et Susan étaient-elles parfois cruelles l'une envers l'autre ?

– C'est drôle. Je ne crois pas me souvenir qu'on se soit interrogés sur Nicole après la mort de Susan. Tous les regards étaient fixés sur Frank et moi. Je vais être honnête. Je n'aimais pas beaucoup Nicole, et j'imagine que c'était réciproque. Mais si elle avait dû tuer quelqu'un, ç'aurait été moi, et pas sa Susan adorée. Je blague. Elle était incapable de tuer qui que ce soit. Ni moi, d'ailleurs, pas plus que Frank Parker.

– Qui reste-t-il comme suspects, en ce cas ? demanda Alex.

– J'ai toujours pensé que pour trouver le tueur il fallait d'abord comprendre par quel moyen Susan s'était rendue à Laurel Canyon Park. Sa voiture était restée sur le campus. » Elle regarda par la fenêtre et montra un parking situé derrière la résidence. « Là-bas. »

Alex suivit son regard, mais sa question suivante était déjà prête. « On a suggéré...

– Que c'était Frank et que je l'avais couvert, et qu'un de nous deux avait ensuite ramené sa voiture sur le campus. Mais on est deux à être bien placés pour savoir que ce n'est pas ce qui s'est passé. Susan avait des problèmes

252

avec sa voiture, alors je me suis toujours demandé si elle n'avait pas accepté que quelqu'un la dépose pour éviter de tomber en panne. »

Laurie ne se rappelait pas avoir vu d'éventuels problèmes de voiture mentionnés dans les rapports de police. « Sa voiture était en panne ?

— Elle était – comment disait-elle déjà ? Un mot d'intello pour dire capricieux. *Lunatique !* Elle adorait ce mot. »

En envisageant les différentes possibilités, Laurie s'aperçut que ce détail au sujet de la voiture de Susan pouvait avoir son importance. La reconstitution de l'emploi du temps de Susan le jour de sa mort avait été basée sur la supposition qu'elle avait pris sa voiture sur le campus pour aller passer son audition chez Frank Parker. Auquel cas, les tueurs probables étaient soit Frank, soit un individu avec lequel elle se trouvait avant l'audition. Et si quelqu'un d'autre l'avait conduite chez Frank ?

Comme s'il lisait dans ses pensées, Alex demanda : « Pensez-vous que Susan serait montée dans la voiture d'un inconnu ? »

Madison haussa les épaules. « Ça m'étonnerait, sauf si elle était en retard et ne savait plus comment faire. Peut-être que quelqu'un qu'elle connaissait sur le campus lui a proposé de l'accompagner ? Et qu'elle n'a compris que trop tard que c'était un sale type. »

À moins que la personne en question ait été Keith Ratner, comme sa mère l'a toujours pensé, se dit Laurie.

Alex embraya sur un autre sujet : « Vous avez dit que vous étiez une des deux seules personnes à savoir où vous vous trouviez ce soir-là, vous et Frank Parker, dit-il. Quel effet cela fait-il depuis toutes ces années de voir qu'on remet en cause votre crédibilité ?

– Naturellement, c'est horrible, énervant, rageant. Ce n'est pas compliqué, pourtant : j'ai reçu un coup de fil d'un réalisateur encensé par la critique me disant qu'une autre étudiante de UCLA lui avait posé à lapin et me demandant si je voulais bien passer une audition au pied levé. Je savais que l'étudiante en question était Susan et j'ai pensé qu'elle avait dû se dégonfler ou je ne sais quoi. Du coup, je me suis dit, tant pis pour elle, je saisis l'occasion. J'ai sauté dans ma voiture et j'y suis allée directement. Je suis restée jusqu'à minuit environ. Vous savez que la police a vérifié les relevés téléphoniques de Frank ? On s'est fait livrer une pizza vers vingt et une heures trente et, là encore, cela a été confirmé. Et pourtant, des gens qui ne me connaissent même pas me traitent, en gros, de menteuse sans aucune preuve. »

L'enquête de police avait, en effet, confirmé la livraison de pizza, mais le livreur ne savait pas si celui qui avait réglé la pizza était seul ou en compagnie de quelqu'un. Les relevés de ses appels corroboraient également le fait que Frank avait téléphoné à Madison, mais, comme le disait celle-ci, ils étaient les deux seuls à savoir ce qu'ils s'étaient dit ou ce qui s'était passé après.

« Et comme par hasard vous étiez là un samedi soir ? » intervint Laurie. Depuis le départ, elle trouvait que le récit que Madison faisait de la soirée ne tenait pas debout. La semaine précédente, Madison les avait fait attendre dans la véranda pendant qu'elle se remettait du rouge à lèvres. Se pouvait-il réellement qu'elle ait pris sa voiture sur-le-champ pour passer une audition ?

À présent qu'elle cernait mieux la personnalité de Madison, le détail qui la dérangeait lui sautait aux yeux. « J'ai eu l'impression que vous aviez une vie sociale bien remplie à l'époque. On vous imagine mal traîner dans votre chambre à ne rien faire un samedi soir à huit heures moins le quart, au moment où le téléphone a sonné.

— Je n'étais pas en forme ce soir-là.

— Et pourtant, vous l'étiez suffisamment pour prendre votre voiture afin d'aller passer une audition ? Je ne vous vois pas vous rendre chez Frank Parker en jogging, sans même être maquillée. »

Madison sourit en regardant une fois de plus Alex, alors que c'était Laurie qui la mitraillait de questions. « Bien sûr que non. Et je ne restais jamais dans ma chambre le vendredi ou le samedi soir. Ce samedi-là ? J'étais censée aller à une fête de la fraternité Sigma Alpha Epsilon, alors je m'étais faite belle. Mais je vous l'ai dit, je n'étais pas en forme, et j'avais décidé de rester tranquille chez moi. Et puis Frank a appelé, et il se trouve que j'étais là, toute pomponnée. J'ai foncé et j'ai décroché un rôle fabuleux.

Franchement, j'ai remporté un Spirit Award, mais les gens continuent à croire que j'ai eu ce rôle parce que j'ai témoigné pour Frank. Non, je l'ai *mérité*.

– Mais c'est Susan qui l'aurait peut-être décroché si elle n'avait pas été tuée.

– Parce que vous croyez que pour moi, cette période n'a pas été terriblement assombrie par ce qui s'était passé ? Nous étions peut-être rivales, Susan et moi, mais nous étions aussi amies. Tout le monde a l'air de l'oublier. Combien de fois faudra-t-il que je le répète ? Frank m'a appelée à dix-neuf heures quarante-cinq, je suis allée directement chez lui, j'étais avec lui de vingt heures trente à minuit, on a commandé des pizzas vers vingt et une heures trente et puis je suis rentrée. Je n'ai rien à voir avec la mort de Susan. »

45

AU RETOUR, Laurie confia le volant à Grace. Son assistante n'avait jamais l'occasion de conduire à New York et, malgré la circulation épouvantable à Los Angeles, elle y prenait manifestement plaisir.

« Alors, qu'est-ce que vous en pensez ? » demanda Laurie une fois sur la route. Alex était monté à l'arrière du 4 × 4 avant même que Laurie ait pu protester.

Grace fut la première à donner son avis. « Moi, je ne marche pas. Cette histoire d'amitié entre Susan et elle ? Peut-être, mais elle, tout ce qui l'intéresse, c'est *j'ai remporté un Spirit Award et je l'ai mérité*. Je regrette, mais c'est de l'indifférence. »

Elle ponctuait ses propos en agitant l'index et Laurie sentit que la voiture faisait une embardée.

« Grace, garde les deux mains sur le volant, tu veux.

– Désolée, cette femme me porte légèrement sur les nerfs. Et son emploi du temps ? On avait l'impression qu'elle avait bien répété. *Dix-neuf heures quarante-cinq, vingt heures trente, vingt et une heures trente, minuit*, un vrai petit automate. »

Laurie était d'accord. Madison avait maintenu l'alibi Frank Parker, mais c'était presque trop beau pour être vrai. Le souvenir qu'elle gardait de ce soir-là était en tout point identique au récit qu'elle en avait donné à la police vingt ans plus tôt. La mémoire ne fonctionnait pas ainsi dans la réalité. Elle évoluait avec le temps, certains souvenirs pâlissaient, d'autres se cristallisaient. Des détails se mélangeaient, se transformaient. Mais Madison ne s'était pas trompée une seule fois, comme si elle jouait une scène.

« La seule incohérence que j'ai repérée, dit Laurie, c'est quand elle a commencé par dire qu'elle était restée parce qu'elle était malade. Ensuite, lorsque je lui ai demandé comment elle avait fait pour partir aussi vite pour l'audition, qu'elle a expliqué qu'elle était censée aller à une fête de fraternité, mais qu'ensuite, elle s'était sentie mal fichue et que Frank avait appelé alors qu'elle était encore maquillée. Tout ça me paraît bien alambiqué.

– Une fête de fraternité, en plus ? dit Grace, sceptique. Franchement. Je n'ai peut-être pas connu Madison Meyer il y a vingt ans, mais je l'imagine mal traîner avec les étudiants des fraternités. Il y a un truc qui cloche. »

Laurie fut interrompue dans sa réflexion par son portable qui lui signalait deux nouveaux messages reçus alors que son téléphone était éteint pour le tournage.

« Bonjour, c'est Tammy, des Militants de Dieu. Vous avez laissé un message hier soir pour le révérend Collins au sujet d'une ancienne enquête de police ? Le révérend vous prie de l'excuser, son emploi du temps ne lui permet pas de vous rappeler en personne, mais il m'a demandé de vous téléphoner. Il dit que la police a interrogé plusieurs de nos membres à l'époque et que, dans son souvenir, ils ont vérifié où se trouvait l'individu dont vous parlez dans votre message. Il n'a rien à ajouter, mais il vous suggère de contacter la police pour de plus amples détails. »

Laurie passa au message suivant. « Madame Moran, c'est Keith Ratner. Je voulais m'excuser de m'être énervé hier. Qu'on me mette encore en cause après toutes ces années c'est pour le moins exaspérant. Mais je tiens à vous apporter mon aide, si vous voulez toujours de moi. Rappelez-moi si vous avez un moment. »

Elle appuya sur la touche RAPPELER et Keith décrocha aussitôt. « Vous avez eu mon message ? demanda-t-il.

— Oui, et je voulais aussi m'excuser. Hier, j'ai été plus virulente avec vous que je ne le souhaitais. Et je vous assure que l'émission restera objective. En fait, depuis que je vous ai vu à la librairie, j'ai examiné votre alibi pour ce soir-là et nous avons également étudié toutes les autres hypothèses avec la même rigueur. Sachez, en tout cas, que sa mère et ses deux camarades de chambre ont dit toutes les trois que Susan était bien trop attachée à vous pour sortir avec qui que ce soit d'autre. »

Elle jugeait inutile de préciser que Rosemary avait ajouté : « J'aurais été aux anges si Susan avait trompé cet abruti. »

Keith se fit confirmer l'adresse de la réunion au sommet de Bel Air, puis raccrocha au moment même où ils arrivaient dans l'allée.

« Le beau gosse est de retour ? demanda Grace.

— Attention, dit Alex. Je commence à croire que vous voyez des beaux gosses partout. Je suis vexé.

— Oui, répondit Laurie. Keith Ratner — autrement dit le beau gosse numéro deux — est de retour. Mais je commence à me demander s'il n'a pas raison de dire que Rosemary le soupçonne pour rien. Son alibi se tient, autant que celui de Frank. De nombreux témoins ont confirmé ses dires, et non pas une personne qui avait tout intérêt à soutenir un réalisateur encensé par la critique. »

Alex détacha sa ceinture pendant que Grace garait le 4 × 4. « Je crois quand même qu'on ne peut pas faire l'impasse sur le fait que les nombreux témoins en question appartenaient tous à une religion qui a souvent été qualifiée de secte. Les Militants de Dieu n'ont pas exactement une réputation irréprochable. »

En descendant côté passager, Laurie savoura le soleil sur son visage. Elle pourrait peut-être s'habituer à la Californie. Il n'y avait pas un bruit dans le quartier, à part une tondeuse au loin et la voix de Grace.

« Et vous avez entendu ce que Madison a dit sur la voiture de Susan qui était capricieuse. Si elle s'inquiétait à l'idée de tomber en panne en allant à l'audition, à qui aurait-elle demandé de l'accompagner ? À son petit copain, évidemment. Son agent venait d'Arizona, il était sur la route. Alors elle a appelé Keith. Je continue à penser qu'ils se sont disputés en chemin, elle est descendue de voiture et ça a dérapé. »

Une fois de plus, Laurie eut l'impression de patauger. Tout le propos de ces pré-entretiens était de clarifier l'affaire avant qu'Alex ne donne l'assaut final pendant la réunion au sommet. Mais le tournage était censé commencer dans deux jours et elle ne cernait pas davantage l'image du meurtrier que lorsqu'elle avait repéré l'Affaire

Cendrillon sur Internet. Brett Young ne lui confierait plus jamais un budget pareil. Et, pire encore, l'émission allait peut-être passer à côté de la seule chose qui lui importait réellement : révéler du nouveau dans l'enquête.

Elle était tellement plongée dans ses pensées qu'elle mit la clé dans la serrure sans vérifier d'abord la poignée de la porte et les enferma dehors au lieu d'ouvrir. Elle tourna la clé dans l'autre sens et poussa le battant. Celle-ci s'entrouvrit de quelques centimètres mais elle sentit que quelque chose la bloquait.

« Hé ho ! » cria-t-elle. Jerry avait dû déplacer des meubles dans le hall pour la mise en scène. « Jerry ? On ne peut pas entrer ! Hé ho !

– Laisse-moi essayer. » Grace bondit devant Laurie, se baissa et posa les deux paumes contre le battant en s'arc-boutant de tout son poids. Elle gémit sous l'effort et la porte finit par s'entrebâiller suffisamment pour qu'elle se faufile à l'intérieur.

« Non ! » s'écria-t-elle. Par l'interstice, Laurie vit son assistante tomber à genoux dans le hall.

« Grace ? »

Alex voulut la retenir par le bras, mais il était trop tard. Laurie s'était glissée à l'intérieur et elle vit Grace agenouillée devant l'obstacle qui bloquait la porte. C'était Jerry.

Il était défiguré par les blessures. Des traînées rouges marquaient le chemin qu'il avait parcouru de la salle de télévision à l'endroit où il gisait à terre, le portable dans la main droite. La respiration coupée, Laurie dut s'adosser à la porte. Elle sentit sous sous ses doigts une substance froide et visqueuse sur le bois.

Elle entendit Alex cogner contre la porte, mais ne put se résoudre à ouvrir.

Jerry était tout seul. Il avait voulu appeler à l'aide et essayé de ramper à l'extérieur mais, en dépit de tous ses efforts, il était resté seul. Et il était couvert de sang.

46

TALIA PARKER frappa à la porte du bureau de son mari. Cela faisait trois heures qu'il était enfermé, soi-disant pour regarder les screeners des films toujours plus nombreux en lice pour les nominations aux Oscars. Comme il ne répondait pas, elle poussa lentement la porte.

Il était là, allongé dans le canapé Eames, en chaussettes, les chevilles croisées, les mains serrées sous la télécommande posée sur son torse robuste. Sur l'écran géant de la télévision, une célèbre actrice était mise en pause au beau milieu d'une réplique. Dans la pièce, on n'entendait qu'un faible ronflement régulier.

Elle prit délicatement la télécommande, éteignit le home cinéma et posa sur Frank une couverture légère. Il dormait mieux quand il était au chaud.

De retour dans leur chambre, elle passa en revue les vêtements qu'elle avait choisis pour rencontrer l'équipe de télévision : pour lui, une chemise à col ouvert, un pantalon gris à pinces et un blazer bleu marine, et pour elle un fourreau blanc et des escarpins beiges. Des tenues décontractées, tout en restant chics et de bon goût. Frank avait la réputation d'être un réalisateur exigeant et méticuleux, mais elle savait que c'était un homme solide. Un homme bien, attentionné. Ce qui lui allait le mieux, à son avis, c'était le style classique.

En apprenant que son mari avait accepté de participer à l'émission, elle avait craint que ça ne lui attire des ennuis. Et, à l'approche du tournage, elle savait qu'elle avait raison. Depuis plusieurs jours, Frank était visiblement ailleurs, anxieux. Ça ne lui ressemblait pas. Elle avait l'habitude de voir son mari déterminé et sûr de lui.

Il veillait tard et, quand il finissait par s'endormir, il marmonnait dans son sommeil. Et il ne parlait pas de négociations avec les maisons de production et les scénaristes, comme ça lui arrivait parfois. Elle avait entendu revenir à plusieurs reprises les mots *police* et *Madison*.

Ce matin-là, elle avait fini par trouver le courage de lui poser la question. Il lui avait assuré qu'il ne se souvenait pas du tout de quoi il avait pu rêver pour prononcer des mots aussi mystérieux mais, dans le couple Parker, c'était elle l'actrice, pas lui.

Leur mariage tenait depuis dix ans dans une ville où le Botox résistait plus longtemps que la plupart des couples, et ce parce qu'ils se battaient toujours l'un pour l'autre. Même si cela signifiait parfois qu'elle devait s'accommoder de décisions de Frank qui ne lui plaisaient pas au départ. C'était Frank, par exemple, qui avait coupé court à la seule et unique proposition de premier rôle dans un long métrage qu'ait jamais reçue Talia. Il avait dit que le réalisateur était « d'un manque de scrupules effrayant, même pour Hollywood ». Elle avait failli le quitter, l'accusant de ne pas vouloir partager la vedette avec elle. Mais bien entendu, quand le film était sorti, il avait été interdit aux moins de seize ans, car il contenait des scènes de nu, que l'actrice qui tenait le rôle principal prétendait ne pas avoir autorisées. Frank avait eu l'élégance de ne pas lui infliger un « Je te l'avais bien dit », mais cela lui avait servi de leçon, et Talia savait désormais que dans un couple il était essentiel de savoir faire des concessions.

Depuis leur rencontre – elle avait joué un petit rôle dans le septième film de Frank –, il s'était très bien occupé d'elle, même si parfois ça la contrariait.

Il était temps qu'elle lui rende la pareille.

47

*L*AURIE détestait les hôpitaux, mais pas pour les raisons habituelles : le chaos, les odeurs, le rappel au détour de chaque couloir de notre fragilité et de la fin inéluctable. Si Laurie détestait les hôpitaux, c'était parce qu'ils lui faisaient penser à Greg. Elle ne pouvait pas rester sous les néons, au milieu des odeurs d'antiseptique, sans revoir Greg arrivant au bout du couloir dans sa tunique verte, un stéthoscope autour du cou.

Le médecin qui se présenta dans le hall de la salle des urgences du Cedars Sinai ne ressemblait en rien à Greg. C'était une femme, à peine plus âgée que Laurie, semblait-il, aux cheveux blonds attachés en queue-de-cheval. « Jerry Klein ? »

Grace se leva d'un bond, réveillant Timmy qui dormait, la tête posée sur les genoux de Laurie. Timmy se frotta les yeux. « Jerry va bien ? »

Laurie avait appelé son père dès que les secours avaient embarqué Jerry dans l'ambulance. Leo avait aussitôt abrégé leur visite au gisement de fossiles de La Brea et déposé Timmy à l'hôpital pour qu'il rejoigne sa mère pendant que lui-même allait se renseigner auprès de la police au sujet de l'agression dont Jerry avait été victime.

Laurie serra Timmy contre elle en lui caressant la tête. Elle voulait lui épargner d'autres mauvaises nouvelles.

Alex apparut à côté du médecin avec deux gobelets de café qu'il tendit à Grace et à Laurie. Laurie était réellement impressionnée par le sang-froid dont Grace faisait preuve. Bien qu'elle soit folle d'inquiétude pour son ami, elle l'avait aidée à réconforter Timmy et avait même pensé à prévenir Dwight Cook qu'un malfaiteur s'était introduit dans sa maison.

« J'emmène Timmy », dit Alex, comme s'il lisait dans ses pensées.

Lorsque le petit garçon eut disparu, le médecin se présenta : « Je suis le Dr Shreve. L'état de votre ami est stable, mais l'agression a été très violente, il a été frappé à plusieurs reprises avec un objet contondant. Les blessures les plus graves sont situées à la tête. L'hémorragie a altéré sa respiration, ce qui l'a plongé dans un semi-coma. Son état s'améliore déjà, et sur le plan neurologique, tout semble normal ou à peu près, mais on n'en aura la certitude que lorsqu'il reprendra conscience.

Grace réprima un sanglot. « On peut le voir ?

— Bien sûr, répondit le médecin avec un sourire patient, mais il ne faut pas s'attendre à des miracles, d'accord ? Il est peu probable qu'il vous entende, et il ne réagira certainement pas. »

Le médecin avait eu beau les avertir, Laurie retint un cri à la vue de Jerry dans son lit. Son crâne enroulé dans des bandages avait doublé de volume. Sous le masque à oxygène, son visage gonflé comme un ballon était couvert d'ecchymoses. Il avait une perfusion au creux du bras gauche. Le silence de la chambre était uniquement troublé par le continuel bourdonnement ponctué des bips réguliers que produisait la machine installée à côté du lit.

Grace prit Laurie par la main puis posa l'autre paume sur l'épaule de Jerry et se mit à prier. Elles venaient de dire « Amen » quand Leo entra. « Je ne voulais pas vous déranger, mais j'ai prié de mon côté dans le couloir. »

Laurie le prit un instant dans ses bras. « Timmy va bien ?

— Oui, il est dans le hall avec Alex. Il est solide, ce petit. »

Après avoir assisté au meurtre de son père et à la folie qui avait suivi le tournage du Gala des Lauréates, Timmy avait déjà eu plus que son lot de violences, surtout pour un enfant.

« Des nouvelles de la police ?

— Je reviens de la maison. Tout le quartier est bouclé. L'inspecteur en chef, un certain Sean Reilly, a l'air d'un bon flic. Ils font une enquête de voisinage pour rechercher des témoins, mais je dois t'avouer que je ne suis pas très optimiste. Les propriétés sont tellement immenses dans le quartier qu'on ne voit même pas la maison de ses voisins.

— Je ne comprends pas, dit Grace en reniflant, comment peut-on vouloir faire du mal à quelqu'un comme Jerry ?

— J'ai une théorie là-dessus, dit Leo. La maison a été saccagée, les tiroirs ouverts, les bagages fouillés. Tu avais ton ordinateur avec toi, Laurie, mais tout le matériel informatique a disparu.

— Un cambriolage ? demanda Laurie.

— Sauf qu'ils ont laissé tout le reste. Ils n'ont même pas touché aux enceintes de prix qu'ils auraient pu facilement emporter. Et à moins que tu aies pris les dossiers de l'affaire, je crois qu'ils ont également disparu. »

Elle secoua la tête. Ils avaient rangé les dossiers dans deux grosses boîtes d'archives. La dernière fois qu'elle les avait vues, elles étaient dans la salle de télévision. « Si je comprends bien, c'est lié à l'émission ? »

Leo hocha la tête. « C'est ça.

— La réunion au sommet. On leur a donné à tous l'adresse pour le tournage. » Laurie réfléchissait à voix haute : « Quelqu'un s'inquiétait qu'on en sache trop. Il a pris les dossiers et les ordinateurs pour découvrir ce que disaient tous les autres.

— Ou il voulait te faire peur pour que tu arrêtes le tournage. »

Laurie savait que son père avait parfois tendance à la surprotéger et voir le danger à tous les coins de rue. Mais personne ne serait entré par effraction dans une demeure aussi luxueuse en repartant avec uniquement des dossiers et quelques ordinateurs bas de gamme, à moins de s'intéresser à *Suspicion*.

« Papa, quand la voisine de Rosemary a été tuée, tu craignais que cela ait un lien avec l'émission.

– Et je le crois toujours.

– Tu peux contacter la police de là-bas ? Veiller à ce que les deux services soient au courant qu'il y a peut-être un lien entre la mort de Lydia et l'agression dont Jerry a été victime ?

– Absolument. »

Elle se pencha sur Jerry en évitant soigneusement les tubes et les câbles et déposa un baiser sur sa joue. Elle avait passé son temps à répéter à son père de ne pas s'inquiéter pendant qu'elle préparait l'émission, mais pas un seul instant elle ne s'était imaginée que son projet pouvait à ce point mettre les autres en danger.

Il fallait qu'elle découvre qui avait fait ça.

48

À NEUF HEURES, Leo éteignit la lumière dans la chambre de Timmy. Son petit-fils avait pris avec lui le volume trois de Harry Potter, mais comme Leo s'y attendait, il était si épuisé après cette longue journée exténuante qu'il s'était endormi dès la première page.

Il se dirigea vers le couloir en laissant la porte entrouverte au cas où Timmy crierait au beau milieu de la nuit.

Le seul élément positif que l'on pouvait voir dans l'agression brutale dont le collègue de Laurie avait été victime, c'est qu'elle était enfin prête à admettre qu'on s'en prenait aux gens liés à son émission. Si Leo était venu en Californie, c'était d'abord et avant tout en raison du meurtre de la voisine de Rosemary Dempsey.

Que sa fille ait décidé de rester dans la maison de Bel Air le contrariait. L'inspecteur Reilly les avait autorisés à revenir quand la police scientifique avait fini son travail, mais la question était de savoir s'ils y seraient en sécurité. « Il est évident que ce type cherchait uniquement vos ordinateurs et les recherches préalables que vous avez menées, avait dit Reilly. Vous dites qu'il a pris tout ce qui était en rapport avec votre émission. Il est donc probable qu'il a trouvé ce qu'il voulait et qu'il ne reviendra pas. »

Leo n'était pas d'accord avec le raisonnement de Reilly, mais ils étaient assez nombreux pour se défendre, et, par sécurité, la police avait l'intention d'effectuer un passage devant la maison toutes les vingt minutes. Et puis, dans le pire des cas, se disait Leo, j'ai mon revolver.

La police n'avait pas encore trouvé de témoin au cours de l'enquête de voisinage. Certaines maisons avaient des caméras de surveillance, mais il fallait encore décrypter des heures de vidéo. S'ils avaient vraiment de la chance, ils repéreraient des images de voiture ou d'allées et venues dans la rue.

Une fois dans sa chambre, Leo ferma la porte et chercha sur son portable un numéro qu'il avait récemment appelé. Celui de l'inspecteur O'Brien, des services du shérif du comté d'Alameda.

« Inspecteur, c'est Leo Farley. On s'est parlé en début de semaine au sujet de votre enquête sur le meurtre de Lydia Levitt.

— Bien sûr, je m'en souviens. En fait, il se trouve que j'ai repris contact hier avec un de mes amis du NYPD. J.J. Rogan.

— Pas possible ! J'étais son supérieur quand il a intégré la brigade d'enquête.

— C'est ce qu'il m'a dit. Il confirme que vous êtes "une personne bien", pour reprendre ses termes. »

Étant donné ce que Leo s'apprêtait à demander à l'inspecteur O'Brien, cette recommandation tombait à pic.

« Vous m'avez dit que vous aviez des images des caméras de la rue qui dessert Castle Crossings.

— Oui, mais c'est une grande artère. Encombrée de voitures qui peuvent aller n'importe où. On ne sait pas exactement qui est entré dans le quartier résidentiel. J'ai un policier qui fait des captures d'écran des plaques d'immatriculation pour retrouver le conducteur de chaque voiture, mais ça fait un paquet de personnes à identifier. Je me suis attaqué en priorité à l'hypothèse du cambriolage en me servant de mes sources, mais si c'est une tentative d'effraction qui a mal tourné, son auteur est resté discret. »

Leo informa O'Brien de l'agression dont Jerry venait d'être victime et lui dit qu'à son avis celle-ci et le meurtre de Lydia Levitt étaient liés à *Suspicion*.

« On va chercher de ce côté-là, dit O'Brien. On étudie toutes les pistes.

— Le quartier résidentiel n'a pas de caméra à l'entrée ?

— Ça paraîtrait logique, mais il n'y a que des délits mineurs dans ces endroits-là. Les murs sont déjà dissuasifs en soi, et les gardiens qui sont à l'entrée font leur numéro, cela étant, ils laissent passer pas mal de gens s'ils ont l'air d'habiter là. »

Leo espérait qu'O'Brien aurait avancé dans l'enquête depuis la dernière fois, mais il savait bien que les recherches avaient tendance à progresser lentement quand il n'y avait pas de suspect en vue.

« Si je comprends bien, vous me dites que pour ce qui est de vérifier les images que vous avez de la rue, autant chercher une aiguille dans une botte de foin.

— Vous avez tout compris.

— Vous n'auriez pas besoin par hasard de l'aide d'un flic de New York à la retraite pour éplucher la liste des conducteurs ?

— Si j'en aurais besoin ? Je vous revaudrai ça à la première occasion en vous payant un whisky.

— Ça marche. »

Après avoir brièvement évoqué des questions de numérisation, de taille de fichier et de compression de données que Leo ne comprit qu'à moitié, l'inspecteur O'Brien estima qu'il pouvait tout lui envoyer par mail le lendemain matin.

« Je serai probablement obligé de demander à mon petit-fils de m'aider à ouvrir les fichiers », dit Leo avant de raccrocher.

Passer au crible des images de voitures dans une rue animée reviendrait, en effet, à chercher une aiguille dans une botte de foin, mais pour peu que Leo tombe sur la même aiguille dans deux bottes situées de part et d'autre de l'État, il tiendrait sans doute une piste.

49

À WESTWOOD, à une dizaine de kilomètres de là, Dwight Cook marchait de long en large au pied de son lit.

Comme un flash lui revint un souvenir oublié depuis longtemps — il devait être en quatrième à l'époque —,

celui de son père hurlant : *Cesse de marcher comme ça.*
Arrête. Tu me rends dingue. Et c'est pas normal. Maggie, dis
à ton fils qu'il énerve tout le monde quand il se comporte
de cette manière.

Sa mère, attrapant son père par le bras, murmurait :
Arrête de crier, David. Tu sais que le bruit déstabilise
Dwight. Il fait les cent pas quand il est perturbé. Et ne dis
pas que ton fils est anormal.

Dwight s'était entraîné au lycée à contrôler ce besoin de
marcher en s'asseyant sur ses mains. Il avait découvert que
rester immobile en se concentrant sur son poids énervait
moins les gens que de le voir faire les cent pas. Mais là,
seul dans son bungalow, il n'avait pas à s'inquiéter de
déranger qui que ce soit. Il avait tenté à plusieurs reprises
de s'asseoir sur ses mains, mais ce tourbillon dans sa tête
— cette *fébrilité* — persistait en dépit de tout.

Il s'immobilisa un instant pour presser à nouveau les
touches RETOUR ARRIÈRE puis LECTURE de son ordinateur
portable.

La vidéo de la maison déserte défilait en accéléré quand
l'homme apparaissait soudain à l'écran, franchissait la porte
d'entrée restée non verrouillée, le visage couvert d'une
cagoule. Vingt-trois minutes. C'était le temps pendant
lequel Jerry s'était absenté, avant de rentrer avec un sac
du In-N-out Burger. S'il avait mangé son hamburger dans
la cuisine, peut-être l'homme cagoulé se serait-il éclipsé
par la porte d'entrée sans qu'on le remarque.

Mais Jerry n'avait pas emporté son déjeuner dans la cuisine. Il s'était rendu directement dans le salon où l'intrus était en train de compulser des documents qu'il avait laissés éparpillés sur la table basse.

Dwight continua à arpenter la pièce sans quitter l'écran des yeux, les fermant instinctivement chaque fois qu'un coup atteignait sa cible. L'arme était la plaque de cristal gravée que lui avait offerte UCLA en remerciement du don de cent mille dollars qu'il avait fait à l'université à la fin de ses études.

Dwight vit l'homme cesser de frapper puis se retourner et quitter le bureau au pas de course, les bras chargés de deux boîtes d'archives.

Il devait prendre une décision.

En ne remettant pas cette vidéo à la police, il privait les enquêteurs d'une preuve. S'il la leur remettait, il révélait qu'il surveillait de près le tournage de *Suspicion*. Il risquait non seulement de voir sa carrière ruinée, mais de se retrouver devant les tribunaux. Pire, il ne pourrait plus approcher l'équipe de production et serait coupé de toute source d'information.

C'était une question de statistiques, de rapport coût-bénéfice. Qu'est-ce qui serait le plus rentable : remettre la vidéo de l'agression ou continuer à surveiller sa maison de Bel Air ?

Dwight pressa la touche RETOUR ARRIÈRE et s'arrêta sur l'image la plus nette de l'homme cagoulé. Il examina encore le logo visible sur le côté gauche du polo blanc

275

de l'intrus. Il avait beau être doué pour manipuler les images informatiques, la qualité de la vidéo n'était pas assez bonne pour le déchiffrer. L'agresseur était mince et musclé, visiblement très fort, mais il était impossible de l'identifier.

La vidéo ne servait à rien. Mais s'il continuait à surveiller le tournage, il avait encore une chance de découvrir qui avait tué Susan.

Il referma l'ordinateur et cessa d'arpenter la pièce. Il avait pris sa décision. Maintenant, il devait faire en sorte que son pari soit payant.

50

LAURIE s'apprêtait enfin à aller se coucher quand elle remarqua de la clarté filtrant sous la porte de la chambre de son père. Elle frappa discrètement et l'entrouvrit.

Il était dans son lit et lisait *Sports Illustrated*.

« Excuse-moi, j'ai vu de la lumière. »

Leo reposa le magazine et lui fit signe d'entrer. « Tu tiens le coup, ma petite fille ? »

Si elle craignait d'avoir vieilli de dix ans en un jour, elle était rassurée. Elle s'allongea au bout du grand lit, la tête reposant sur les jambes de son père. Elle n'aurait pu imaginer place plus confortable. « Je détestais t'entendre m'appeler ainsi. Et puis, avec le temps, j'ai fini par trouver ça agréable.

— Les pères ont parfois raison.

— Pas toujours. Tu te souviens quand tu as essayé de me jeter dans les bras de Petey Vandermon ?

— Je ne suis pas sûr d'être d'accord avec la formule, mais j'admets que mes efforts d'entremetteur ont été ce que Timmy qualifierait de *nuls de chez nul.*

— Petey était le pire de tous, dit Laurie en riant. Tu m'as persuadée de l'accompagner à cette foire débile à Long Island. Il était mort de peur dans le labyrinthe des miroirs et il s'est carapaté en hurlant. Il m'a laissée me débrouiller seule pendant vingt minutes pour trouver la sortie. »

Leo eut un petit rire. « Tu as déboulé folle de rage dans le salon, jurant de ne plus jamais me parler si j'essayais encore de jouer ce rôle. Et ce soir-là j'ai eu droit aussi à un sermon de ta mère avant de pouvoir aller me coucher.

— Tes intentions étaient bonnes, pourtant.

— Si je m'en souviens bien, Petey était censé te distraire de ce Scott Machin-chose.

— Monsieur le futur Président. Attaché parlementaire. Il arrivait au lycée avec un attaché-case.

— Il ne me plaisait pas. Il n'était pas franc.

– Je ne crois pas te l'avoir dit. Il est devenu avocat et a été poursuivi pour détournement de fonds. »

Son père referma son ordinateur avec une satisfaction visible. « Tu vois ? Les pères ont toujours raison.

– Parfois je pense que personne n'a raison. Regarde comment j'ai rencontré Greg. »

Le mot rencontre était exagéré étant donné qu'elle était inconsciente à ce moment-là. Elle avait été renversée par un taxi sur Park Avenue et Greg était le médecin de service aux urgences. À l'époque, les parents de Laurie – et plus tard Laurie – lui avaient été reconnaissants de les avoir si bien rassurés, mais elle s'était retrouvée fiancée trois mois plus tard. Puis la mère de Laurie était morte un an après, et Greg avait toujours été là pour les soutenir.

Son père se redressa et lui caressa les cheveux. « Tu remues ces souvenirs uniquement quand quelque chose t'inquiète. Je sais que tu te fais du souci pour Jerry. Il va s'en tirer. »

Laurie respira profondément. Elle ne voulait pas pleurer. « Sans compter que je viens de parler au téléphone avec Brett. Cet homme est un vampire – je suis sûre qu'il ne dort pas la nuit. C'est moi qui ai dû le supplier de faire cette émission sur l'Affaire Cendrillon, et maintenant que quelqu'un s'attaque à nous, il refuse catégoriquement de tout annuler. Je suis en partie soulagée de ne pas avoir à prendre cette décision, mais il ne veut même pas changer le calendrier du tournage. Il m'a fait tout un cirque en disant que Jerry souhaiterait nous voir continuer, mais je sais bien que c'est surtout une affaire de gros sous.

— Je me demandais si ces gros sous avaient un rapport avec ta décision de rester dans cette maison. Si c'est le cas, je vais étrangler ce type.

— Ce n'est que pour quelques jours, papa, et nous sommes tous sous surveillance. Tu as entendu l'inspecteur Reilly dire que la police gardait un œil sur nous.

— Fais comme bon te semble, Laurie. Tu sais que je suis là pour protéger tes arrières.

— Merci, papa. Tout va bien. Et surtout, cette agression m'a convaincue que le meurtrier de Susan est un des participants. Ce qui me pousse à aller jusqu'au bout.

— J'ai appelé la police du comté d'Alameda. Ils vont nous envoyer les photos prises par les caméras de surveillance des voitures qui circulaient dans les parages de la maison de Rosemary Dempsey au moment où sa voisine a été tuée. Je vais les examiner. Peut-être trouverons-nous un indice.

— Tu n'as pas l'air très optimiste. »

Le haussement d'épaules de Leo en disait long. Elle se leva et le serra dans ses bras. « Je ferais mieux d'aller me coucher. J'ai une réunion avec Frank Parker demain.

— Demain ? Tu parlais donc sérieusement en disant que Brett ne voulait pas modifier le calendrier ?

« – C'est comme ça, nous avons gardé l'interview de notre célébrité pour la fin. Puis ce sera la grande réunion au sommet et le retour à New York.

– Tu sais parfaitement que tu ne peux pas anticiper de la sorte, Laurie. N'espère pas trop trouver la solution de cette affaire. Tout ce qui m'importe à présent, c'est d'assurer votre sécurité à tous. Et ne va pas imaginer – même une seconde – que tu es responsable de ce qui est arrivé à Jerry.

– Bien sûr que si ! Comment m'en empêcher ?

– Si quelqu'un est à blâmer, c'est moi. Après que vous êtes partis voir Madison, toi et les autres, nous nous sommes aperçus que nous n'avions pas assez de clés de la maison pour tout le monde. Jerry m'a donné la sienne, estimant qu'il n'aurait pas besoin de fermer la porte s'il devait s'absenter quelques minutes.

– Papa…

– Tu vas finir par te rendre folle, à te torturer et te poser toutes ces questions. »

Il n'eut pas besoin d'en dire davantage. Combien de fois s'étaient-ils demandé s'ils auraient pu faire quelque chose pour sauver Greg ? Elle vit la lumière s'éteindre sous la porte quand elle la referma, mais l'un comme l'autre auraient du mal à trouver le sommeil.

51

ERTES, Laurie ne s'attendait pas à être au mieux de sa forme le lendemain matin, mais elle se sentait encore à moitié endormie. Elle avait passé la nuit à se réveiller toutes les vingt minutes, avec en tête l'image de Jerry sur une civière.

Alex avait sans doute eu une nuit difficile lui aussi. À l'arrière du minibus garé le long du trottoir devant l'ancienne maison de Frank Parker, une maquilleuse effaçait ses cernes. Il avait dit à Laurie : « J'ai l'air d'avoir pris une cuite. »

Ils n'étaient que deux aujourd'hui, en dehors de l'équipe de tournage. Jerry, naturellement, était à l'hôpital, toujours dans ce que les médecins appelaient par euphémisme « un état proche du coma ». Grace était restée à la maison pour s'occuper de Timmy pendant que Leo passait au crible les enregistrements des caméras de surveillance qui lui parvenaient du comté d'Alameda. S'ils arrivaient d'une manière ou d'une autre à établir un rapport entre le meurtre de Lydia Levitt et l'intrusion dans la maison de Bel Air, ils pourraient sans doute identifier l'agresseur de Jerry. Laurie était presque certaine que cet individu était l'assassin de Susan.

Pour l'instant, l'objectif immédiat était d'amener Frank Parker à s'expliquer sur son emploi du temps la nuit du meurtre de Susan. Madison et lui n'avaient pas varié d'un iota dans leur compte rendu des événements, mais l'allusion de Madison aux ennuis de voiture de Susan ajoutait un nouvel élément.

Laurie regarda un cameraman perché sur un chariot reculer pour filmer en travelling Alex et Parker marchant côte à côte. Ils arrivaient à l'endroit dit : un tournant sur la route qui s'enfonçait dans Laurel Canyon Park, juste à la sortie de Mulholland Drive, l'endroit exact où on avait découvert le corps de Susan. Pour Laurie, c'était un instant poignant. Elle ne pouvait s'empêcher de penser au terrain de jeux où Greg avait été tué. Le cœur déchiré, elle se força à regarder vers le ciel, se concentrant sur les branches d'un énorme sycomore qui les dominait de toute sa hauteur.

S'étant ressaisie, elle resta avec le cameraman qui continuait à filmer Alex et Frank sortant du parc pour se diriger vers l'ancienne maison de Parker. Le but invoqué de cette promenade était de consacrer une séquence à ce lieu emblématique, mais Alex et elle avaient une autre idée en tête : souligner la courte distance qui séparait la maison de Parker de l'endroit où avait été trouvée Susan : moins de huit cents mètres.

Comme prévu, Alex et Frank Parker franchirent le portail et pénétrèrent dans une cour où, avec l'autorisation du propriétaire actuel, on avait disposé deux fauteuils près du jardin qui s'étendait devant la maison. Une fois assis, Alex jeta un coup d'œil à sa montre. « Nous n'avons mis que dix minutes à pied depuis l'endroit où Susan est morte, et je crois pouvoir dire que nous ne nous pressions pas. »

Frank lui adressa un sourire chaleureux. Durant le peu de temps qu'Alex avait passé avec lui, Parker était parvenu à créer une entente qui transparaissait même à l'écran. « Vous ne me croirez peut-être pas, Alex, mais j'aurais pu vous dire le nombre de minutes qui se sont écoulées sans avoir besoin de consulter ma montre. J'ai une horloge interne qui n'arrête jamais de fonctionner, et je suis capable de déterminer l'heure de la journée – à une ou deux minutes près – à n'importe quel moment. C'est un truc utile en société, mais j'ai l'impression que ce n'est pas la raison pour laquelle vous avez mentionné la durée de notre petite marche.

– Susan Dempsey résidait sur le campus de UCLA, qui est à plus de dix kilomètres de l'endroit où elle a été tuée, alors que votre maison se trouvait à dix minutes à pied. Voire cinq, pour quelqu'un en état de panique qui se serait enfui de chez vous. Et Susan avait rendez-vous chez vous le soir du meurtre. Vous comprenez pourquoi les gens vous soupçonnent.

– Bien sûr. Si j'avais pensé que la police dépassait les bornes quand ils m'ont interrogé à l'époque, j'aurais engagé des avocats et refusé de me soumettre à l'enquête. Mais ce n'est pas ce que j'ai fait, n'est-ce pas ? Demandez aux inspecteurs qui en étaient chargés. Ils confirmeront que je me suis montré coopératif. Parce que je n'avais aucune raison de ne pas l'être. J'ai été bouleversé, naturellement, quand ils m'ont dit qu'on avait trouvé le corps de Susan. Et où on l'avait trouvé. J'ai fourni un compte rendu minutieux de tous les endroits où je me trouvais durant la nuit. Tout a été vérifié et l'histoire aurait dû s'arrêter là.

— Mais ça n'a pas été le cas. Au contraire, votre nom est toujours associé à l'Affaire Cendrillon.

— Écoutez, ce serait plus facile si on pouvait m'injecter un sérum de vérité pour que les gens finissent par me croire, mais je comprends. Une jeune femme brillante, pleine de talent, a perdu la vie — et sa famille n'a pas pu faire son deuil comme elle le méritait. Je ne me suis jamais attendu à ce que l'on me plaigne. C'est elle la victime, pas moi.

— Bien, revoyons la déposition que vous avez faite à la police.

— Susan était censée se présenter à sept heures et demie, et elle n'était pas là. Son agent l'avait sûrement prévenue que je ne supporte pas le moindre retard chez les gens qui travaillent ou espèrent travailler avec moi. On dit que le temps, c'est de l'argent, c'est encore plus vrai dans le cinéma. Au bout d'un quart d'heure, j'ai appelé Madison, qui était mon second choix, pour lui demander si elle était intéressée par le rôle. Elle a dû venir directement, car elle est arrivée à huit heures et demie. Elle est repartie peu avant minuit. En fait, je me souviens même de l'avoir entendue dire : « C'est incroyable, il est déjà presque minuit. »

La version de Frank concordait avec celle de Madison à la minute près.

« Et vous avez commandé une pizza, dit Alex.

– Ah oui, la pizza. Ma commande a été enregistrée à vingt et une heures vingt-sept, livrée à vingt et une heures cinquante-huit. Vous pouvez vérifier. Vous savez que Totino's a encore une copie du bon de livraison encadrée sur la façade de sa boutique ? Ils ont quand même eu l'intelligence d'effacer mon adresse.

– Comment était Madison quand elle est arrivée ? »

C'était une question qu'ils avaient prévu de poser après avoir entendu les explications embarrassées de Madison sur sa fatigue le soir du meurtre de Susan.

– Comment elle était ? Belle comme le jour. Le rôle exigeait une beauté parfaite, elle était idéale. »

Laurie sourit en son for intérieur, mais fut impressionnée de voir Alex rester impassible.

« Le légiste a estimé que le décès était survenu entre dix-neuf heures et vingt-trois heures. Vous attendiez Susan à dix-neuf heures trente. Vous avez déclaré que Madison était arrivée à vingt heures trente. Ce qu'elle a confirmé. On a toujours considéré que vous n'auriez pas pu tuer Susan, téléphoner à Madison, reconduire la voiture de

Susan au campus, et enfin rentrer chez vous avant l'arrivée de Madison.

— En effet, je n'ai pas encore trouvé le moyen de naviguer dans les encombrements de Los Angeles à une vitesse supersonique.

— Cependant, notre enquête a révélé une légère faille dans cet emploi du temps, dit Alex. Nous avons appris que Susan avait eu des problèmes avec sa voiture peu de temps avant sa mort, et qu'elle aurait pu se faire conduire à son audition par quelqu'un d'autre. Ce qui signifie que vous pourriez avoir eu une violente altercation avec elle à son arrivée et vous être tout de même trouvé chez vous avant l'arrivée de Madison.

— Si je présentais à un studio un scénario dans lequel un coupable fixe un rendez-vous à quelqu'un à dix-neuf heures trente, téléphone à sa résidence universitaire à dix-neuf heures quarante-cinq, puis part à sa poursuite dans le parc et l'assassine vers vingt heures trente, on me rigolerait au nez. Alex, vous êtes un des meilleurs pénalistes de ce pays. C'est plausible à votre avis ? »

Laurie observa sur l'écran le sourire de Frank Parker. Elle savait l'effet que ferait cet argument à la télévision. Parker avait de l'aplomb, mais surtout il avait raison. À moins de réussir à démolir son alibi, il était hors de cause. Et jusqu'ici, tous les témoignages confirmaient cet alibi : les relevés téléphoniques, les déclarations de Madison, les reçus de la pizzéria.

Mais Laurie avait toujours la conviction intime que les preuves étaient presque trop parfaites. Qu'est-ce qui lui échappait ?

52

TALIA s'attarda au fond du jardin dans sa robe fourreau blanche choisie avec soin pour l'occasion, se demandant pourquoi elle se donnait tout ce mal. Lorsqu'elle avait fait la connaissance de Frank, c'était devant cette maison – celle de ses débuts – qu'il demandait à son chauffeur de passer quand il avait trop bu et désirait se rappeler le temps de sa jeunesse moins dorée. Elle valait probablement deux millions de dollars aujourd'hui, mais en comparaison de leurs autres propriétés – cinq au total –, c'était une cabane.

Pourquoi s'était-elle imaginé que les producteurs de *Suspicion* lui demanderaient son opinion ? Elle ne faisait pas partie de la reconstitution. Quand la presse parlait de Frank, il arrivait qu'un article signale que le célibataire jadis si convoité était en réalité marié depuis dix ans. Mais personne ne se donnait jamais la peine de citer le nom de sa femme, ni de mentionner qu'elle avait été major de sa promotion à Indiana University, pianiste et chanteuse accomplie, et avait entamé une carrière plutôt prometteuse avant de tomber amoureuse de Frank.

Bien qu'elle n'ait pas continué sur sa lancée, elle en savait assez sur le show-business pour constater que son mari n'était pas suffisamment convaincant face aux questions d'Alex Buckley. Certes, il avait marqué un point en soulignant le ridicule de la théorie d'Alex : comment aurait-il pu décider de tuer Susan, mettre son plan à exécution et rentrer à temps pour ouvrir la porte à Madison, le tout en moins de trois quarts d'heure ? Cependant, il se comportait un peu comme ces coupables dans les films de série B qui se montrent à la fois méprisants et provocateurs. « Dommage, les gars, que vous n'ayez aucune preuve. »

En bref, Frank avait mis en évidence l'absence de preuves de sa culpabilité, mais n'avait proposé aucune autre hypothèse crédible confirmant son innocence. Il avait donné sa version des faits, mais n'avait pas contribué à faire progresser l'émission.

Talia regarda l'équipe ranger son matériel dans le minibus plein à ras bord. Manifestement, il ne s'agissait pas d'une opération à gros budget. Mais pourquoi donc Frank avait-il accepté d'y participer ? Il lui aurait été tellement facile de dire qu'il était trop occupé.

Le matériel une fois chargé, l'équipe se préparait à partir. Alex Buckley et la productrice, Laurie, remerciaient encore une fois Frank de sa participation. Ils se dirigeraient bientôt vers leurs voitures.

Elle allait rater l'occasion. Comment les approcher à l'insu de Frank ?

Au moment où Alex et Laurie s'engageaient dans l'allée pour regagner le Land Cruiser noir garé dans la rue, l'assistant de Frank, Clarence, sortit de la maison, couvrant d'une main le micro de son téléphone. « Frank, j'ai Mitchell Langley de *Variety* en ligne. Il a tenté de vous joindre toute la journée. Je lui ai dit qu'il n'y avait rien de vrai dans la rumeur selon laquelle Bradley se retirerait du projet, mais il veut que vous le lui confirmiez personnellement. »

Elle entendit Frank lancer un dernier au revoir à Alex et à Laurie avant de suivre Clarence dans la maison. Elle rattrapa Laurie et Alex au bout de l'allée.

« Mon mari se montre trop réservé. »

Quand ils se retournèrent au son de sa voix, on eût dit qu'ils voyaient Talia pour la première fois. À quarante-deux ans, elle savait qu'elle était toujours belle, avec ses pommettes hautes, ses yeux de chat verts et ses cheveux blond foncé qui retombaient librement sur ses épaules.

Laurie dit prudemment : « Je regrette, madame Parker. Nous n'avons pas eu beaucoup d'occasions de nous entretenir avec vous. Avez-vous quelque chose à ajouter au récit que votre mari vient de faire de ce soir-là ?

— Pas directement. Je ne connaissais même pas Frank à cette époque. Mais j'en ai assez de voir cette ombre planer au-dessus de lui. Je comprends — le corps de cette fille a été découvert à quelques pas de la maison, et elle a été tuée au moment où elle était censée se trouver ici, seule avec mon mari. Malgré tout, Frank n'a jamais compris pourquoi son alibi ce soir-là ne l'avait pas totalement innocenté. À cet égard, il peut se montrer assez naïf. Tant que personne ne viendra proposer une meilleure hypothèse, il sera toujours soupçonné. Mais croyez-moi, cette histoire n'a rien à voir avec le cinéma, vous faites fausse route.

— Je comprends votre frustration... », commença Laurie.

Talia l'interrompit : « Susan Dempsey a eu une vive dispute avec sa camarade de chambre quelques heures avant le meurtre.

— Avec Madison ?

— Non, avec l'autre, la troisième, Nicole. Du moins, selon Madison. Vous savez que lorsqu'il n'a pas réussi à joindre Susan sur son portable, Frank a appelé sa chambre à la résidence ? C'est Madison qui a répondu, elle a dit que Susan s'était violemment querellée cet après-midi-là avec leur autre camarade de chambre, et que c'était peut-être pour cette raison qu'elle était en retard.

— C'est la première fois que nous entendons parler de cette histoire, dit Alex. Vous en êtes sûre ?

— Oui, je suis absolument certaine que c'est ce que Madison a dit à Frank. La dispute était si violente que Nicole a lancé quelque chose à la tête de Susan. Puis Susan a traité Nicole de folle et l'a menacée de la faire expulser de la résidence, peut-être même de l'université, si elle ne changeait pas de comportement. À l'époque où la police avait manifestement Frank dans le collimateur, il avait engagé des détectives de son côté pour y voir clair. Or Nicole a quitté soudainement l'université après l'assassinat de Susan. Et elle n'a pas pris simplement un congé d'un semestre ou d'un an. Elle a quitté Los Angeles et tout recommencé de zéro. Elle a coupé les ponts. Elle a même utilisé un faux nom quand elle a déménagé la première fois. Puis elle a changé de nom de famille quand elle s'est mariée. On pourrait presque dire que Nicole Hunter est morte avec Susan.

— Pourquoi votre mari n'en a-t-il jamais parlé ? demanda Laurie.

— Ses avocats le lui ont déconseillé, expliqua Talia, visiblement désappointée. Ils avaient l'intention de détourner les soupçons sur Nicole s'il était formellement accusé. »

Talia vit Laurie se tourner vers Alex comme pour lui demander conseil. « C'est probablement ce que j'aurais recommandé moi-même, dit-il. Mieux vaut en dire le moins possible et surprendre le procureur à l'audience.

— Mais il n'y a jamais eu de procès, dit Talia. Et pourtant, vingt ans plus tard, nous en sommes là. Et même s'il n'y a pas eu d'accusation officielle, il y a d'autres formes de sanction. Maintenant que vous connaissez la vérité, vous pourriez peut-être poser la question que la police n'a jamais posée : que s'est-il passé entre Susan et cette Nicole ? »

53

Sans attendre qu'Alex mette le contact du 4 × 4, Laurie attacha sa ceinture. « Excellent timing, dit-elle. Il n'est pas encore midi, et nous avons déjà terminé avec Frank Parker. »

Alex se tourna vers elle et sourit. « Cela veut dire que nous n'avons pas besoin de nous presser pour rentrer. Ton père est à la maison avec Grace et Timmy, nous savons donc qu'ils sont en sécurité. J'ai une proposition à te faire. Allons sur la côte et arrêtons-nous une heure quelque part au bord de l'eau pour déjeuner. Je ne sais pas ce qu'il en est pour toi, mais tout se bouscule dans ma tête. On dirait que chaque fois que nous parlons à un des témoins, un nouveau suspect apparaît. »

Laurie commença par protester, déclara qu'ils devaient rentrer à la maison, mais Alex avait raison. Il leur serait utile de pouvoir discuter tranquillement de ce que leur avaient dit les suspects potentiels durant les jours précédents.

Et en prime, elle passerait un moment seule avec lui.

54

LE LENDEMAIN MATIN, à genoux devant la porte d'entrée, Laurie boutonnait le blouson en jean de Timmy.

« Maman, tu es sûre qu'Alex et toi vous ne pouvez pas venir au zoo avec nous ? »

Il lui vint brièvement à l'esprit que Timmy l'appelait toujours maman et plus jamais mamounette. Il grandissait vite.

« Désolé, chéri, mais nous en avons déjà parlé. Alex et moi avons du travail, c'est comme à New York, mais nous avons l'avantage d'être ici en Californie. Je te verrai ce soir. *Papa*, appela-t-elle, *tu es prêt ?* »

Elle ferma le dernier bouton et regarda sa montre. C'était le début des fameuses réunions, et les participants de la journée allaient arriver d'une minute à l'autre. Les premiers étaient le petit cercle d'amis de Susan : Keith Ratner, Nicole Melling et Madison Meyer. Rosemary Dempsey viendrait aussi, car elle tenait à assister au tournage. Demain ils

293

s'entretiendraient séparément avec les deux informaticiens, Dwight Cook et le professeur Richard Hathaway.

Elle entendit des pas précipités dans l'escalier. « Pardon, pardon, dit son père. J'arrive. J'ai reçu l'e-mail que j'attendais de la police d'Alameda : une liste de plaques minéralogiques repérées dans les environs de la maison de Rosemary le jour de l'assassinat de sa voisine.

– Papa, l'arrêta Laurie.

– Bah, ne t'inquiète pas pour Timmy. Ce gamin est un petit dur à cuire, hein, Timmy ? » Il ébouriffa les boucles brunes de l'enfant.

« Dur de dur, répliqua Timmy.

– Quand nous sortirons du zoo, je ferai un saut au commissariat local pour qu'ils m'aident à vérifier certains casiers judiciaires. Qu'en penses-tu, Timmy ?

– Super. Et est-ce qu'on pourra aller voir Jerry ? Je veux lui apporter une peluche du zoo pour lui tenir compagnie dans sa chambre jusqu'à ce qu'il se réveille. »

Quand ils avaient décidé qu'emmener Timmy en Californie serait pour lui une nouvelle expérience, Laurie ne s'attendait pas à ça.

« Bonne journée à vous deux, dit-elle. Papa, mets la pédale douce sur certains sujets, d'accord ? »

Alex et Grace sortirent de la cuisine à temps pour leur dire au revoir. Comme leur voiture de location s'éloignait dans l'allée, une Porsche rouge décapotable prit sa place. Keith Ratner venait d'arriver. Ils l'accueillaient à la porte quand une Cadillac Escalade noire arriva, avec à son bord Rosemary, Madison, Nicole et son mari, Gavin.

Laurie se pencha vers Grace et lui demanda à voix basse : « Madison est descendue à l'hôtel avec les autres ? Sa maison est à une vingtaine de minutes d'ici.

— Ne m'en parle pas. Son agent a insisté. »

Comme Keith, Nicole et Madison s'embrassaient et s'exclamaient *Il y a si longtemps* et *Tu n'as pas du tout changé*, Laurie accompagna Rosemary et Gavin dans la maison pour qu'ils prennent leur poste d'observation. « Le traiteur va apporter de quoi nous restaurer durant la journée, aussi servez-vous, je vous en prie. Tout est installé dans la cuisine. Gavin, je n'avais pas compris que vous feriez le voyage jusqu'à Los Angeles.

— C'était le moins que je puisse faire, étant donné l'état de nervosité de Nicole. Vous avez sans doute l'habitude des gens timides devant la caméra, mais je ne l'ai jamais vue comme ça. »

Après la bombe qu'avait lancée Talia en dévoilant la dispute de Nicole et Susan quelques heures avant le meurtre, Laurie se demanda si la seule raison de l'inquiétude de Nicole était la présence des caméras.

Jerry étant toujours hospitalisé, Grace jouait en plus du reste le rôle d'assistante de production. Elle accompagna Keith, Nicole et Madison jusqu'à la pièce utilisée pour le maquillage et la coiffure. Une fois prêts, ils auraient un entretien avec Alex dans le séjour.

« Prêts pour le tournage ? » demanda Laurie à Alex. Leur échappée de la veille sur la côte avait été profitable. Ils avaient passé et repassé en revue le plan du tournage, mais à présent Laurie espérait que leurs soupçons concernant Nicole étaient injustifiés.

55

COMME ILS L'AVAIENT PRÉVU, Keith était assis à l'extrémité du canapé la plus éloignée du fauteuil d'Alex, puis venaient Madison et Nicole.

« Je pense, dit Alex, que nous pouvons commencer par demander à chacun d'entre vous de rappeler où il se trouvait la nuit du meurtre. Keith, voulez-vous commencer ? »

Keith expliqua qu'il se trouvait dans une librairie avec plusieurs témoins qui avaient confirmé sa présence, et ajouta spontanément que la réunion était organisée par les Militants de Dieu. « On peut avoir sa propre opinion sur les Militants de Dieu, mais j'ai toujours été très clair sur mes rapports avec eux. Je n'étais pas au fait de la mission de l'Église à cette époque, mais après la mort de Susan, je me suis totalement engagé. J'ai découvert que j'étais plus heureux quand je me rendais utile grâce à l'Église. Je suis devenu moins égoïste. Enfin, quoi qu'il en soit, c'est là que je me trouvais – toute la soirée. »

Alex hocha la tête, satisfait pour l'instant. « Et vous, Madison ?

– Je suppose que beaucoup de téléspectateurs connaissent déjà ma version, parce que je suis probablement célèbre pour avoir servi d'alibi à Frank Parker ce soir-là. »

Laurie s'étonna de la rapidité avec laquelle Madison avait changé d'attitude devant la caméra. Disparue, la diva en quête d'une nouvelle célébrité. Sur le ton mesuré et sérieux d'une présentatrice de journal télévisé, elle répéta son emploi du temps soigneusement mémorisé.

« Et d'après Frank Parker, nota Alex, vous étiez superbe en arrivant à l'audition.

– J'aimerais le croire. Mais c'est grâce à ma performance que j'ai obtenu le rôle. »

Alex hocha à nouveau la tête. Jusque-là, il n'y avait rien à dire.

Ensuite venait celle qui intéressait le plus Laurie, Nicole.

« Ce soir-là ? Je ne me demande jamais où j'étais. Quand je pense à ce 7 mai, je ne me souviens que d'une chose : c'est le soir où Susan est morte.

– Je comprends. Mais en apprenant qu'une de vos meilleures amies – qui partageait votre chambre – a été assassinée, vous avez dû vous dire : *Que se serait-il passé si j'avais été là ? Aurais-je pu éviter ce drame ?* »

Nicole hochait la tête en l'écoutant. « Exactement. » C'était ainsi qu'opérait Alex au cours d'un contre-interrogatoire. Exposer au témoin quelques éléments dont il pouvait facilement convenir, puis les utiliser pour l'amener là où il voulait.

« Donc, continua-t-il, vous devez vous souvenir de l'endroit où vous vous trouviez.

— Oui, répondit Nicole sans perdre son calme. Franchement, je suis accablée et consternée lorsque je repense à ce soir-là. Je suis allée au O'Malley's, un pub du coin. J'ai bu beaucoup trop. » D'elle-même, elle ajouta : « J'étais épouvantablement nerveuse à cause d'un examen de biologie. »

Il n'avait fallu que quelques secondes pour que Nicole paraisse déjà sur la défensive.

« Vous étiez trop bouleversée par votre dispute avec Susan pour vous concentrer sur vos études ? » demanda sèchement Alex.

Sous son maquillage, Nicole pâlit. « Pardon ?

— Notre enquête a révélé que cet après-midi-là, juste avant que Susan soit assassinée, vous aviez eu avec elle une dispute très sérieuse.

— Susan était ma meilleure amie. Il nous arrivait de nous chamailler à l'occasion, mais sans qu'on puisse parler de *dispute sérieuse*.

— Vraiment ? Toujours d'après notre source, cette dispute a été si violente que vous avez jeté un objet à la tête de Susan. Elle vous a alors menacée de vous faire renvoyer de la résidence si vous ne changiez pas de comportement. »

Nicole bredouilla, tirant sur le micro accroché à la boutonnière de son chemisier de soie, tentant de l'ôter. Près d'elle, Madison dissimulait à peine un sourire. Elle buvait du petit-lait.

« Madison, dit Alex, changeant de cible, vous semblez ravie de voir Nicole sur des charbons ardents.

— Je n'irais pas jusqu'à dire que je suis ravie. Mais c'est vrai, après avoir été soupçonnée pendant toutes ces années, je trouve plaisant que la soi-disant *gentille* camarade de chambre ait jeté quelque chose à la tête de Susan.

— Certains pourraient trouver plaisant, dit Alex, que vous soyez celle qui a entendu les éclats de voix. D'où la question que je vous pose aujourd'hui, Madison : pour quelle raison n'en avoir jamais parlé à la police ?

— Il n'y avait aucune raison. J'étais dans le hall de la résidence et je les ai entendues s'invectiver. Je n'ai pas voulu m'en mêler. Quand la porte s'est ouverte, je suis allée dans la salle de bains pour éviter la scène. Susan est sortie la première, suivie de Nicole. Il était environ six heures. J'ai compris que le drame ne se déroulait plus sur place et suis entrée dans la chambre. Plus tard, Frank a appelé, vous connaissez la suite de l'histoire.

— Vous dites avoir souffert des soupçons qui ont pesé sur vous, mais le témoignage sur cette violente dispute entre

Susan et Nicole aurait pu les détourner. Pourtant vous n'avez jamais mentionné cette altercation à personne. »

L'étonnement perçait dans sa voix.

Le silence se fit dans la pièce. Laurie se pencha inconsciemment en avant, impatiente d'entendre les paroles qui allaient suivre. Elle espérait que les téléspectateurs feraient de même.

Voyant que Madison restait silencieuse, Alex insista : « Que pensez-vous de la théorie suivante, Madison ? Attirer les soupçons sur Nicole aurait conduit à les détourner de Frank. Et l'alibi que vous fournissiez à Frank serait devenu inutile.

— Si je n'ai jamais rien dit, c'est parce que je n'ai jamais cru une seconde que Nicole ait pu tuer Susan.

— Et puis, il ne vous déplaisait pas que Frank Parker fasse appel à vous ? N'est-ce pas, Madison ? »

56

LAURIE percevait la tension qui régnait dans la pièce. C'étaient des moments comme celui-ci qui justifiaient l'apparition simultanée de plusieurs suspects à l'écran. Chacun exerçait un contrôle sur les autres, les empêchant de faire une entorse à la vérité qu'il aurait pu facilement réfuter.

Alex continuait à cuisiner Madison. « Certains se sont demandé pourquoi Frank Parker – à peine un quart d'heure après l'heure prévue de l'arrivée de Susan – avait invité une autre actrice, qui partageait *par hasard* la chambre de Susan, à passer une audition. Dites-nous la vérité : quand Frank a appelé votre résidence ce soir-là, l'appel ne vous était pas destiné, n'est-ce pas ? Frank n'appelait-il pas Susan pour savoir où elle était ?

– C'est vrai, reconnut Madison, il ne m'a pas invitée tout de suite à passer une audition. Mais quand je me suis rendu compte que Susan avait fait défection, j'ai saisi l'occasion. Susan m'avait dit où habitait Frank et j'y suis allée en voiture. À ce moment-là, je n'imaginais pas qu'elle pouvait être en danger. Quand Frank m'a expliqué qu'elle ne s'était pas présentée, je me suis dit qu'elle était en train de s'épancher sur l'épaule de Keith et de lui raconter toute la dispute.

– Et de même que vous aviez saisi l'occasion de passer une audition, vous avez saisi celle de fournir un alibi à Frank quand vous avez appris que Susan avait été tuée.

– *J'étais* son alibi. J'étais chez lui.

– Mais pas à huit heures et demie. Il a appelé à huit heures moins le quart pour s'enquérir de Susan, et le trajet prend au moins trente-cinq minutes. Vous deviez être drôlement ambitieuse pour que votre premier instinct ait été de lui piquer son rôle.

– Je n'ai pas *piqué*...

– Un certain temps a dû s'écouler avant que vous décidiez de *saisir l'occasion*, comme vous l'avez dit. Pour arriver chez Frank Parker "belle comme le jour" – pour reprendre ses termes –, j'imagine que vous avez passé du temps à vous coiffer et vous maquiller.

– Non, en fait je m'étais déjà fait une beauté.

– Bien. Au cours des entretiens préliminaires, vous avez dit que vous étiez chez vous et que vous ne vous sentiez pas bien quand le téléphone avait sonné. Puis vous vous êtez reprise et avez dit que vous vous étiez habillée pour vous rendre à une soirée Sigma Alpha Epsilon, puis que vous aviez changé d'avis parce que vous ne vous en sentiez pas le courage.

– C'est ce qui s'est passé.

– Une soirée d'étudiants ? Vraiment ? Nicole et Keith, vous avez connu Madison à l'université : était-elle du genre à se rendre à ce genre de réunion ? »

Tous deux secouèrent la tête. « Absolument pas », et Nicole renchérit : « Elle avait horreur de ça.

– Mais vous allez arrêter, oui ou non ? s'écria Madison. Il n'y a vraiment pas de quoi fouetter un chat ! Si vous voulez absolument savoir pourquoi j'étais là ce soir-là, sur mon trente et un, c'était parce que j'attendais un visiteur, disons-le comme ça.

– Un petit ami ?

– Non, rien de sérieux – mais quelqu'un qui avait paru s'intéresser à moi. Je lui avais envoyé un petit mot suggestif, sous-entendant qu'il vienne me chercher à sept heures et demie à la résidence. Je m'étais donc fait une beauté, m'attendant à ce qu'il morde à l'hameçon. Apparemment, je m'étais trompée, parce que j'étais toujours là quand Frank a appelé à huit heures moins le quart. Pas le genre de chose à clamer sur les toits, mais quelle importance. À la place, j'ai décroché un rôle qui a lancé ma carrière. La réalité est la suivante : le téléphone a sonné – les relevés téléphoniques le confirment. J'ai vu une opportunité à saisir, je suis partie aussitôt en voiture chez Frank, l'ai supplié de m'accorder une audition, et j'ai tout fait pour obtenir le rôle. Je suis restée de huit heures et demie à minuit, comme je l'ai déclaré.

– Pourtant, Frank et vous avez toujours prétendu que c'était lui qui vous avait invitée à auditionner. Pourquoi ce mensonge ?

– Un mensonge véniel.

– Peut-être, mais pourquoi déformer la vérité ? demanda Alex.

– Parce que cela faisait meilleur effet, d'accord ? Susan n'est pas rentrée chez elle ce soir-là. J'ai pensé qu'elle était toujours furieuse contre Nicole et s'était invitée chez quelqu'un d'autre. Le lendemain matin, Rosemary a appelé, complètement paniquée. Elle a dit qu'on avait trouvé un corps dans Laurel Canyon Park et que la police

303

pensait qu'il s'agissait de Susan. Elle espérait que nous lui dirions que c'était une erreur, et que Susan était en sûreté dans sa chambre.

– Mais elle n'y était pas, dit Alex. Vous étiez allée chez Frank. Vous vous étiez certainement rendu compte que le parc se trouvait à proximité de la maison. Vous avez dû avoir des soupçons. »

Madison secoua la tête et se mit à pleurer. Elle ne cherchait plus désormais à tenir le devant de la scène. « Non, absolument pas. J'étais allée chez lui, comme je viens de le dire. Et je savais qu'il avait appelé la résidence à huit heures moins le quart. Mais je savais aussi que j'étais la seule à pouvoir le prouver.

– Et alors ? demanda Alex.

– Alors je suis allée trouver Frank, je lui ai dit qu'il n'avait pas à s'inquiéter – que je savais qu'il n'était pas impliqué et que je le défendrais auprès de la police.

– Mais vous avez posé des conditions, n'est-ce pas ? Vous l'avez menacé. Vous lui avez dit que vous confirmeriez son alibi seulement s'il vous donnait un rôle dans *Beauty Land*. »

Après un long moment, Madison fut juste capable de murmurer : « Je *méritais* ce rôle. »

S'il avait été dans une salle d'audience, Alex aurait alors repris son siège sur le banc des avocats. En ce qui concernait Madison, il avait terminé son travail. C'était une intrigante, au point que, même après avoir appris la mort de Susan, sa priorité était restée de devenir une star.

Mais il n'était pas dans une salle d'audience, et Madison n'était pas le seul témoin. Alex s'arrêta et regarda Nicole à nouveau. « Nicole, vous voyez à présent que votre dispute avec Susan pourrait être la clé de son meurtre. Elle est partie en trombe de la résidence à six heures avec l'intention évidente de se rendre à cette audition. En outre, elle avait des problèmes avec sa voiture. Nous n'avons pas la moindre idée de l'endroit où elle est allée entre ce moment et l'heure de sa mort. Pour quelle raison vous étiez-vous querellées ?

– Je me souviens maintenant que nous avons eu une sorte d'altercation, et que je suis allée au O'Malley's et me suis mise à boire. C'était un endroit fréquenté par les étudiants de l'université, et j'étais pas mal bourrée. Je suis sûre que vous pourriez trouver des gens qui s'en souviennent. La raison de cette dispute ? J'ai oublié. Une broutille, j'en suis sûre.

– Keith, vous êtes resté très silencieux jusqu'ici. Susan vous aurait-elle confié sa querelle avec une de ses meilleures amies ? »

Il haussa les épaules comme si c'était la première fois qu'il entendait parler de tension entre les deux amies. Son apparente indifférence surprit Laurie.

Alex fit encore une tentative : « Je vous pose la question à tous, maintenant que son importance ne fait aucun doute. Nous venons d'établir que Susan avait quitté précipitamment sa chambre. Il est aussi probable qu'en raison des ennuis mécaniques avec sa voiture, elle s'est fait conduire chez Frank Parker. Ce qui signifie qu'elle a pu rencontrer quelqu'un qui n'a jamais été interrogé par la police. Comment diriger nos recherches ? Où est-elle allée ? »

Madison semblait sincèrement perplexe, mais Laurie remarqua que Nicole et Keith échangeaient un regard prudent.

Pour la première fois depuis qu'elle avait rencontré Nicole, Laurie eut l'impression qu'elle était demeurée intentionnellement vague sur les raisons qui l'avaient poussée à quitter UCLA. Ils n'avaient pas encore tiré cette affaire au clair, mais une chose était certaine : le fait que Nicole soit partie de Los Angeles était lié à sa dispute avec Susan, et Keith la protégeait.

57

LEO FARLEY se renversa dans le canapé et ferma ses yeux fatigués. O'Brien, l'inspecteur en chef, lui avait envoyé par e-mail une liste de numéros de plaques minéralogiques enregistrés par les caméras de surveillance proches de Castle Crossings, le quartier sécurisé où Lydia Levitt avait été tuée. Dans l'après-midi, après avoir emmené Timmy au zoo, il s'était arrêté au quartier général du

LAPD et avait obtenu les photos des permis de conduire de la plupart des propriétaires de ces voitures, ainsi que les extraits de leurs casiers judiciaires.

Il avait quitté tôt la table du dîner, impatient d'éplucher ces documents. Cette maison était luxueuse, mais en ce moment, il regrettait les tableaux d'affichage et le mobilier stratifié des commissariats de police. Les documents et les photos étaient étalés autour de lui sur les coussins du canapé, la table basse et l'épaisse moquette.

Deux heures plus tard, il avait fini de passer en revue pour la deuxième fois chaque document. Il avait espéré tomber sur une piste : un nom associé à l'affaire Susan Dempsey, quelque chose reliant le meurtre de la voisine de Rosemary Dempsey à celui de sa fille vingt ans auparavant. Il en était venu à penser que l'Affaire Cendrillon était à l'origine non seulement de l'agression contre la voisine de Rosemary mais aussi de celle contre Jerry.

Cependant rien ne lui sautait aux yeux.

Timmy sortit de la cuisine et s'élança vers lui. « Grand-père ! Tu as trouvé quelque chose ?

— Attention, dit Leo, voyant l'enfant trébucher sur une pile de photos près de lui. Je sais que tout ça paraît en pagaille, mais j'ai ma méthode.

— Désolé, grand-père. » Timmy arriva à la hauteur de Leo et commença à mettre en ordre la pile qu'il avait dérangée. « Qu'est-ce que c'est ?

– Ce sont des photos de conducteurs qui se trouvaient près de Castle Crossings un jour précis, mais qui habitaient autrefois à Los Angeles.

– Et tu t'intéresses à ce jour parce que c'est celui où a été tuée la voisine de Mme Dempsey ? »

Leo jeta un œil en direction de la cuisine, où on entendait les autres finir leur dîner. Laurie n'aimait pas qu'il parle si ouvertement de crimes devant Timmy, mais ce gosse avait été témoin du meurtre de son père et il avait passé des années sous la menace du tueur. À son avis, il garderait une curiosité naturelle pour les affaires criminelles.

« Oui, c'est pour ça que nous nous y intéressons. Et si celui qui a agressé Lydia a quelque chose à voir avec l'affaire dont s'occupe ta mère... »

Timmy compléta sa pensée : « Alors il a peut-être habité ici quand Susan était à l'université. » Il jetait des coups d'œil furtifs aux photos des permis de conduire qu'il était supposé mettre en ordre.

« C'est exact, dit Leo. Crois-moi, Timmy. Tu pourras faire ce qui te plaira quand tu seras grand, mais tu as tout pour être un excellent flic. »

Timmy s'arrêta brusquement de manipuler les photos et en retira une de la pile. « Je le connais !

– Timmy, nous ne jouons pas au gendarme et au voleur en ce moment. Il faut que je me remette à travailler.

« — Non, je t'assure, c'est vrai. Je l'ai vu dans le restaurant de San Francisco où il y a ces grosses boulettes de viande et des portraits d'acteurs sur les murs.

— Chez Mama Torini's ?

— Oui. Cet homme était là-bas. Il était assis au bar, juste au-dessus de notre table. Chaque fois que je le regardais, il tournait très vite la tête. »

Leo prit la photo des mains de son petit-fils. D'après le permis de conduire, l'homme s'appelait Steve Roman. Son adresse à San Francisco avait été modifiée deux ans plus tôt au Service central d'immatriculation des véhicules. Auparavant, il avait longtemps résidé à Los Angeles.

« Tu es sûr, Timmy ?

— Oui. Il avait de gros muscles et était tout blanc. Et il avait la tête rasée. Pas comme les chauves qui ont perdu leurs cheveux, mais rasée comme quand tu dis que tu as une barbe d'un jour, grand-père. Et je me souviens que j'ai pensé que c'était drôle qu'il se rase la tête alors que d'autres grandes personnes se plaignent tout le temps de perdre leurs cheveux. Et en plus le barman avait de longs cheveux noirs et une queue-de-cheval, donc lui aussi il cachait ses cheveux.

— Timmy, tu es vraiment sûr ? »

Mais Leo savait que Timmy était certain de ce qu'il avançait. Non seulement le petit garçon était capable de faire face aux épreuves, mais la menace des Yeux Bleus l'avait entraîné à surveiller constamment ceux qui s'approchaient de lui.

Leo était persuadé que Timmy avait bel et bien vu Steve Roman. Cependant, il aurait aimé avoir davantage d'éléments pour faire le lien avec l'affaire.

« Sois gentil, mon petit. Va me chercher ton iPad dans la cuisine. »

Quelques secondes plus tard Timmy était de retour avec l'appareil. « On va jouer à un jeu ?

– Pas tout de suite. »

Leo ouvrit le navigateur, tapa *Steve Roman*, et pressa la touche ENTRÉE.

Il tomba sur un agent immobilier de Boston, un banquier d'affaires de New York, l'auteur d'un livre sur la forêt vierge. Il passa à la page suivante.

Timmy pointa son doigt vers l'écran. « Regarde, grand-père. Clique sur celui-là. C'est pas de ça que parlaient maman et Alex aujourd'hui ? »

Leo comprit immédiatement, en voyant le nom du site, qu'il avait découvert le Steve Roman qu'il cherchait. Il avait trouvé la relation qui existait entre le meurtre de Lydia Levitt et *Suspicion*.

« *Laurie*, appela-t-il. *Viens voir ça.* »

58

« C'ÉTAIT DÉLICIEUX, Alex. » Laurie sentait encore l'arôme de la sauce aux champignons et au vin rouge en remplissant la cocotte d'eau pour la faire tremper pendant la nuit.

« Je transmettrai le compliment à Ramon. C'est lui qui m'a appris tout ce que je sais sur le coq au vin. » C'était Alex qui avait décidé de renvoyer le service à domicile afin de concocter un repas comme à la maison dans cette cuisine ultramoderne.

« Un dîner cinq étoiles, dit Laurie, et le matin, de petits lutins vont apparaître pour débarrasser les assiettes sales. Je pourrais m'habituer à ce genre de vie. »

Elle venait de ranger la dernière assiette quand elle entendit la voix de son père venant du salon. « *Laurie !* » Était-ce un effet de son imagination, ou était-il tout excité ? « *Viens voir ça !* »

Elle laissa tomber son torchon et se précipita vers le salon. Son père et son fils étaient assis côte à côte sur le canapé.

« On tient quelque chose, Laurie. En fait, c'est Timmy qui a fait le lien.

— Papa, je t'ai dit que je ne voulais pas qu'il soit mêlé à tout ça. »

Timmy s'était levé, brandissant la copie d'un permis de conduire. « J'ai tout de suite reconnu ce monsieur, maman. Il s'appelle Steve Roman. Sa voiture a été photographiée tout près de chez Mme Dempsey le jour où Lydia Levitt a été assassinée. » Laurie n'arrivait pas à croire que son fils de neuf ans parlait ainsi d'un meurtre. « Et je l'ai vu aussi à côté de nous au restaurant à San Francisco, chez Mama… »

Il regarda son grand-père, cherchant son aide pour trouver le nom du restaurant. « Chez Mama Torini's, dit Leo. Timmy l'a suffisamment bien vu pour le reconnaître sur cette photo. Cet homme s'appelle Steve Roman. Il vit à San Francisco, mais il y a deux ans, il habitait Los Angeles. Et regarde un peu ça. »

Il tendit l'iPad à sa fille. Une partie d'elle-même ne voulait pas regarder. Elle ne voulait pas croire que Timmy avait été assis à côté d'un individu impliqué dans l'assassinat de Lydia Levitt. Elle ne voulait pas croire que la mort de cette femme avait quelque chose à voir avec sa décision de relancer l'enquête de l'Affaire Cendrillon.

Elle vit le nom *Steve Roman* s'afficher plusieurs fois sur l'écran. Le site était celui des Militants de Dieu. Un certain Steve Roman était un fréquent contributeur du forum de cette communauté.

Elle ôta une pile de documents du dessus d'une chaise pour pouvoir s'asseoir et compulser les informations.

Un membre de l'Église à laquelle appartenait Keith Ratner les avait espionnés à San Francisco et avait été vu près de l'endroit où la voisine de Rosemary Dempsey avait été tuée. Ce n'était pas une coïncidence.

Elle se remémora un moment précis à la fin du tournage de la journée. Quand Alex avait pressé Nicole de parler de sa dispute avec Susan, Keith Ratner semblait en savoir plus qu'il ne disait. La dispute avait-elle quelque chose à voir avec les MD ?

Laurie se leva du canapé et emmena son fils dans la cuisine. « Grace ? Peux-tu garder un œil sur Timmy ? J'ai encore quelques questions à poser à Nicole. »

59

QUAND LAURIE FRAPPA à la porte de la chambre de Nicole, à l'hôtel, elle était accompagnée d'Alex. Leo et lui avaient insisté pour qu'elle ne sorte pas seule de la maison. Ils avaient fini par décider que Leo resterait avec Timmy et Grace, et qu'Alex irait avec Laurie.

Lorsque la porte s'entrouvrit, ce fut le mari de Nicole, Gavin, qui les accueillit.

« Laurie, bonsoir. Il est neuf heures passées. Est-ce que nous avions rendez-vous ?

— Il faut que nous parlions à Nicole.

— J'espère que c'est important. Ma femme est couchée. »

Il s'écarta pour les laisser entrer. Laurie découvrit avec surprise un grand salon, avec une salle à manger indépendante sur le côté. Visiblement, Gavin avait mis la main à la poche pour améliorer les conditions de logement offertes par la production. « Elle ne court pas de danger, j'espère ? demanda-t-il. Elle est épouvantablement nerveuse depuis que Rosemary Dempsey lui a demandé de participer à l'émission. »

Alex toussota pour attirer l'attention de Laurie. Une façon de lui rappeler de ne pas se laisser aller à réconforter son témoin comme elle le faisait habituellement. « À dire vrai, oui, il se peut qu'elle soit en danger, Gavin.

— C'est impossible ! s'exclama-t-il. Nicole, il faut que tu viennes nous rejoindre. »

Lorsqu'elle sortit de la chambre, Nicole avait enfilé un peignoir par-dessus son pyjama. « Désolée, je me préparais à me mettre au lit. »

Elle n'avait pas l'air particulièrement désolée.

« Ils disent que tu cours un danger.

— J'ai dit qu'il se peut que vous couriez un danger, rectifia Laurie. Avez-vous déjà vu cet homme ? »

Elle lui tendit la copie de la photo du permis de conduire de Steve Roman en surveillant ses réactions.

Nicole resta sans expression. « Non, je ne crois pas.

— Il s'appelle Steve Roman. Nous pensons que c'est l'homme qui a tué la voisine de Rosemary Dempsey, Lydia Levitt.

« — Comment pourrais-je connaître un cambrioleur ?

— Nous supposons que Lydia a surpris cet homme en train de rôder derrière la maison de Rosemary, mais ce n'était pas un cambrioleur. Il essayait d'en savoir davantage sur les gens qui participeraient à *Suspicion*. En fait, peu après la mort de Lydia, il nous a suivis, moi et ma famille, à San Francisco. Il vous a probablement espionnée vous aussi. Et c'est peut-être lui qui a agressé mon assistant, Jerry.

— J'ai peur de ne pas suivre votre raisonnement, dit Nicole.

— Steve Roman est un membre de longue date des Militants de Dieu. »

Laurie s'était préparée à exposer les liens qui existaient entre les MD et Keith Ratner et sa théorie suivant laquelle Keith pouvait avoir envoyé un des amis de son Église, Steve Roman, saboter l'émission et arrêter sa production. Mais l'expression de Nicole à la mention des Militants de Dieu montrait clairement qu'elle n'ignorait pas leur existence.

« Durant le tournage, aujourd'hui, vous avez dit que vous ne vous souveniez plus du sujet de votre dispute avec Susan. Et lors de notre première rencontre, vous êtes restée évasive sur les raisons qui vous avaient amenée à quitter Los Angeles. Elles ont un rapport avec cette Église, n'est-ce pas ?

— Je ne sais pas... je ne sais rien de tout ça. »

Alex lui tendit le dossier qu'ils avaient préparé avant de quitter la maison. Laurie en tira une première photo, un portrait grand format de Susan à dix-neuf ans, souriant à l'objectif. Puis une deuxième, celle-là de Lydia Levitt.

« Ces deux femmes sont mortes. Il ne s'agit plus d'une histoire personnelle que vous ne voulez pas rendre publique, dit Laurie. Des gens ont été agressés. Mon ami Jerry est à l'hôpital en ce moment. Et tout cela a un rapport avec les Militants de Dieu. »

Gavin passa un bras protecteur autour des épaules de sa femme. « Nicole, si tu sais quelque chose…

– Je n'ai jamais eu l'intention de te cacher quoi que ce soit, Gavin. J'essayais de me protéger. De *nous* protéger. » Nicole prit la main de Gavin et fit face à Laurie. « Je vais tout vous dire. Mais uniquement pour vous aider. Pas de caméra. »

Laurie hocha la tête. À ce stade, la vérité était plus importante que l'émission.

60

D WIGHT passa avec précaution du quai à l'arrière de son bateau, un cruiser de douze mètres parfait pour de courtes sorties en mer. Une sensation de calme le pénétra aussitôt qu'il sentit le balancement du bateau sur l'eau. Les vagues qui frappaient doucement la coque en fibre de verre lui faisaient l'effet d'une berceuse. Dès l'arrivée de son partenaire de plongée, il gagnerait Shaw's Cove et s'enfoncerait dans l'obscurité. Il ne connaissait pas de plus grand plaisir que la solitude de la plongée nocturne.

Mais avant de pouvoir profiter pleinement de cette exploration sous-marine, il avait une tâche à terminer. Il descendit dans la cabine, sortit son ordinateur portable de sa sacoche et cliqua sur la vidéo de la caméra de surveillance de Bel Air. Deux jours s'étaient écoulés depuis qu'il avait décidé de ne pas remettre à la police la vidéo de l'horrible agression dont Jerry avait été victime. Il espérait qu'en surveillant la maison en continu, il trouverait des explications à la mort de Susan et peut-être à l'agression de Jerry.

Il fit défiler rapidement l'enregistrement, ralentissant lorsqu'un détail retenait son attention. Quand il arriva à la fin, il repassa la séquence qui l'avait fasciné, l'interview croisée de Madison Meyer, Nicole Hunter et Keith Ratner.

Alex Buckley avait repéré quelques incohérences chez Madison, mais elles étaient mineures. Elle continuait à soutenir Frank Parker. La plus grande révélation était que Susan avait eu une altercation avec Nicole ce soir-là, après laquelle elle était sortie en trombe de la résidence.

317

Dwight savait avec quelle impatience Susan attendait son audition. Elle ne l'aurait pas manquée pour un empire.

Il revint en arrière une fois de plus, repassant sans cesse la question finale d'Alex Buckley : *Où avait-elle pu aller ?*

Il ferma les yeux et se souvint de Susan le soir où il s'était dit qu'il l'aimait vraiment. Ils avaient travaillé si tard au laboratoire que l'aube pointait. Ils avaient alors décidé d'aller en voiture jusqu'à l'observatoire Griffith, le meilleur endroit d'où assister au lever du soleil. Tandis qu'ils étaient assis sur l'herbe, dans la semi-obscurité, elle avait meublé le silence en racontant à quel point les filles pouvaient être mesquines les unes envers les autres, que la classe d'art dramatique était remplie d'actrices aussi talentueuses qu'elle, mais deux fois plus ambitieuses. Elle lui avait confié que beaucoup de ses camarades accordaient plus d'importance à leurs petits copains qu'à leurs amies. Qu'elle-même passait son temps à encourager Keith. Elle disait qu'il n'y avait qu'un endroit où elle pouvait se retrouver elle-même.

Où avait-elle pu aller ?

Dwight était pratiquement certain de le savoir.

Il afficha sur son ordinateur un calendrier de 1994 et se rafraîchit la mémoire. Le 6 mai, il y avait déjà plusieurs semaines qu'Hathaway l'avait surpris en train de pirater le système informatique de l'université. Dwight se souvenait de la date parce qu'il comptait les jours avant la fin du semestre. Il voulait aller à La Jolla faire de la plongée.

Pendant tout ce temps, il n'avait pas fait le lien entre la mort de Susan et un autre événement qui avait changé le cours de son existence.

Il ferma les yeux et se souvint de l'excitation de Susan à la perspective de son audition avec Frank Parker. Elle disait toujours qu'elle s'appliquait à être calme et concentrée avant de jouer une scène pour se focaliser sur son personnage. Si la dispute avec Nicole lui avait fait quitter la résidence à six heures, il lui restait trois quarts d'heure pour retrouver son calme. Si elle avait cherché un endroit où se sentir au calme et en sécurité, Dwight savait exactement où il était. Et il savait exactement ce qu'elle avait entendu quand elle y était arrivée.

Il se sentait fiévreux. Il se leva et se mit à marcher de long en large dans la cabine du bateau. Il avait du mal à contrôler sa respiration. Il avait besoin de retrouver son refuge à présent. Il avait besoin de se trouver dans l'eau.

Mais il voulait aussi révéler le résultat de ses réflexions. Son plan avait réussi : il pensait savoir qui avait tué Susan.

Il chercha le numéro de Laurie sur son téléphone et appuya sur la touche : *Vous êtes sur la boîte vocale de Laurie Moran...*

« Rappelez-moi dès que possible, dit-il après le signal sonore. Il faut que je vous parle. »

Il était tellement concentré sur son message qu'il n'entendit pas les pas sur le pont.

61

AVIN conduisit sa femme jusqu'au canapé et lui tint la main d'un geste protecteur. « Je suis avec toi, murmura-t-il. Toujours. Quoi qu'il arrive. Si tu as peur de quelqu'un, je te protégerai. »

Nicole se mit à parler rapidement, les yeux fixés au loin : « Notre dispute concernait les Militants de Dieu. J'étais membre de l'Église depuis plusieurs mois et Susan y était opposée. Elle disait que c'étaient des escrocs, qu'ils utilisaient la religion pour soutirer leur argent aux gens. Elle disait qu'on me lavait le cerveau. Ma relation à Martin Collins n'arrangeait rien. Pour moi, c'était l'homme le plus généreux, le plus merveilleux au monde. Je me croyais amoureuse de lui, mais j'étais jeune et impressionnable. »

La sonnerie du portable de Laurie l'interrompit. Elle chercha dans son sac et consulta l'écran. C'était Dwight. Elle ne voulait pas interrompre Nicole, et elle rejeta l'appel. « Puisque tu étais déjà membre de l'Église, pourquoi vous êtes-vous disputées ?

— C'était à propos de l'ami de Susan, Keith. Je l'avais emmené à une réunion des nouveaux membres. Susan était furieuse, elle disait que j'essayais de le convertir. Notre querelle a été aussi violente qu'Alex l'a décrite tout à l'heure, même pire. Je me suis sentie attaquée. Je lui ai lancé un livre à la tête. Je ne peux pas croire que je la voyais pour la dernière fois. »

Elle se prit la tête dans les mains.

« Vous comprenez, Nicole, que cette histoire pourrait paraître invraisemblable aux yeux de certains. Si Susan menaçait de vous mettre à la porte...

– Non, elle n'aurait jamais fait une chose pareille. Ça a été une horrible dispute, mais sincèrement, je crois qu'elle s'en est prise à moi à cause d'une accumulation de choses : l'audition, le départ de son agent pour l'Arizona parce que sa mère avait eu une crise cardiaque... et puis elle était préoccupée, elle fouillait frénétiquement dans ses tiroirs à la recherche de son collier porte-bonheur. Quand je suis entrée dans la chambre, elle m'a aussitôt agressée, me reprochant d'avoir emmené Keith à cette réunion des MD. C'est sans doute la goutte d'eau qui a fait déborder le vase. Tout aurait fini par s'arranger. En tout cas, je n'aurais *jamais* été capable de faire du mal à Susan. »

Quelque chose gênait Laurie dans la version que Nicole donnait de la dispute. « Vous dites que vous vous êtes retrouvée chez O'Malley's et que vous avez trop bu. Si votre querelle n'était pas si grave, pourquoi étiez-vous tellement bouleversée ?

– Quand Susan est partie, hors d'elle, j'ai voulu aller trouver Martin pour le mettre au courant. Dès que j'étais avec lui, il avait le don d'aplanir tous les problèmes. » Elle murmura à Gavin : *Je regrette tellement de ne t'avoir jamais rien dit. Je t'en prie, pardonne-moi*, avant de poursuivre. « Quand je suis arrivée chez lui, la lumière était allumée et sa voiture garée dans l'allée. Il n'a pas répondu quand j'ai frappé à la porte et je suis entrée, pensant qu'il ne m'avait pas entendue. En arrivant dans sa chambre… »

Sa voix se brisa et elle fut prise de tremblements. Gavin l'attira contre lui et tenta de la rassurer. « Ces secrets te torturent, Nicole.

— Quand je suis entrée dans sa chambre, il était avec une petite fille. Mon Dieu, elle n'avait probablement pas plus de dix ans. Ils étaient… au lit. Je suis sortie en courant de la maison, mais il m'a rattrapée dans l'allée. Il m'a dit que si je soufflais un mot de ce que j'avais vu, il me tuerait. Et pas seulement moi. La fille aussi. Il m'a menacée de tuer tous ceux que j'aimais — mes parents, mes amis. Il a dit qu'il saurait me retrouver dans quarante ans s'il le fallait et qu'il tuerait mes enfants et mes petits-enfants. Et je voyais bien qu'il ne plaisantait pas. Je pense qu'il m'aurait tuée sur-le-champ si cette petite fille n'avait pas été un témoin potentiel.

— Et vous n'en avez jamais parlé à personne ? » demanda Laurie.

Nicole fit un signe de dénégation puis baissa les yeux et se mit à sangloter, la tête dans les mains. « Vous n'imaginez pas le sentiment de culpabilité qui pesait sur moi. Chaque fois que je le vois à la télévision, j'ai la nausée, je me demande combien il a fait de victimes. J'ai eu si souvent envie de tout te dire, Gavin, mais j'avais honte. Et peur pour nous deux. J'ignorais qui était cette enfant et je n'avais aucune preuve. Martin est puissant. Au minimum, il aurait pu me faire passer pour folle auprès des membres de l'Église. Et je savais qu'il était capable de mettre ses menaces à exécution. C'est pourquoi j'ai toujours eu peur d'avoir des enfants, Gavin. Je ne voulais pas vivre dans l'angoisse de voir Martin s'attaquer à eux. »

Laurie connaissait cette peur que l'on éprouve en sachant que quelqu'un peut s'attaquer à votre enfant. « Pensez-vous que Martin a un rapport quelconque avec la mort de Susan ?

— Je suis certaine qu'il est capable de commettre un meurtre, dit Nicole. Mais il n'avait pas de raison de s'en prendre à Susan, et je l'ai vu de mes propres yeux chez lui ce soir-là.

— Mais si Martin a découvert que vous participiez à notre émission, dit Laurie, il pourrait craindre que vous finissiez par en dire trop sur le passé. »

Nicole essuya une larme. « Oui, c'est ainsi qu'il fonctionne. Il est coupé du monde extérieur et paranoïaque. C'est pourquoi je suis restée dans l'ombre pendant toutes ces années. La pensée que j'apparaisse à la télévision, que je parle de l'époque où j'étais étudiante à UCLA ? Il piquerait une crise. Cet homme sur la photo est probablement un de ses sbires qui a pour mission de faire capoter votre émission. »

Laurie avait du mal à intégrer cette nouvelle information. Elle était tellement persuadée qu'en identifiant l'individu qui avait agressé Lydia et Jerry ils trouveraient l'assassin de Susan. Et quelque chose continuait à la chiffonner dans la description que faisait Nicole de sa dispute avec Susan.

Alex avait délibérément laissé Nicole répondre aux questions de Laurie. Il finit par intervenir : « Parlons de Keith Ratner. Nous savons qu'il joue encore un rôle actif dans l'Église. Il connaissait l'identité des autres participants de l'émission. Il a probablement dit à Martin que Nicole avait accepté d'y apparaître. Martin a pu demander alors à Steve Roman de la surveiller, ce qui a pu conduire Roman dans le quartier de Rosemary Dempsey. Vous êtes restée en relation avec elle, n'est-ce pas ?

– Oui, répondit Nicole d'un ton agité, c'est ça ! Rosemary est venue me voir la veille du jour où Lydia a été tuée. Cet homme a dû la suivre jusque chez elle.

– Notre meilleure chance de découvrir quelque chose sur Martin est de passer par Keith Ratner », conclut Laurie.

Dwight Cook et Richard Hathaway étaient censés se présenter dans la matinée du lendemain pour les interviews, mais leurs interventions seraient courtes. Laurie sortit son téléphone de son sac. Ignorant le signal d'un nouveau message, elle écrivit un texto à l'intention de

Keith qu'elle lut à voix haute pendant qu'elle le tapait avec ses pouces. *Merci pour votre aide aujourd'hui. Désolée, mais un incident technique a endommagé une partie de la prise de vues. Pourrait-on re-tourner demain matin la séquence concernant votre alibi de la librairie ? Ça ne prendra pas longtemps. Laurie.*

Elle pressa la touche ENVOI et soupira de soulagement quand il lui renvoya immédiatement le texto suivant : *Aucun problème. Indiquez-moi seulement l'heure.*

Parfait, merci. Assurez-vous de porter la même chemise.

« Ajoutez un smiley pour faire bonne mesure, suggéra Alex, qui lisait par-dessus son épaule.

— On l'a eu, dit-elle.

— Nous devrions demander à Leo de mettre la police de Los Angeles au courant de ce que nous avons appris, dit Alex. Nicole, ce que vous nous avez dit est confidentiel, du moins pour l'instant. Si la police le souhaite, un de leurs hommes pourra enregistrer l'interview de Keith en se faisant passer pour un membre de l'équipe de tournage.

— Rosemary avait peut-être raison depuis le début au sujet de Keith, dit Laurie. Il a pu envoyer un de ses copains de l'Église pour faire capoter l'émission.

— C'est vous qui êtes les experts, dit Nicole. Mais si quelque chose dans tout ça a un rapport avec les Militants de Dieu, moi, à votre place, je ne me soucierais pas de Keith Ratner. C'est Martin Collins qui est réellement dangereux. Si ce Steve Roman travaille pour lui, c'est sûrement le genre de personne prête à tout pour le satisfaire. Croyez-moi, je le sais. »

En se dirigeant vers leur voiture, Laurie se remémora la description faite par Nicole de Susan cherchant fébrilement son collier, angoissée à l'approche de l'audition, furieuse contre Nicole, lui reprochant d'avoir entraîné Keith dans son Église de fanatiques. Quelque chose dans cette scène lui échappait.

Ses pensées furent distraites par un bip de son portable, indiquant la réception d'un message. C'était Dwight Cook. *Appelez-moi dès que possible. Il faut que je vous parle.* Dwight devrait attendre jusqu'au lendemain matin. Auparavant, ils devaient trouver un inspecteur du LAPD qui accepte de les aider à piéger Keith Ratner.

62

LE LENDEMAIN MATIN, Laurie se tenait dans l'allée de la maison de Bel Air, guettant les voitures. Elle regarda sa montre. Neuf heures cinquante-huit. Dwight Cook et Richard Hathaway devaient être là à dix heures, et elle avait donc demandé à Keith Ratner de venir à onze heures trente. Elle estimait qu'il s'interrogerait moins sur la raison pour laquelle on l'avait fait revenir s'il y avait d'autres témoins présents dans la maison.

Elle jeta un œil par la porte du séjour. Avec son jean, sa casquette de baseball et le tee-shirt *Suspicion* qu'elle lui avait procuré, l'inspecteur Sean Reilly, de la police de Los Angeles, se fondait dans l'équipe de tournage. Il était chargé de l'enquête sur l'agression de Jerry. À peine trente ans, ses seules rides étaient celles qui marquent le visage des flics qui prennent leur job au sérieux.

Il avait fallu un long coup de fil tard dans la soirée pour expliquer les liens qui existaient entre Lydia Levitt, Steve Roman, les Militants de Dieu, *Suspicion* et Jerry, mais Reilly avait fini par accepter de venir sur le tournage entendre ce que Keith Ratner avait à dire sur le rôle de l'Église dans toute cette affaire.

Nicole Melling attendait dans la maison. Laurie n'avait plus qu'à espérer que, le moment venu, toutes les pièces du puzzle s'emboîteraient comme prévu.

Un 4 × 4 Lexus blanc s'engagea dans l'allée à dix heures deux. Hathaway était au volant. Il était seul.

« Je pensais que Dwight et vous alliez venir ensemble, dit Laurie quand il ouvrit la portière.

— J'habite à Toluca Lake. » Hathaway devait avoir remarqué son absence de réaction car il ajouta : « C'est à Burbank. Superbe endroit. Un lac privé. Un des plus beaux parcours de golf de l'État. Mais Dwight a toujours son studio d'étudiant à Westwood. Faire un détour par

Los Angeles en pleine heure de pointe ? Je l'aime bien mais pas à ce point.

– Nous allons vous entendre et vous libérer très vite, on voudrait juste en savoir un peu plus sur l'intérêt que portait Susan aux nouvelles technologies. Son père était un brillant avocat spécialisé dans le droit d'auteur, et ils partageaient le même enthousiasme pour cet univers-là. Vous êtes le mieux placé pour parler de cet aspect de sa personnalité. »

Hathaway était déjà maquillé et équipé d'un micro mais Dwight n'était toujours pas arrivé. Il était dix heures vingt. Laurie écouta Hathaway laisser un autre message à Dwight : *Hello, vieux. Laurie et moi on t'a déjà appelé tous les deux. J'espère que tu es en route.*

« Je n'y comprends rien, dit-il en glissant son téléphone dans la poche de sa veste de sport. Il est toujours ponctuel. »

Laurie se maudissait de ne pas avoir pris le temps de répondre à son appel urgent la veille. Il voulait peut-être annuler son rendez-vous. « Je me demande si, au dernier moment, il n'a pas été effrayé à la pensée d'être filmé », dit-elle.

Hathaway haussa les épaules. « Peut-être. Mais il voulait tellement apporter sa contribution à l'émission. »

Laurie avait prévu que Dwight et Hathaway quitteraient les lieux peu après l'arrivée de Keith. Elle décida de commencer par Hathaway seul. Il passait bien à l'image. Il avait du prestige, avait été nommé professeur alors qu'il n'avait qu'une petite trentaine d'années, avant d'aider un de ses protégés à monter une start-up révolutionnaire. Si elle pouvait récupérer Dwight plus tard, Alex l'interrogerait séparément. L'essentiel était de ne pas compromettre la stratégie qu'ils avaient mise au point concernant Keith Ratner.

Comme elle s'y attendait, Hathaway était parfaitement à l'aise devant la caméra. « J'avais beaucoup d'étudiants bourrés de talent à UCLA, expliqua-t-il à Alex, mais Susan était parmi les meilleurs. Quand elle est morte, on a beaucoup parlé de sa carrière prometteuse d'actrice, mais j'ai toujours été persuadé qu'elle serait devenue une star des nouvelles technologies. Elle aurait pu devenir un autre Dwight Cook. Quelle tragédie ! »

Devenu pensif, son visage séduisant se creusa de rides, et avec l'autorité de l'ancien professeur, il développa point par point son raisonnement, continuant à parler de Susan, puis, interrogé par Alex, du soir de sa mort.

« Je me souviens du choc terrible que j'ai ressenti quand j'ai appris qu'on avait trouvé son corps. Dwight n'avait que dix-neuf ans à l'époque, un cerveau de génie, mais il était totalement immature dans ses relations amoureuses. Il était impossible de ne pas s'apercevoir de ce qu'il éprouvait pour Susan. Chaque fois qu'ils se trouvaient ensemble au labo, ses yeux brillaient et il souriait. Quand il a appris l'affreuse nouvelle, il est venu chez moi et s'est effondré en larmes dans mes bras.

— Savez-vous où se trouvait Dwight le soir du meurtre de Susan ? demanda Alex calmement.

— Avec moi, en fait. Dwight était en train d'écrire son programme et je savais qu'il voulait m'en parler. Je n'avais rien de prévu pour la soirée. Je l'ai donc appelé et lui ai demandé s'il voulait venir manger un hamburger avec moi.

— Quelle heure était-il ? demanda Alex.

— Je lui ai téléphoné vers sept heures. Et l'ai retrouvé tout de suite après au Hamburger Haven.

— Encore une chose, continua Alex. Je ferais mal mon travail si je ne mentionnais pas que vous aviez beaucoup de succès auprès de vos étudiantes et plutôt la réputation d'un don juan. »

Hathaway se mit à rire. « Ah, oui. "Le prof le plus craquant", d'après le journal du campus. Ce ne sont que des rumeurs et des insinuations, je vous assure. Je pense que c'est inévitable quand on est un jeune professeur célibataire.

— Donc, ceux qui ont suggéré que vous montriez autre chose qu'un intérêt purement professionnel pour Susan… ?

— … se trompent du tout au tout. Sans compter que Susan était visiblement très amoureuse de son petit copain. Cela me brisait le cœur de voir ce pauvre Dwight souffrir à cause d'elle. »

Hathaway avait été parfait, pensa Laurie, ajoutant la touche personnelle qu'elle recherchait. C'était Dwight Cook qui incarnait REACH, mais il était cent fois moins bon qu'Hathaway devant la caméra.

Elle venait de crier « Coupez » quand elle entendit le vrombissement d'une voiture de sport devant la maison, suivi du claquement d'une portière. Keith Ratner venait d'arriver. Elle pouvait renvoyer Hathaway. Le timing était parfait.

63

LAURIE installa Keith sur le canapé à la même place que celle qu'il occupait la veille. Il portait la même chemise, comme on le lui avait demandé.

« Encore une fois, je suis vraiment désolée », s'excusa-t-elle. « Nous avons perdu la séquence où vous nous expliquiez où vous étiez le soir du meurtre de Susan. Si vous pouviez juste reprendre à cet endroit, nous vous filmerons en gros plan. On aura l'impression que vous êtes assis à côté de Madison et de Nicole.

– Bien sûr, aucun problème. »

Elle vérifia que l'inspecteur Reilly était en place avec l'équipe de tournage, puis donna le signal.

Alex reprit l'introduction qu'il avait utilisée la veille. « J'ai pensé, dit-il, demander d'abord à chacun de rappeler brièvement où il se trouvait le soir du meurtre. Keith, voulez-vous commencer ? »

Keith répéta l'histoire qu'il avait si souvent racontée au cours des années : il était dans une librairie avec d'autres adeptes des Militants de Dieu.

« À ce propos, dit Alex, connaissez-vous cet homme ? » Il plaça une photo de Steve Roman devant Keith sur la table basse.

Keith lança à Alex, puis à Laurie, un regard embarrassé. Il prit la photo pour la regarder de plus près. « Je ne l'ai jamais vu.

— C'est un membre de votre Église et nous avons la conviction qu'il est déterminé à nous empêcher de réaliser cette émission — en ayant recours à la violence si nécessaire. »

Keith saisit le micro attaché au col de sa chemise. Ils avaient prévu qu'il tenterait de partir dès qu'il se rendrait compte qu'ils s'écartaient du scénario de la veille, mais au moins ils le tenaient. Le LAPD était sur place. Ils n'avaient plus qu'à lui faire dire quelque chose qui puisse donner à l'inspecteur Reilly une raison valable de l'arrêter.

« C'est important, Keith, insista Laurie. Il y a certains éléments que vous ignorez au sujet de cette Église. »

Keith détourna brusquement les yeux. Laurie suivit son regard et vit Nicole sortir de la cuisine. Elle craignait les représailles de Martin, mais Laurie, Leo et Gavin l'avaient convaincue la veille au soir d'être là et d'écouter dans la pièce voisine pour éventuellement les aider à confondre Keith.

« Je leur ai parlé de ma dispute avec Susan, Keith, dit-elle. Ils savent que c'est moi qui t'ai fait connaître Martin et les MD. Tu sais que j'ai quitté l'Église. Et aussi Los Angeles. Mais je ne t'ai jamais expliqué pourquoi.

– Tu es partie parce que Susan a été assassinée. C'était ta meilleure amie. »

Pendant que Nicole s'asseyait à côté de Keith sur le canapé, Laurie remarqua que l'inspecteur Reilly semblait très attentif.

« Non, ce n'était pas pour ça. Le révérend Collins n'est pas l'homme que tu crois, Keith. »

64

KEITH RATNER fut sidéré par ce que disait Nicole. Elle avait d'abord déclaré avoir eu une liaison secrète avec Martin, et maintenant elle prétendait qu'il avait abusé d'une petite fille ?

« Ces accusations sont absurdes, Nicole. Pas étonnant que Martin ait été tellement inquiet à l'idée que tu participes à cette émission.

« – Je l'ai vu de mes yeux, Keith. Jamais tu ne croirais que c'est un type bien si tu avais entendu les menaces qu'il a proférées contre moi. Au fond de toi, tu dois bien savoir la vérité. Regarde son train de vie. Tout cet argent qu'il recueille n'est pas destiné aux bonnes œuvres. Il se remplit les poches. Et pense à ces familles qu'il choisit d'aider – ce sont toujours des parents vulnérables avec des petites filles. Je n'ai compris son stratagème que cette nuit-là. Mais je ne pouvais rien prouver. Qui sait combien il y a eu de victimes ? Tu peux nous aider. Tu fais partie du premier cercle. »

Keith se prit la tête dans les mains. C'était absolument fou. « Je ne t'ai pas vue depuis vingt ans, Nicole. Pourquoi devrais-je te croire ?

– Pose-toi la question : comment Martin a-t-il réagi en apprenant que tu participais à l'émission ? Il voulait que tu parles des MD ?

– Oui, en fait. Je n'avais pas envie de venir. C'est Martin qui m'a poussé à accepter. »

Mais avant même de finir sa phrase, Keith fut pris d'un doute. Il se souvint du jour où il avait parlé pour la première fois à Martin de *Suspicion*. Il détestait l'idée que son nom soit à nouveau mêlé à cette histoires sordide. C'était Martin qui l'y avait obligé. Il voulait savoir ce que Nicole manigançait. Il avait dit très exactement : « C'est à moi de m'inquiéter de mes ennemis. »

Mais abuser sexuellement d'enfants ? Se pouvait-il qu'il ait consacré toute sa vie d'adulte à une Église dirigée par un homme capable d'actes aussi ignobles ? C'était inimaginable.

Il s'éclaircit la voix, comme si cela pouvait lui éclaircir les idées. « Qu'attendez-vous de moi ? »

Un cameraman coiffé d'une casquette de baseball se précipita vers lui, un insigne à la main. Quand les surprises cesseraient-elles ?

« Monsieur Ratner, je suis l'inspecteur Sean Reilly, de la police de Los Angeles. Soyons clairs. Mme Melling m'a fait part d'une scène à laquelle elle aurait assisté il y a vingt ans mais que rien ne vient corroborer. Je n'ai pas le nom de l'enfant qu'elle a pu voir avec votre révérend. Certes, il est impossible d'engager des poursuites sans preuves. Mais vous admettrez qu'une personne qui agit selon sa conscience ne peut ignorer un tel témoignage. Vous avez demandé ce que nous attendions de vous ? Suivant la loi californienne, la police peut écouter une conversation téléphonique avec le consentement d'un des interlocuteurs.

— Vous me demandez de dénoncer Martin ?

— Vous ne dénoncerez personne. Dites-lui simplement deux choses. » Reilly leva le pouce puis l'index. « Primo, la police vous a interrogé sur cet homme, Steve Roman. Secundo, ils ont évoqué d'éventuels abus sexuels sur des enfants au sein de l'Église. S'il est innocent, nous le découvrirons. Mais s'il ne l'est pas... »

Keith pensa à toutes les heures qu'il avait passées avec Martin à livrer de quoi nourrir les familles nécessiteuses. Sans l'Église, Keith serait encore le gamin superficiel et peu sûr de lui qu'il était dans sa jeunesse. Puis il se rappela toutes les petites filles qu'il avait vues dans les familles auxquelles Martin venait en aide. Il n'avait pas rencontré Nicole depuis vingt ans, mais elle avait raison de dire que Martin privilégiait certaines familles. Et il n'imaginait pas que Nicole puisse mentir sur quelque chose d'aussi horrible.

« D'accord, allons-y. » Il pria en silence pour que tout cela ne soit qu'une méprise.

Pendant que l'inspecteur Reilly donnait ses instructions à Keith en vue de son coup de fil à Martin Collins, Laurie accompagna Nicole jusqu'à l'allée. Elle la serra brièvement dans ses bras avant de la confier à son mari. Quand elle les avait rencontrés pour la première fois, dans leur cuisine ultrasophistiquée, Nicole lui avait paru distante et froide, car elle cherchait encore à dissimuler des secrets vieux de vingt ans. Aujourd'hui, elle ne cessait de sangloter, et Laurie se demandait si elle arriverait jamais à se ressaisir.

Mais il fallait voir les choses en face. Vingt ans plus tôt, Nicole était déjà assez mûre pour entamer une liaison avec Martin, qui lui était adulte. Elle avait ignoré les avertissements de Susan qui se méfiait de lui et de sa prétendue Église. Même après avoir surpris Martin en train de commettre un des pires crimes qui soient, elle avait cédé devant ses menaces et s'était enfuie en abandonnant l'enfant à son sort.

En dépit de la sympathie qu'elle éprouvait pour Nicole, Laurie ne pouvait accepter ce qu'elle avait fait.

65

LAURIE s'étonna de la simplicité avec laquelle l'inspecteur Reilly procédait à l'enregistrement de l'appel de Keith à Martin Collins : un câble reliant le portable de Keith à la sortie microphone de l'ordinateur. Après une longue négociation, Reilly accepta de laisser Leo et Laurie écouter la conversation, sans filmer ni enregistrer de leur côté. Si l'appel tournait court, Laurie trouverait un autre moyen de relater les faits pour les téléspectateurs. Pour l'instant, tout ce qu'elle voulait, c'était entendre ce que Martin Collins avait à dire.

À l'aide d'un répartiteur audio, Leo, Laurie et l'inspecteur Reilly étaient branchés grâce à des écouteurs. Elle encouragea Keith d'un signe au moment où il pressait la touche du téléphone. Ce type était loin d'être parfait, mais aujourd'hui il se comportait admirablement.

« Allô, Martin, Keith à l'appareil », dit-il quand Collins décrocha. « Vous avez une seconde ? J'ai eu une drôle de visite de la police.

— La police ?

— Oui, ils cherchent un certain Steve Roman. Crâne rasé, musclé, dans les quarante ans. Il paraît qu'il appartient aux Militants de Dieu, mais je leur ai dit que je ne le connaissais pas. Ça vous évoque quelque chose ?

— Bien sûr », répondit Martin d'un ton flegmatique.

Laurie regarda son père en haussant les sourcils. Ils venaient de faire le lien entre le leader des MD et un homme qu'on avait repéré près de l'endroit où Lydia Levitt avait été assassinée, un homme qui surveillait leurs faits et gestes quelques jours à peine avant que Jerry ait été agressé. Tout serait-il aussi facile ?

Grâce à leurs écouteurs, ils entendirent Martin poursuivre : « Je vous ai dit que je voulais savoir ce que Nicole racontait aux gens de la télévision. J'ai demandé à Steve de nous donner un coup de main. Il est toujours prêt à rendre service.

— À rendre service ? La police pense qu'il a tué une femme dans la baie de San Francisco alors qu'il espionnait une des participantes de l'émission. Et il y a trois jours, quelqu'un s'est introduit sur le lieu du tournage, a volé du matériel et failli tuer un assistant de production. »

Il y eut un long silence à l'autre bout du fil. « Steve était violent autrefois. Mais c'était il y a très longtemps. Je ne suis pas au courant de cette histoire de meurtre dans la baie de San Francisco mais c'est vrai, il m'a parlé de la regrettable affaire de Bel Air. »

Laurie leva le poing en signe de victoire. Ils avaient identifié l'agresseur de Jerry !

« *La regrettable affaire ?*

– Il a dépassé les limites. Il a dit qu'il avait trouvé une porte qui n'était pas fermée à clé. Il est entré. Puis quelqu'un est arrivé et l'a découvert. Il m'a assuré qu'il avait paniqué, mais ce n'est qu'en apprenant l'agression dans le journal que j'ai compris que c'était grave. Je l'ai soutenu psychologiquement, mais il est peut-être temps que j'appelle la police avant qu'il s'en prenne à quelqu'un d'autre. »

Comme Keith le leur avait expliqué, les MD encourageaient leurs membres à se confier totalement à l'Église, mais ne respectaient pas le traditionnel secret de la confession. Au contraire, c'était l'Église qui décidait de ce qui devait être révélé pour « prêcher la bonté de Dieu ». Martin était manifestement prêt à utiliser ce qu'il savait de Steve Roman pour prendre ses distances avec ce criminel en le dépeignant comme un loup solitaire qui échappait à tout contrôle.

« Martin, il y a pire. La police m'a aussi demandé – le seul fait d'en parler me dégoûte –, ils m'ont demandé si je vous avais déjà vu vous comporter de façon déplacée avec des enfants. »

Il y eut un silence.

« Martin ? Vous êtes là ?

— Oui. Cela ne peut venir que de Nicole. Elle est folle. Elle avait inventé une histoire de ce genre quand elle était à l'université. C'est pour cette raison que je voulais garder l'œil sur elle pendant le tournage. Il va de soi que c'est totalement faux, ne le répétez à personne. Maintenant, il faut que je retrouve Steve. De toute évidence, il est devenu un problème. »

Quand Martin eut raccroché, la cuisine explosa en une véritable cacophonie. Ils parlaient tous à la fois, répétant le moindre mot de la conversation. L'inspecteur Reilly leva la main pour réclamer le silence. « Bon travail, Keith. Nous en savons suffisamment pour lancer un mandat d'arrêt contre Steve Roman. Je m'occuperai ensuite de cuisiner Martin Collins pour savoir ce que Roman a dit de précis sur l'agression de Jerry.

— Attendez, dit Laurie. Vous n'allez pas arrêter Collins ?

— Je n'ai pas de raison valable. Il n'est pas contraire à la loi de demander à quelqu'un de surveiller quelqu'un d'autre. Sinon, il n'y aurait pas de détectives privés.

— Mais Steve Roman n'est pas un détective privé. Il agresse des gens. Il a probablement tué Lydia.

— Et c'est pourquoi nous allons l'arrêter. Mais à moins que nous prouvions qu'il a incité Roman à commettre ces crimes, Martin est innocent. »

Laurie allait protester, mais Leo l'interrompit : « Il a raison d'un point de vue juridique, Laurie. Mais ce n'est qu'un début, n'est-ce pas, Reilly ?

– Absolument », dit Reilly, dont le visage s'éclaira « Une fois que nous aurons mis la main sur ce type, il se peut qu'il ait autre chose à nous dire. Cela se produit souvent. Nous obtiendrons ses relevés téléphoniques, perquisitionnerons son appartement. Le grand jeu. Je fais tout de suite établir un mandat d'arrêt. Nous pouvons l'obtenir par téléphone à présent. Croyez-moi, nous irons jusqu'au bout de cette affaire. »

Laurie s'efforça de cacher sa déception. Après tout, ils tenaient probablement le coupable du meurtre de Lydia et de l'agression contre Jerry. Mais ils ne savaient pas encore comment établir le lien avec la mort de Susan.

Reilly venait de remballer son matériel d'enregistrement quand Grace arriva en courant dans la cuisine. « Allumez la télé ! » cria-t-elle en s'emparant de la télécommande sur le comptoir.

Laurie posa doucement la main sur l'avant-bras de la jeune femme. « Attends une seconde, Grace. Je vais reconduire l'inspecteur Reilly.

– Non, ça ne peut pas attendre. » Elle manipula les boutons, changea de chaîne jusqu'à ce qu'elle trouve ce qu'elle cherchait. « Regardez ! »

Sur l'écran apparaissait une étendue de mer bleue prise d'un hélicoptère. La voix du présentateur parlait d'un

« génie de trente-neuf ans qui avait révolutionné Internet ». Ce ne fut qu'en lisant le bandeau au bas de l'écran que Laurie comprit : *le corps de Dwight Cook, fondateur et président de REACH, découvert à la suite d'un accident de plongée, selon nos sources.*

Non, pas Dwight. Faites que ce ne soit pas lui, pensa Laurie.

66

*L*AURIE refusait de croire que Dwight était mort. Trois heures après le départ de l'inspecteur Reilly, elle espérait encore apprendre que ce n'était qu'une méprise.

Quand il avait téléphoné la veille au soir, elle avait tellement hâte de retrouver Steve Roman et d'établir ses liens avec les MD qu'elle n'avait même pas trouvé le temps de le rappeler. Maintenant, cet homme si charmant, ce grand enfant était mort et elle était convaincue que sa disparition était liée à l'enquête qu'elle menait sur le meurtre de Susan. Elle se demandait si elle aurait pu l'empêcher.

Timmy jouait à des jeux vidéo à l'étage, mais les adultes s'étaient tous rassemblés dans la salle de télévision pour suivre les informations. Entre le coup de fil de Keith

Ratner à Martin Collins et l'annonce de la mort de Dwight, ils étaient sur les nerfs. Le LAPD avait obtenu un mandat d'arrêt contre Steve Roman, mais il était toujours en liberté. Était-il encore à Los Angeles, en chemin vers San Francisco, ou cherchait-il à s'enfuir vers la frontière mexicaine ? Risquait-il de revenir s'en prendre à l'équipe ?

Quand on sonna à la porte, Grace laissa échapper un cri puis mit une main sur sa poitrine. « Misère, j'ai l'air d'une actrice dans un film d'horreur. »

Leo alla à la porte d'entrée, revolver au poing, et regarda par le judas. « C'est l'inspecteur Reilly », annonça-t-il.

Laurie perçut le soulagement général.

« Désolé de vous déranger, dit Reilly en entrant dans la pièce, un ordinateur portable à la main. Avant tout, je crains d'avoir de mauvaises nouvelles. Le corps de Dwight Cook a été formellement identifié. Je vous épargne les détails, mais il n'y a aucun doute, c'est bien lui. »

Laurie retint les larmes qui lui montaient aux yeux.

Alex se pencha vers elle et lui murmura : « Ça va ? On peut faire une pause si tu veux. »

Elle fit signe que non. « Non, ça va. Poursuivez, inspecteur, je vous en prie.

— Je l'ignorais quand je suis venu la dernière fois, mais apparemment, cette maison appartenait à Dwight Cook, non ?

— Oui, répondit Laurie. Il nous l'avait prêtée pour nous rendre service.

— Vous rendre service, tiens donc. Voyez-vous, dans le cadre de l'enquête, un de mes collègues s'est intéressé aux ordinateurs de M. Cook. Visiblement, le révérend Collins n'était pas le seul à surveiller votre tournage. Cook avait truffé toute la maison de micros et de caméras de surveillance.

— Attendez, il nous espionnait ? demanda Grace. Ça ne se fait pas de dire du mal des morts, mais là, c'est carrément pervers.

— Pas les douches ni ce genre de choses, précisa Reilly. Mais à peu près tout ce qui s'est passé ici depuis votre arrivée a été enregistré.

— La maison est inoccupée, d'habitude, dit Laurie. Ce serait logique qu'il ait fait installer un système de sécurité ultraperfectionné dans une propriété aussi luxueuse.

— Il n'y a pas que le système, expliqua Reilly. Étant donné la configuration des fichiers vidéo, on sait que Dwight Cook les a visionnés. On sait également à quel moment et quelles images il a visionnées. Il a arrêté de les regarder hier soir, à vingt et une heures vingt-trois, semble-t-il. »

Laurie vérifia la boîte vocale de son portable. « Il m'a appelée quelques minutes plus tard. Il disait qu'il avait besoin de me parler.

— Et… ?

— On était en train de chercher en quoi Steve Roman était lié à notre affaire. Je n'ai pas eu le temps de le rappeler. Évidemment, si j'avais su… »

Son estomac se noua et Reilly leva les yeux au ciel, manifestement agacé de se trouver dans une impasse.

« Bon, voilà de quoi il retourne. » Reilly posa son ordinateur portable sur la table basse et se mit à pianoter sur le clavier. « Il y a deux séquences que Dwight s'est repassées plusieurs fois. »

Il tourna l'écran pour que tout le monde puisse voir. « La première séquence est celle où votre ami se fait agresser », dit Reilly. En voyant la brutalité avec laquelle Jerry avait été attaqué, Laurie eut un haut-le-cœur. Reilly arrêta la vidéo au moment où l'agresseur cagoulé penché sur le corps ensanglanté de Jerry se relevait. « Vous voyez ce logo sur sa chemise ? On a un technicien qui essaie d'affiner l'image, mais en tout cas, ce type a le même gabarit que Steve Roman.

– Dwight a dû m'appeler parce qu'il avait des images de l'agresseur de Jerry. »

Reilly secoua la tête en faisant défiler la vidéo en accéléré. « Ça m'étonnerait. Il a vu l'agression la première fois il y a trois jours et s'est repassé la scène à plusieurs reprises. Il vous aurait appelée plus tôt. Mais là », il ralentit la vidéo, « voilà la séquence que Dwight visionnait juste avant de vous appeler. »

Laurie reconnut immédiatement une scène de la veille : Keith, Madison et Nicole, côte à côte dans le canapé du salon, discutant du jour où Susan avait été tuée. Reilly passa l'interview en entier, puis il mit la vidéo sur PAUSE.

« Apparemment, il n'a pas arrêté de se repasser la fin. Y avait-il une raison pour laquelle il s'intéressait à cette scène ? demanda l'inspecteur.

— Je n'en ai aucune idée, répondit Laurie. Il n'était pas vraiment ami avec eux, juste avec Susan. J'ai une question à vous poser, inspecteur. Vos collègues qui fouillent dans les ordinateurs de Dwight ont-ils la certitude que sa mort était un accident ?

— Non. Au contraire, il semblerait qu'il s'agisse d'un crime maquillé pour faire croire à un accident. Ils ont retrouvé des traces d'eau de Javel à l'intérieur du bateau et, d'après les premières conclusions du légiste, à en juger par le niveau d'azote dans les tissus, il est impossible que Dwight ait fait de la plongée ce soir-là. L'hypothèse qu'ils privilégient pour l'instant, c'est qu'il était déjà inconscient quand on l'a jeté dans l'eau.

— Une autre victime de la folie meurtrière de Steve Roman ? » Laurie réfléchissait à voix haute, se demandant si Steve Roman pouvait avoir une raison de s'en prendre à Dwight. « L'autre possibilité, c'est que Dwight savait quelque chose sur un des suspects.

— C'est notre hypothèse, dit Reilly, d'autant plus qu'il s'était focalisé sur la fin de cette séquence. Je pensais que vous sauriez ce qu'elle a de décisif. »

Laurie lui fit signe que non. Il y a quelque chose qui nous échappe, mais quoi ? se dit-elle.

346

Elle fut interrompue dans ses réflexions par le bourdonnement de son portable qu'elle avait laissé en mode vibreur. Elle eut envie de le balancer en travers de la pièce, mais vit que c'était Rosemary Dempsey qui l'appelait.

« Bonjour Rosemary. Je peux vous rapp...

— Vous regardez les informations ? Il paraît que Dwight Cook est mort. Et qu'il y a un mandat d'arrêt contre un certain Steve Roman, et que c'est lié à l'agression qu'a subie Jerry ? Est-ce qu'on est en danger ? Mais qu'est-ce qu'il se passe ? »

67

DANS UNE CHAMBRE DE MOTEL, assis sur le lit, Steve Roman, torse nu, se balançait d'avant en arrière.

Son nom faisait la une des actualités. La police surveillerait ses cartes de crédit pour le localiser. Dès qu'il avait entendu son nom à la radio, dans la voiture, il avait filé retirer du liquide dans un distributeur de South Central LA, puis il avait trouvé ce motel miteux où il pouvait régler sa chambre en cash sans montrer de pièce d'identité. Il compta les billets qui lui restaient. Trente-trois dollars. Il n'irait pas bien loin avec ça.

Le vieux poste de télé posé sur la commode lui brailla aux oreilles une publicité pour des voitures d'occasion. Il zappa, cherchant d'autres informations sur le mandat d'arrêt qui avait été lancé contre lui, et s'interrompit en apercevant un visage familier. C'était Martin Collins qui se tenait devant sa maison au milieu d'une foule de reporters.

« *On m'a signalé que le LAPD recherche un certain Steve Roman. Certains d'entre vous ont déjà appris sur Internet qu'il est membre des Militants de Dieu. J'ai fondé cette Église il y a un quart de siècle. Depuis, les Militants de Dieu sont passés d'une simple poignée de braves gens désireux de venir au secours des plus démunis à des milliers de fidèles qui se sacrifient tous les jours pour aider leur prochain. Je connais Steve Roman et je croyais sincèrement qu'il s'était racheté grâce à la vertu salvatrice de la bonté de Dieu. Mais j'ai parlé à la police et, malheureusement, il semble qu'un individu déséquilibré se soit introduit au sein de notre troupeau. Cela ne doit en aucun cas rejaillir sur l'image de notre commu- nauté dans son ensemble. Notre Église fait tout ce qui est en son pouvoir pour appréhender ce criminel.*

— *Révérend Collins,* lança un reporter. *Selon nos sources, le mandat d'arrêt contre Steve Roman fait suite à l'agression d'un producteur de l'émission* Suspicion. *Leur équipe enquête ici en ce moment même au sujet de l'Affaire Cendrillon. Quel est le lien entre votre Église et le meurtre jamais élucidé de Susan Dempsey ?* »

Martin mit les mains sur ses hanches comme si c'était la première fois qu'il réfléchissait à la question. « *Ce n'est pas à moi de spéculer sur les motivations d'un esprit dérangé. À notre avis, il est vraisemblable qu'il s'agit d'une tentative peu judicieuse de cet individu – visiblement malade – pour chercher à protéger Keith Ratner, un autre membre des Militants de Dieu injustement soupçonné depuis des années d'être responsable de la mort de son ancienne petite amie. Voilà, ce sera tout.* » Il fit un signe amical et se retira dans sa demeure.

Le climatiseur placé sous la fenêtre du motel faisait un bruit de ferraille. Steve enfila un maillot de corps blanc pour se réchauffer. *Un individu déséquilibré ? Criminel ? Malade ? Peu judicieux ?*

Steve avait toujours fait ce que Martin lui demandait. Et voilà que celui-ci le trahissait, utilisant les pires stéréotypes de leur Église, et ce dans son intérêt le plus égoïste.

Il serra les poings. Il sentait monter en lui ses vieilles pulsions, comme le jour où la voisine l'avait trouvé dans le jardin de Rosemary Dempsey, ou encore quand l'assistant de production l'avait surpris dans la maison de Bel Air. Il avait besoin d'un punching-ball. Besoin de courir.

Il sortit de la chambre du motel, en vérifiant d'abord qu'il n'y avait personne en vue. Il traversa le parking pour rejoindre le pick-up et ouvrit la boîte à gants.

Il prit le neuf millimètres qu'il avait récemment acheté. Il était un peu petit pour lui, mais il ne l'avait pas payé cher. Il le glissa dans la ceinture de son pantalon, dans son dos.

Ces dernières semaines, il avait fait des erreurs, mais c'était parce que Martin le traitait comme un simple factotum. Il se sentait maître de lui, à présent. C'était lui qui décidait.

68

APRÈS LE COUP DE TÉLÉPHONE paniqué de Rosemary Dempsey, le premier réflexe de Laurie fut de se précipiter à son hôtel.

Cette femme qu'elle avait convaincue de lui confier l'affaire du meurtre de sa fille venait d'apprendre à la télévision que Dwight Cook était mort et qu'un mandat d'arrêt avait été lancé contre l'agresseur de Jerry. La moindre des choses était qu'elle la mette personnellement au courant des derniers événements.

Alex insista pour l'accompagner, pendant que Leo restait à la maison avec Timmy et Grace. « Merci de veiller sur moi, Alex, lui dit Laurie une fois dans le hall de l'hôtel. Mais il vaut mieux que je parle à Rosemary en tête à tête.

— Pas de souci, dit Alex. Je vais voir la sécurité de l'hôtel pour m'assurer qu'ils restent à l'affût de Steve Roman. »

De l'autre côté de la porte de la suite de Rosemary, Laurie entendit le son étouffé de la télévision. Elle respira un grand coup et frappa. Rosemary vint aussitôt ouvrir.

« Merci d'être venue, Laurie, J'ai tellement peur. Je ne comprends pas ce qui se passe. Hier il y a eu cette scène avec les amis de Susan. J'ai du mal à croire que, depuis toutes ces années, Nicole ne m'ait jamais parlé de cette dispute. Et maintenant Dwight est mort ? Et la police pense que l'homme en cavale qui a agressé Jerry est lié aux Militants de Dieu ? Je finis par me demander si je n'avais pas raison depuis le début : c'est peut-être Keith Ratner qui est derrière tout ça – le meurtre de Susan, l'agression de Jerry, et maintenant Dwight. »

À la télévision, derrière Rosemary, Laurie aperçut Martin Collins qui tenait une conférence de presse improvisée devant chez lui.

« Attendez, dit-elle. Vous pouvez augmenter le son ? »

« Ce n'est pas à moi de spéculer sur les motivations d'un esprit dérangé. À notre avis, il est vraisemblable qu'il s'agit d'une tentative peu judicieuse de cet individu – visiblement malade – pour chercher à protéger Keith Ratner, un autre membre des Militants de Dieu injustement soupçonné depuis des années d'être responsable de la mort de son ancienne petite amie. Voilà, ce sera tout. »

Martin Collins était séduisant et charismatique. Il plumait des milliers de gens chaque année en les persuadant de lui remettre l'argent qu'ils avaient durement gagné. Et il usait à présent de ses talents pour embobiner les spectateurs qui le regardaient à la télévision.

Laurie éteignit le son et escorta une Rosemary pâle comme la mort jusqu'à la bergère, dans le coin salon. « J'aimerais pouvoir vous répondre, mais je n'en sais pas beaucoup plus que vous, et il y a sans arrêt du nouveau. Ce qu'on raconte sur Dwight Cook est vrai, mais la police soupçonne un crime. On pense que Steve Roman essaie de faire capoter le tournage, mais pour le compte de qui ? On n'en est pas sûr.

– À cause de Susan ? Est-ce que c'est l'homme qui a tué ma fille ? »

Laurie prit la main de Rosemary. « Honnêtement, on ne sait pas. Mais le LAPD est sur l'affaire. Ils vont fouiller ce soir l'appartement de Steve Roman à San Francisco et ils ont lancé un mandat d'arrêt prioritaire contre lui dans tout l'État. Alex est dans le hall en ce moment même, il prévient la sécurité. On va s'assurer que vous êtes protégée vingt-quatre heures sur vingt-quatre, Rosemary. Et quand Roman sera pris, nous pousserons tous un soupir de soulagement et, avec un peu de chance, nous en saurons plus. »

En se dirigeant vers l'ascenseur, Laurie vérifia son portable. Il y avait un texto d'Alex : *Tout est OK avec la sécurité. T'attends dans le hall.*

Elle faillit ne pas voir le visage familier de l'homme qui sortait de la chambre au bout du couloir. Richard Hathaway. D'instinct, elle se retourna en faisant mine de regarder ses messages jusqu'à ce qu'elle entende le *ding* de l'ascenseur. Que faisait Hathaway ici ? Il avait refusé la chambre d'hôtel qu'on lui avait proposée.

Laurie alla à pas de loup au fond du couloir et colla l'oreille contre la porte de la chambre qu'il venait de quitter. Elle entendit de la musique à l'intérieur. Sans même réfléchir, elle frappa discrètement à la porte.

Quand celle-ci s'ouvrit, Madison Meyer apparut en peignoir blanc.

69

MADISON resserra la ceinture de son peignoir. « Bonjour Laurie. Que faites-vous ici ?

— Euh, j'étais venue voir Rosemary, dit-elle en montrant le bout du couloir. Je... C'est bien Richard Hathaway que j'ai vu à l'instant sortir de votre chambre ? »

Madison fit un grand sourire et se mit à pouffer de rire comme une gamine. « Bon, d'accord. Il n'y a pas de mal à vous l'avouer, maintenant qu'on est tous les deux adultes.

— Vous et Hathaway ?

— Ouais. Enfin, pas depuis tout ce temps, évidemment. Mais disons que ce qu'on racontait sur le jeune et beau professeur d'informatique était vrai. Quand j'ai appris qu'il était ici pour le tournage, je me suis dit qu'il fallait que j'aille lui dire bonjour — histoire de voir ce qu'était devenu le prof dont j'étais amoureuse à l'époque. Je suis moi-même étonnée, mais en fait, on... a renoué. »

Laurie ne trouva rien à répondre. Les événements se précipitaient trop pour qu'elle continue à discuter avec Madison de sa vie amoureuse. Celle-ci lui demanda si les recherches pour retrouver Steve Roman allaient modifier le calendrier du tournage. « C'est juste pour que je prévienne mon agent », précisa-t-elle.

Laurie se retint de lever les yeux au ciel. « On en saura plus d'ici peu, Madison. Je suis contente pour vous que vous ayez renoué avec Hathaway. »

En appelant l'ascenseur, elle s'aperçut que la présence d'Hathaway dans la chambre de Madison la turlupinait. En soi, la chose n'avait rien d'étonnant. Après tout, Hathaway avait la réputation d'être un homme à femmes, Madison était une dragueuse de première et ils étaient tous les deux extrêmement séduisants.

Il n'empêche que quelque chose la tracassait. Elle avait eu le même sentiment la veille au soir, quand elle avait parlé à Nicole de sa dispute avec Susan. Peut-être cette

354

affaire l'incitait-elle à tout remettre en question en permanence.

En entrant dans l'ascenseur, elle remarqua l'œil d'une caméra de surveillance en haut à gauche. Dans le monde actuel, la surveillance est omniprésente, se dit-elle en frémissant à l'idée que Dwight ait pu les épier en secret au cours des derniers jours.

En secret. Les caméras. Contrairement aux caméras de surveillance de l'hôtel, le système de Dwight était dissimulé dans les murs.

Quand elle sortit de l'ascenseur, elle chercha le numéro de l'inspecteur Reilly sur son portable et appela. Allez, se dit-elle. S'il te plaît, décroche.

« Reilly.

— Inspecteur, c'est Laurie Moran. J'ai quelque chose pour vous...

— Je vous l'ai dit, madame Moran. On étudie toutes les pistes. Ça prend du temps, vous savez. Demandez à votre père.

— Dwight Cook avait fait mettre la maison de Bel Air sous surveillance.

— Je sais. C'est moi qui vous l'ai dit, vous vous rappelez ?

— Mais le système était dissimulé dans les murs et il nous a proposé la maison uniquement la semaine dernière. Il n'a pas pu reconstruire ces murs en une semaine. Il devait faire partout la même chose.

– Le bateau, dit-il en suivant sa logique.

– Oui, passez le bateau au peigne fin pour voir s'il n'y a pas de caméras cachées. Si la mort de Dwight n'était pas un accident, s'il a vraiment été assassiné, la scène aura peut-être été filmée.

– J'appelle l'équipe qui est sur ce bateau et je leur dis de vérifier. Beau travail, madame Moran. Merci. »

Elle venait de raccrocher quand son portable sonna. C'était Alex.

« Où es-tu ? demanda-t-elle. Je suis dans le hall mais je ne te vois pas. Tu ne croiras jamais qui j'ai vu avec Madison... »

Alex l'interrompit. « J'ai garé le 4 × 4 devant l'hôtel. Tu veux une bonne nouvelle ?

– Après les deux derniers jours ? Absolument.

– C'est Jerry. Il a repris connaissance. Et il voudrait qu'on vienne le voir. »

70

STEVE ROMAN attendait au volant de son pick-up garé devant la soupe populaire. Il savait que Martin Collins se trouverait à l'intérieur. Il faisait venir des photographes toutes les semaines pour s'assurer qu'on le prenait en photo en train de nourrir les pauvres. Steve savait aussi que les millions de dollars que Martin avait collectés dépassaient de loin ce que les MD dépensaient ici pour donner à manger aux sans-abri.

Au fil des ans, il avait vu le train de vie de Martin augmenter considérablement. Au début, Martin justifiait les privilèges apparemment modestes qu'il s'accordait – il n'y avait rien de tel qu'un bon repas pour convaincre, un costume taillé sur mesure le rendrait plus présentable aux yeux des donateurs, et ainsi de suite. Mais avec le temps, ces plaisirs étaient devenus de plus en plus fréquents et dispendieux – la demeure, les voyages en Europe, les maisons de vacances – et Martin avait cessé de se justifier.

Steve avait toujours cru sincèrement que l'influence de Martin sur le monde – et les conseils qu'il lui donnait personnellement – faisaient de lui un véritable leader, c'est pourquoi il avait toujours accepté de faire ce que l'Église lui demandait.

Steve sentit sa main se crisper sur le volant en repensant à ce qu'avait dit Martin à la presse. Il l'avait décrit comme un « individu déséquilibré » qui s'était « introduit » parmi les Militants de Dieu. Il avait assuré aux journalistes que les MD faisaient tout ce qui était en leur pouvoir pour « appréhender ce criminel ».

Steve savait qu'il avait débloqué – et salement. Il n'aurait jamais dû s'acharner avec une telle violence sur le type qui l'avait surpris en train de cambrioler la maison. Et la voisine, à Oakland – là, ça avait vraiment mal tourné.

Mais si Steve était un criminel malade, déséquilibré, Martin ne devait-il pas assumer une part de responsabilité dans sa conduite ? Martin savait que Steve avait du mal à contrôler ses colères. Et pourtant, à qui s'était-il adressé quand il avait eu besoin de quelqu'un pour surveiller ce que Nicole Melling raconterait sur lui aux gens de la télé ? À Steve, bien sûr. En ce qui le concernait, il estimait que Martin était aussi responsable de ses actes – bons ou mauvais – que lui-même.

En le voyant sortir de la soupe populaire, il sentit la présence rassurante du neuf millimètres dans sa ceinture. Comme Martin était un fervent partisan de « la force stimulante de la routine », Steve savait qu'il se rendrait ensuite chez lui. Il savait également que Martin passerait quelques minutes à donner des poignées de main et à poser pour les photographes avant de monter dans sa voiture.

Il avait donc largement le temps.

Il démarra et monta sur les hauteurs de West Hollywood. Même s'il conduisait à présent un pick-up bleu qu'il venait de voler, il préféra se garer un peu plus loin. Il marcha d'un pas nonchalant sur le trottoir, mais aux aguets, s'assurant que le quartier n'était pas encerclé par des policiers ou des vigiles. Si nécessaire, il s'accroupirait dans un jardin, se faisant passer pour un paysagiste. Steve savait qu'il suffisait de se fondre dans le décor pour ne pas être vu, même en plein jour. Mais le quartier était calme. Inutile de se camoufler.

En quelques secondes, il pénétra dans la maison en employant les outils qu'il avait si souvent utilisés sur les ordres de Martin. Pendant toutes ces années, il s'était appuyé sur Collins pour distinguer ce qui était bien de ce qui était mal. À présent, Martin avait bouleversé l'ordre des choses.

Il était temps qu'ils soient tous les deux jugés par la seule voix qui comptait.

Steve s'installa confortablement dans le canapé du salon et posa le revolver sur la table basse devant lui. Il ne se rappelait pas avoir jamais éprouvé une telle assurance chez Martin.

Dès qu'il entendit le roulement mécanique de la porte du garage, il se leva et prit son arme. C'était parti.

Quinze minutes plus tard, une journaliste du nom de Jenny Hugues faisait son jogging dans les rues de Hollywood Hills en admirant les demeures au passage. Elle habitait, quant à elle, dans un tout autre cadre – un ancien entrepôt reconverti au centre de Los Angeles. Mais tous les jours, ou presque, elle profitait de ses joggings pour voir comment on vivait chez les nantis. Leurs résidences la rendaient verte de jalousie.

Elle vit dans la montée qui se profilait l'occasion de varier son allure et piqua un sprint. Quand elle arriva au sommet, elle était à bout de souffle et son pouls avait atteint son maximum. Elle ralentit et se mit à marcher calmement, sentant monter en elle les endorphines à chaque inspiration. Il n'était pas étonnant que sa fréquence cardiaque au repos soit de cinquante et une pulsations-minute.

Elle se surprit à ralentir encore le pas en arrivant à la hauteur de la maison suivante, une demeure contemporaine entièrement blanche, pleine de baies vitrées qui allaient du sol au plafond. Ce n'était pas seulement la propriété en soi qui l'intéressait. Son unique occupant était le révérend Martin Collins, le fondateur de la méga-Église des Militants de Dieu. Quand elle était partie faire son jogging, l'effervescence régnait à la rédaction, où on ne parlait que de l'équipée meurtrière dans laquelle s'était lancé un membre de l'Église.

Elle avait regardé la conférence improvisée que le révérend avait donnée. D'après Collins, l'homme recherché par le LAPD était un électron libre – un détraqué qui avait piqué une crise. Mais à la rédaction, certains se disaient que la police profiterait peut-être de son arrestation pour fouiller derrière la façade soignée de l'Église. Depuis des années, le bruit courait que ses activités charitables n'étaient qu'une couverture destinée à masquer des malversations financières. Qu'est-ce que ce Steve Roman allait bien pouvoir raconter sur les Militants de Dieu, maintenant que Collins l'avait désavoué en direct à la télévision ?

Jenny sentit son pouls descendre en dessous de son niveau normal. Il était temps de s'y remettre.

Elle jeta un dernier coup d'œil à la maison en accélérant le pas. Il était tout aussi illusoire de rêver de posséder une telle demeure que d'imaginer qu'on puisse lui confier un article de une dénonçant la corruption d'une méga-Église. Jenny était reporter, mais jusque-là, ses contributions se limitaient aux histoires vécues, aux portraits de « personnalités » et autres faits divers. Si Collins avait eu un chien qui faisait du skate-board, il est probable que son rédacteur en chef lui aurait confié l'article.

Elle fut interrompue dans ses réflexions par deux détonations consécutives. D'instinct, elle plongea par-dessus la bordure d'herbe et s'abrita derrière un break garé dans la rue. Étaient-ce des coups de feu ?

Le silence retomba. Le vrombissement lointain d'une tondeuse lui rappela qu'elle était loin des bas-fonds d'East LA. Elle se relevait en se moquant de son imagination débridée quand elle entendit une autre détonation.

Cette fois, elle en était certaine. C'étaient bien des coups de feu. Et à moins que son ouïe lui joue des tours, ils semblaient provenir de la maison de Martin Collins.

Elle composa le 911 sur son portable, puis l'effaça pour d'abord passer un coup de fil à son rédacteur en chef. Elle tenait enfin un scoop.

71

MADISON MEYER se glissa dans un box de son restaurant italien préféré, Scarpetta, en faisant attention à sa jupe ultracourte. « Je t'ai manqué, professeur ? » minauda-t-elle. Elle s'était levée de table pour aller aux toilettes se remettre du rouge à lèvres. Les hommes ne pouvaient pas s'empêcher de regarder sa bouche quand elle était peinte en rouge cerise.

En face d'elle, Richard Hathaway lui sourit. « Affreusement. Et tu as manqué le plateau des desserts. Le serveur a perdu une bonne minute à les décrire en détail avant que je lui fasse remarquer que tu n'étais pas là. Il semblerait qu'il y ait une corrélation inverse entre le bon sens et la capacité à discourir sur les plats et desserts. Mais je lui ai demandé de repasser quand tu serais revenue.

— J'adore cette façon que tu as d'employer des expressions comme "corrélation inverse" dans la conversation courante. »

Quand elle avait reçu la lettre au sujet de *Suspicion*, Madison avait eu l'espoir fugace de renouer avec Keith Ratner. Ils étaient si bien assortis, à une époque. Tous les deux acteurs. Tous les deux ambitieux. Tous les deux légèrement roublards. Peut-être réussirait-elle enfin à se faire aimer de lui comme elle l'avait aimé autrefois.

Mais à présent, elle se désintéressait totalement de Keith Ratner. Elle avait toujours cru que son association avec les Militants de Dieu n'était qu'un stratagème destiné à faire oublier l'image de meurtrier présumé de sa petite amie derrière une façade de bon Samaritain et d'évangéliste illuminé. Mais non. Apparemment, il était devenu un autre homme. Bon débarras.

Sur ce, il s'était avéré que Keith n'était pas le seul de ses ex présent lors de cette petite réunion d'anciens de UCLA. Richard Hathaway avait été épargné par les années. Il était même encore plus beau qu'avant, si tant est que ce soit possible. Bien sûr, les millions de dollars qu'il avait engrangés n'y étaient sans doute pas pour rien. Il avait une telle fortune qu'à côté de lui les stars de Hollywood devaient se croire fauchées. Et en plus, il était intelligent. Si toutes les étudiantes du campus étaient à ce point attirées par lui, il y avait des raisons.

Elle s'efforçait de ne pas nourrir trop d'espoirs, mais c'était plus fort qu'elle. Il avait l'intention de retourner dans la Silicon Valley deux jours plus tard. Il fallait juste qu'elle lui laisse entendre qu'elle pourrait partir avec lui s'il avait besoin de compagnie.

« Au fait, je voulais te dire, lança-t-elle d'un ton désinvolte, mon agent veut que j'auditionne pour une pièce à San Francisco. C'est une petite production, mais il y a quelques stars de cinéma qui sont intéressées par le rôle principal, alors elle aura pas mal de presse. » La pièce n'existait pas, évidemment, mais elle pourrait toujours lui annoncer par la suite qu'ils n'avaient pas eu le financement.

« Ça m'a l'air intéressant comme projet. » Il balaya du regard la salle de restaurant. « J'ai comme l'impression que le serveur ne va pas revenir. Les desserts avaient l'air absolument sublimes.

– J'y vais la semaine prochaine, poursuivit Madison. Tu as envie qu'on s'y retrouve ?

– Bien sûr. Tu n'auras qu'à me dire à quel hôtel tu descends et je trouverai un restaurant dans le coin. »

Un dîner, c'était mieux que rien. Madison pouvait bien se payer deux nuits d'hôtel si elle voulait avoir une chance de décrocher un homme comme lui. « Ah, d'ailleurs, en parlant d'hôtel, j'allais presque oublier de te dire : Laurie Moran t'a vu sortir de ma chambre aujourd'hui. Elle a découvert le pot aux roses, je crois.

– Ce n'est pas vraiment un pot aux roses, nous sommes des adultes consentants.

« – Oui, mais c'est encore un peu osé, tu ne trouves pas ? » Madison reprit une gorgée du vin rouge qu'Hathaway avait commandé sans même regarder la carte. Il devait sûrement coûter cher. « Enfin, tu n'imagines pas comment elle part en vrille, son émission. Tu as vu qu'il y avait un mandat d'arrêt contre ce type de l'Église de Keith ? Et en plus, j'ai entendu un membre de la production à l'hôtel raconter que Dwight avait fait équiper toute la maison de Bel Air d'un système de surveillance. Ça donne la chair de poule, hein ?

– De surveillance ?

– Et pas juste des caméras normales. Mais des caméras et des micros dissimulés dans toutes les pièces. Je sais que c'était ton ami, mais je trouve ça franchement pervers. Ça m'a rappelé cette façon qu'il avait de regarder Susan à la fac d'un air bizarre, totalement rêveur. Tu savais qu'il était du genre à espionner les gens ? Peut-être que c'était sa manière à lui de contrôler la situation. Ah, le voilà ! »

Le serveur était de retour et, comme l'avait promis Richard, tout semblait délicieux. Elle ne prenait jamais de dessert – le sucre était le meilleur moyen de grossir, et l'effet était décuplé par la caméra. Mais peut-être s'autoriserait-elle une bouchée de ce gâteau au chocolat à l'air fabuleux.

Le serveur avait à peine décrit la moitié du plateau quand soudain Richard posa trois cents dollars en liquide sur la table. « Je suis vraiment désolé, mais j'ai l'estomac barbouillé.

– Tout va bien, monsieur ? demanda le serveur. Nous pouvons appeler un médecin si c'est sérieux.

– Non. » Il s'était déjà levé. « Il faut juste... il faut que je rentre. Je peux vous demander de lui appeler un taxi ? » Il fourrait des billets de cinquante dollars dans la main du serveur. « Je suis vraiment navré, Maddie. Je t'appelle demain. Et, sans vouloir être trop cavalier, j'aimerais que tu séjournes chez moi quand tu viendras passer ton audition, d'accord ? Ce n'est pas tout près de San Francisco, mais on te trouvera un chauffeur. »

Il lui souffla un baiser et disparut.

Le serveur la regarda d'un air confus. « Bon, vous voulez que j'appelle le taxi ?

– Bien sûr. Mais d'abord, je prendrai ce gâteau au chocolat. Et une coupe de votre meilleur champagne.

– Très bien, madame. »

Vingt ans plus tôt, Richard lui avait posé un lapin. Résultat, elle avait remporté un Spirit Award. Il avait peut-être quitté le dîner plus tôt que prévu ce soir, mais il l'avait invitée chez lui. Il l'avait appelée Maddie. Avant même qu'il s'en rende compte, elle le mènerait par le bout du nez. Madison Meyer Hathaway. Ça sonnait bien.

72

ANS LA CHAMBRE DE JERRY, l'atmosphère était aussi festive et enjouée qu'elle était sombre et angoissée lors de leur dernière visite. Il semblait encore faible et avait toujours le crâne bandé, mais il n'avait plus son masque à oxygène. Ses ecchymoses violacées commençaient à s'estomper très légèrement.

Laurie et Alex, qui étaient venus directement de l'hôtel, étaient arrivés au parking de l'hôpital juste après Leo, Grace et Timmy. Cela faisait à peine quelques minutes qu'ils étaient dans la chambre de Jerry que déjà l'infirmière était passée deux fois pour leur rappeler de ne pas trop exciter « le patient ».

Jerry posa un doigt sur ses lèvres. « Chut, moins fort, dit-il, encore à moitié groggy. Autrement, le dragon de service va m'expédier dans les bras de Morphée sans même un Martini. Je vous assure, on dirait l'infirmière en chef de *Vol au-dessus d'un nid de coucou*. » Il jeta un œil au petit panda en peluche posé sur un plateau, à côté de lui. « Timmy ? »

Laurie hocha la tête.

« C'est ce que je pensais. Une aide-soignante a dit que c'était un petit garçon absolument adorable qui l'avait apporté.

– Il est dehors. »

Laurie prévint Grace qui attendait dans le couloir en lui envoyant un simple OK par SMS.

« Tu avais peur que la momie couverte de bleus et de contusions effraie un enfant de neuf ans ? » Sa voix encore faible retrouvait rapidement de la vigueur.

« Possible », admit-elle.

Le portable de Leo sonna. Il le coupa en prenant place dans le fauteuil, au coin de la chambre. « Je n'arrête pas de lui dire que le petit est sûrement plus solide qu'elle.

– Et moi, je n'arrête pas de te dire qu'il n'a que neuf ans.

– Quand on parle du loup », coupa Jerry en voyant Timmy débouler. Jerry parvint à lever son bras harnaché de tubes pour lui tendre le poing et Timmy lui fit un « check » en souriant jusqu'aux oreilles. « Vous avez vu ce monde, je n'en ai pas toujours autant quand je donne une fête.

– C'est ça, oui, dit Grace en se penchant pour le serrer doucement dans ses bras. Je les connais, tes fêtes, mon lapin, il va falloir songer à agrandir la piste de danse.

– J'ai comme l'impression que ce n'est pas demain la veille que je vais pouvoir danser. » Il prit soudain un ton plus grave : « J'ai du mal à croire que je suis resté inconscient pendant trois jours.

– Vous vous souvenez de ce qui s'est passé ? demanda Alex.

— Je suis sorti de la maison pour aller me chercher à manger. Quand je suis revenu, il y avait un type avec une cagoule dans la salle de télé. Pendant une seconde, j'ai pensé qu'il devait y avoir une explication, parce que sa chemise portait le logo de Keepsafe. Et puis je me suis dit : "Pourquoi un employé d'une société de sécurité serait-il cagoulé ?" Je me rappelle avoir essayé de m'enfuir et ensuite, c'est le trou noir. Et le pire, c'est que maintenant vous savez que je rapporte en douce des hamburgers dégoulinants de gras quand vous avez le dos tourné. »

Laurie était ravie de voir que l'agression ne lui avait pas fait perdre son sens de l'humour.

Le portable de Leo se mit à vibrer. Il jeta un œil sur l'écran et s'éclipsa pour aller répondre dans le couloir pendant que Jerry continuait à parler. Laurie et Alex l'informaient de tout ce que Nicole leur avait appris sur Steve Roman et Martin Collins, quand Leo revint dans la chambre et demanda à Grace d'emmener Timmy prendre un yaourt glacé à la cafétéria de l'hôpital.

Laura s'inquiéta. Si son père ne voulait pas que Timmy entende, c'est que les nouvelles étaient mauvaises.

« Mais tu m'as dit que j'étais un dur à cuire, protesta Timmy. Pourquoi je ne peux pas écouter ? »

Grace répondit platement : « Parce que ton grand-père te l'a dit.

— C'est exactement ce que je m'apprêtais à dire.

— Et moi, je suis d'accord avec eux, ajouta Alex.

— Les patients hospitalisés ont le droit de voter, eux aussi, intervint Jerry.

— C'est pas juste », soupira Timmy.

Il sortit de la chambre en traînant les pieds, embarqué par Grace d'une main ferme.

« Qu'est-ce qu'il y a, papa ? demanda Laurie une fois que son fils se fut éloigné.

— C'était l'inspecteur Reilly qui appelait. Il y a eu une fusillade chez Martin Collins. Steve Roman est mort – il s'est tiré une balle. Il a laissé un mot où il confesse à la fois l'agression de Jerry et le meurtre de Lydia Levitt. C'est bien ce qu'on pensait, il espionnait pour le compte de Collins, d'abord Nicole et ensuite il a voulu s'informer de ce qu'elle avait dit aux autres.

— Collins était présent ? demanda Laurie.

— Il a reçu deux balles. Steve Roman a essayé de le tuer, mais, apparemment, il devrait s'en sortir. La police a trouvé une collection de vidéos dans la chambre de Collins. Il semblerait que la fillette qu'a vue Nicole il y a vingt ans n'ait pas été sa seule victime. Collins va peut-être en réchapper mais il ne sortira jamais de prison. Et en parlant de vidéo, Reilly m'a dit de te remercier de lui avoir donné ce tuyau sur le bateau de Dwight Cook. En fait, il était entièrement équipé d'un système de surveillance, comme la maison. Une fois de plus, *Suspicion* rétablit la justice.

— On y voit ce qui s'est passé le soir où Dwight Cook a été tué ?

— Pas encore. C'est entièrement numérisé et il y a un technicien qui essaie de trouver où les fichiers vidéo ont pu être téléchargés. Tu peux ramener tout le monde avec le 4 × 4, si ça ne te dérange pas, je prends la voiture de location pour retrouver Reilly. Je veux être sûr à cent pour cent qu'il n'y aucun risque pour nous qu'un autre cinglé de l'Église suive l'exemple de Steve Roman. »

Laurie lui certifia qu'il y avait assez de place dans le 4 × 4. Avant de partir, Leo la serra contre lui et lui murmura : « Je suis fier de toi, ma petite fille. »

Quand elle se tourna vers Jerry, il avait les yeux fermés. Il était temps qu'ils partent, eux aussi. Elle l'embrassa doucement sur le front avant de suivre Alex dans le couloir.

Dans l'ascenseur, Laurie resta silencieuse. L'idée qu'ils aient arrêté Collins, un escroc et, pire, un pédophile, la rendait euphorique. Mais elle n'oubliait pas qu'au départ elle avait promis à Rosemary de tout faire pour retrouver le meurtrier de Susan.

Laurie ne pouvait pas imaginer perdre un enfant. Vingt ans après, Rosemary était encore hantée tous les soirs par l'image de sa fille courant à travers la forêt, un pied déchaussé, son collier arraché dans sa lutte acharnée pour échapper à la mort.

Laurie comprit soudain, à l'instant où le *ding* signalait l'ouverture des portes de l'ascenseur. « Le collier », dit-elle à voix haute.

73

« **C**OMMENT ÇA, le collier ? demanda Alex en sortant de l'ascenseur.

– Je ne sais pas. Enfin pas encore.

– Allez, Laurie. Je te connais. Je devine quand tu as une théorie en tête. C'est le genre d'intuition que Leo appelle ton instinct de flic. Tu parles du collier de Susan ? Celui qu'on a retrouvé à côté de son corps ?

– Donne-moi juste deux minutes pour réfléchir, OK ? »

Elle arrivait à peine à suivre le fil des pensées qui s'enchaînaient dans son cerveau. Elle craignait d'être interrompue dans sa lancée en essayant de tout expliquer prématurément. « Tu peux récupérer Grace et Timmy à la cafétéria ? Je vais chercher la voiture au parking et je passe vous prendre devant l'entrée.

– À vos ordres, capitaine. Mais dès qu'on est partis, je te force à me parler de cette intuition. J'ai des méthodes d'interrogatoire infaillibles, tu me connais », ajouta-t-il en souriant.

En se dirigeant vers le parking, Laurie chercha le numéro de Nicole sur son portable et l'appela en retenant son souffle, espérant qu'elle répondrait.

Elle décrocha. « Laurie, vous avez appris la nouvelle ? On a tiré sur Martin Collins.

– Je sais, mais ce n'est pas pour ça que je vous appelle. » Elle alla droit au but : « Vous m'avez dit que lorsque vous vous étiez disputée avec Susan au sujet de Keith et de l'Église, elle cherchait partout son collier. Est-ce qu'elle a fini par le trouver ? »

Il y eut un silence à l'autre bout du fil. « C'était il y a tellement longtemps, je ne me souviens pas du tout. Il s'est passé tant de choses après, ce jour-là.

– Essayez de vous rappeler, Nicole, c'est important.

– Elle courait dans tous les sens, elle ouvrait les tiroirs, elle cherchait dans ses draps, derrière les coussins du canapé. Ah oui, voilà : elle était en train de fouiller dans le canapé quand j'ai piqué une crise et que je lui ai balancé le livre à la figure. Elle est partie en claquant la porte. Du coup, je suis presque sûre qu'elle ne l'a pas trouvé.

– Merci, Nicole. Ça m'aide beaucoup. »

Susan s'était sauvée de la chambre sans son collier mais elle l'avait au moment où elle avait été tuée. *Où avait-elle pu aller ?* C'était la question qu'Alex avait posée à Keith, Nicole et Madison. Et c'était cette même question que Dwight Cook s'était repassée en boucle sur la vidéo de surveillance avant de mourir.

Laurie songea à la manie qu'elle avait d'ôter ses bijoux quand elle était occupée à son bureau. Elle croyait avoir deviné où Susan avait retrouvé son collier porte-bonheur.

Elle chercha un autre nom dans son portable et appuya sur la touche APPELER.

Alex répondit au bout de deux sonneries. « Hello, je viens de trouver Grace et Timmy. On t'attend devant l'hôpital.

— OK, j'entre dans le parking et je ne vais plus avoir de connexion. Tu peux me rendre service et appeler Madison ? Tu te souviens, elle avait dit qu'elle avait envoyé un petit mot suggestif à quelqu'un qui l'intéressait en sous-entendant qu'il pouvait passer la prendre à la résidence, mais qu'il n'était jamais venu ? Tu peux lui demander de qui il s'agissait ?

— C'est pour ta théorie, c'est ça ? Allez, dis-moi, s'il te plaît.

— Appelle d'abord Madison. C'est la dernière pièce du puzzle, promis. À tout de suite. »

En déverrouillant à distance les portières du Land Cruiser, elle savait déjà au fond d'elle-même quel nom Madison allait lui donner.

Richard Hathaway.

74

ICHARD HATHAWAY descendit de son 4 × 4. Il n'en croyait pas sa chance.

Il avait filé en vitesse du restaurant quand Madison avait parlé des caméras dissimulées dans la maison de Bel Air. Deux ans auparavant, Dwight avait fait installer le même système dans les bureaux de REACH et dans sa résidence de Palo Alto. À présent, il s'avérait qu'il avait également mis sous surveillance la maison destinée à ses parents à LA. Était-il allé jusqu'à mettre des caméras dans ses bateaux ?

Oui, se dit Hathaway, c'était typique de sa part de vouloir faire équiper tous ses biens d'un coup, et il tenait au moins autant à ses bateaux qu'à la maison inoccupée de Bel Air.

Et si le bateau dont Dwight s'était servi la veille était doté de caméras cachées, étaient-elles branchées lorsqu'il était monté à bord pour la plongée prévue ? Avaient-elles filmé Dwight quand il s'en était pris à lui en l'accusant d'avoir tué Susan et en répétant de façon incompréhensible qu'il avait tout compris en voyant « la vidéo » ? L'avaient-elles filmé lui-même lorsqu'il avait étouffé Dwight avec un gilet de sauvetage, avant de mettre le corps en scène pour

qu'une fois sous l'eau on croie à un accident de plongée ?
La police avait-elle déjà retrouvé les enregistrements ?

Ces questions se bousculaient dans son esprit quand il avait pris sa voiture en sortant du restaurant pour tourner en rond dans les rues de Hollywood, dans un tel état de panique qu'il ne voulait pas rentrer chez lui ni même rejoindre le jet de REACH, de peur que la police l'y attende de pied ferme.

À la place, il s'était rendu dans le garde-meuble qu'il louait depuis vingt ans pour prendre son « sac d'urgence », qui contenait de faux papiers, cinquante mille dollars et un revolver. Il avait en réserve des sacs identiques stockés dans différents garde-meubles répartis dans cinq villes de Californie au cas où il en aurait besoin un jour.

Mais à présent que le moment tant redouté était venu, il se rendait compte qu'il n'avait aucune envie de fuir. Il avait savouré le succès des vingt dernières années et sa situation allait encore s'améliorer car il était sur le point de devenir le prochain P-DG de REACH. S'il lui restait l'ombre d'une chance de conserver cette vie, il allait la saisir.

En tout cas, il comprenait à présent l'histoire de la vidéo dont parlait Dwight. En visionnant les images de surveillance prises pendant le tournage de cette fichue émission, Dwight avait saisi un détail révélant le rôle que son ancien professeur avait joué dans la mort de Susan.

Il fallait qu'il découvre ce que savait Laurie Moran, et ensuite la réduire au silence – elle et d'autres si nécessaire – une fois pour toutes.

Garé devant la maison de Bel Air, Hathaway avait vu un vieux monsieur, un petit garçon et celle qui s'appelait Grace monter dans une voiture. Il n'avait eu aucun mal à les suivre.

Une fois dans le parking de l'hôpital, il avait remarqué Laurie et Alex qui arrivaient quelques minutes plus tard dans un Land Cruiser noir. Depuis, il attendait, échafaudant un plan d'action.

Hathaway avait eu doublement de la chance. La première fois, ç'avait été quand le père de Laurie, un ancien flic sans doute armé, avait quitté seul l'hôpital. En le voyant partir, il avait éprouvé le même soulagement qu'à l'instant où Susan avait bouclé sa ceinture le soir où elle était morte.

C'était le 6 mai, un samedi. Hathaway avait demandé à Dwight de le retrouver au labo car, ce soir-là, il n'y aurait personne d'autre.

Il voulait lui parler de REACH seul à seul. Hathaway avait créé une technologie susceptible de révolutionner la recherche d'informations sur Internet. Elle valait plus de trente fois ce que le professeur pouvait gagner dans toute une vie passée à enseigner. Mais techniquement, bien qu'il

377

ait inventé REACH, Hathaway n'était pas propriétaire de l'idée. Le professeur appartenait à l'université, qui à son tour était propriétaire de tout ce qu'il créait tant qu'il était sous contrat avec elle.

Cependant, les étudiants n'étaient pas dans la même situation. Contrairement aux personnels de l'université qui recevaient un salaire, eux restaient propriétaires de leurs droits intellectuels. Et avec l'aide précieuse que lui avait apportée Dwight Cook dans la programmation de REACH, qui pourrait dire que le jeune génie n'en était pas l'unique inventeur ?

Hathaway était si absorbé par le baratin qu'il sortait à Dwight — le persuadant que c'était une technologie qui pouvait changer le monde et que ce serait du gâchis de la laisser dans les mains de UCLA — qu'il avait failli ne pas remarquer dans son champ de vision la présence de Susan. Mais en se retournant, il l'avait découverte à côté de son poste de travail, près de la porte, plus belle qu'il ne l'avait jamais vue — parfaitement coiffée et maquillée, en robe décolletée jaune. À la manière dont elle s'était sauvée du labo, il avait tout de suite deviné qu'elle avait surpris leur conversation.

Que faisait-elle là un samedi ? Pourquoi avait-il fallu qu'elle entre précisément à ce moment-là ?

Hathaway savait qu'il devait l'arrêter. Il fallait replacer ce qu'elle avait entendu dans son contexte. Il avait dit à

Dwight : « Reste ici pour réfléchir tranquillement. Je te rappelle plus tard. »

Hathaway avait rattrapé Susan en courant alors qu'elle se dirigeait vers Bruin Plaza.

« Susan, je peux te parler ? »

Quand elle s'était retournée, elle avait un collier à la main. « J'ai une audition. Je dois y aller.

— S'il te plaît, je veux juste t'expliquer. Tu ne comprends pas.

— Bien sûr que si ! Tout le monde me déçoit aujourd'hui. C'est à croire qu'au fond, je ne connais pas vraiment les gens. Mais je n'ai pas le temps d'y penser maintenant. Je dois être à Hollywood Hills dans une heure. Ma voiture est garée à la résidence, et c'est une telle calamité qu'elle refusera probablement de démarrer.

— Laisse-moi t'accompagner. S'il te plaît. On pourra discuter en route. Ou pas. Comme tu voudras.

— Et comment je rentrerai ?

— Je t'attendrai. Ou tu pourras appeler un taxi. Comme tu préfères. »

Il repensa aux deux secondes d'hésitation pendant lesquelles elle avait envisagé les diverses solutions possibles. S'il réussissait à la faire monter dans sa voiture, il était certain de réussir à la convaincre qu'il avait raison. Elle avait accepté.

« OK. On peut discuter. Et franchement, j'ai juste besoin que vous me déposiez. »

Quand Susan avait attaché sa ceinture et mis son collier, il était sûr d'avoir désamorcé la crise.

Mais son soulagement avait été de courte durée. Dès qu'il avait commencé à rouler, il avait employé les mêmes arguments qu'il avait présentés à Dwight Cook. Les bureaucrates de l'administration de UCLA seraient incapables de comprendre le potentiel de sa technologie. Le projet serait retenu pendant des années en attendant d'obtenir l'aval d'innombrables instances, alors que les concurrents du secteur privé travaillaient bien plus rapidement. Par ailleurs, en attribuant cette technologie à Dwight, il n'était pas si loin de la vérité, car ce dernier avait effectué un énorme travail de programmation pour le projet.

Il était sûr que Susan le suivrait, soit par respect pour le progrès technologique, soit par amitié pour Dwight. Au pire, il pourrait lui offrir une part des bénéfices. Mais Susan avait des principes et surtout, elle était intelligente. Son père était un avocat spécialisé en droit de la propriété intellectuelle. Elle savait, pour l'avoir vu travailler, le rôle essentiel que jouaient les créateurs de nouvelles technologies dans leur développement.

« Avec Internet, avait-elle objecté, celui qui incarne l'entreprise représente la moitié du produit. Vous voulez faire croire aux gens qu'un génie créatif comme Dwight – quelqu'un qui ne s'intéresse pas à l'argent, qui ne voit que le meilleur autour de lui – est à l'origine de tout ceci. Que c'est lui qui mènera la barque. C'est une entreprise fondamentalement différente que si c'était vous qui la dirigiez. C'est de *l'escroquerie*. »

Il avait commencé à ralentir dans les virages, s'efforçant de gagner du temps pour affûter ses arguments.

« Mais si c'est moi qui dirige l'entreprise, elle vaudra davantage, avait-il insisté. J'ai plus d'expérience. Je suis professeur titulaire. Je n'ai pas le caractère excentrique de Dwight.

– Le marché des nouvelles technologies adore les excentriques, avait-elle rétorqué. Et puis, ce n'est pas seulement une question de valeur financière. C'est malhonnête, un point c'est tout. On devrait être presque arrivés, non ? Pourquoi ralentissez-vous ? »

À huit cents mètres de l'endroit où elle devait passer son audition, il se gara sur le bas-côté.

« Susan, il ne faut pas que tu racontes à qui que ce soit ce que tu as entendu. Ça briserait ma carrière.

– En ce cas, vous n'auriez pas dû en parler. Vous m'avez proposé de m'accompagner à mon audition. Je vous ai écouté. Maintenant, il faut que j'aille à mon rendez-vous.

– Pas tant que tu ne comprendras... »

D'un coup, elle était sortie de la voiture, décidée à continuer à pied. Il fallait qu'il la suive. Il n'aurait jamais cru qu'elle pourrait courir aussi vite avec ses talons. Quand il l'avait rattrapée dans le parc, elle avait perdu un de ses escarpins.

Son premier réflexe avait été de la saisir par le bras. « Tu es trop naïve. » Il s'efforçait encore de la persuader. Pourquoi ne pouvait-elle pas être aussi crédule que Dwight ?

L'instant d'après, elle était sous lui, le frappant à coups de pied et de poing. Parfois, il arrivait même à se convaincre qu'il avait oublié ce qui s'était passé ensuite.

Mais naturellement, il s'en souvenait.

Après, il s'était aussitôt dit que la meilleure solution était de laisser le corps de Susan sur place. Tous ses amis savaient qu'elle venait là pour une audition, avec un peu de chance, ça brouillerait les pistes.

Il avait tout de suite appelé Dwight, peu après dix-neuf heures, et lui avait demandé de le retrouver au Hamburger Haven pour étudier plus en détail sa proposition. Si jamais on l'interrogeait, Dwight pourrait attester qu'il était resté avec lui, sauf pendant ce court moment.

Comme il l'espérait, les enquêteurs s'étaient focalisés sur Frank Parker, ainsi que sur Keith Ratner, le petit ami de Susan, qui était le second suspect. Pendant vingt ans, il avait cru s'en être tiré à bon compte, jusqu'à ce qu'il monte à bord du bateau de Dwight, la veille au soir. À présent, il se demandait ce que Laurie Moran savait exactement.

C'est là qu'Hathaway avait eu de nouveau une chance incroyable. D'abord, l'ancien flic était parti. Et voilà que Laurie Moran était arrivée ses clés à la main, toute seule.

75

E N TRAVERSANT le parking pour rejoindre le Land Cruiser, Laurie se rendit compte que, depuis le début, tous les indices désignant Hathaway étaient réunis. Susan s'était sauvée de la chambre de la résidence après s'être disputée avec Nicole, voulant à tout prix retrouver son collier porte-bonheur avant son audition. Où avait-elle pu aller ? À son poste de travail, au labo.

Et qu'avait-elle vu une fois là-bas ?

Cette partie-là restait floue, mais si Susan était allée au labo un samedi, elle était peut-être arrivée à un moment où Hathaway se croyait seul. Il était possible qu'elle l'ait surpris en compagnie d'une de ces étudiantes avec lesquelles on le soupçonnait d'entretenir une liaison ou en train de se rendre coupable d'un quelconque manquement à la déontologie de l'université.

Hathaway l'avait peut-être persuadée de monter dans sa voiture pour discuter de ce qu'elle avait vu, d'autant que la sienne n'était pas fiable et qu'elle devait se rendre à son audition.

Hathaway prétendait qu'il était avec Dwight le soir où Susan avait été tuée, mais la chronologie des faits était relativement vague, et Dwight était mort. Il n'y avait aucun moyen de savoir avec certitude où se trouvait Hathaway se soir-là. D'où l'importance du coup de téléphone à Madison.

Laurie comprenait à présent ce qui la turlupinait quand elle avait parlé avec Madison après avoir vu Hathaway sortir de sa chambre. Madison avait dit qu'elle n'avait rien à cacher *maintenant* qu'ils étaient tous les deux adultes. Qu'ils *renouaient*. Ce n'était donc pas la première fois qu'ils avaient une relation.

Laurie était certaine que lorsque Alex appellerait Madison, elle lui confirmerait qu'Hathaway était bien celui qui n'était pas venu la chercher dans sa chambre le soir où Susan avait été tuée. Et s'il n'était pas venu, c'est parce qu'il était en train d'assassiner Susan dans Laurel Canyon Park.

Elle ouvrit la portière et s'arrêta pour jeter un œil à son portable. Pas de connexion, comme elle s'en doutait. Tant pis, se dit-elle, dès que je serai devant l'entrée de l'hôpital, Alex me dira s'il a pu joindre Madison.

Elle venait de glisser son portable dans le vide-poche de la portière quand elle sentit un objet dur dans son dos. Dans le rétroviseur, elle vit Hathaway qui se tenait derrière elle.

« Montez », lui ordonna-t-il en la poussant derrière le volant. Il l'enjamba pour s'asseoir côté passager en continuant à braquer le revolver sur elle. « Démarrez ! »

76

LEX savait qu'il était impossible d'arrêter Laurie une fois qu'elle s'était fixé une mission. Alors, quand elle lui avait demandé d'appeler Madison pour connaître l'identité de celui qui avait dédaigné son invitation le soir du meurtre de Susan, il s'était exécuté, même s'il ne comprenait pas l'intérêt de la question.

« Madison, lui avait-il dit quand il l'avait eue au téléphone, vous avez envoyé un mot à quelqu'un pour l'inviter à venir vous voir le soir où Susan a été tuée. Nous aimerions savoir de qui il s'agissait, si cela ne vous ennuie pas. »

Alex avait été sidéré par sa réponse. « Le professeur Hathaway. On avait déjà flirté tous les deux, alors je me disais qu'on pouvait passer le samedi soir ensemble. Mais il ne s'est même pas manifesté. Pas un coup de fil, rien. C'est le genre d'affront que je prends très mal – après ça, je l'ai snobé et je ne lui ai plus jamais adressé la parole. Jusqu'à avant-hier.

– Merci, Madison. C'est très utile. »

Alex voyait à présent quelle était la théorie qu'avait échafaudée Laurie. À en juger par ce qu'ils avaient appris sur Hathaway, il n'était pas du genre à rester indifférent aux avances d'une belle jeune femme.

Il comprit alors pourquoi Laurie avait parlé du collier. Susan avait cherché son collier partout pendant qu'elle se disputait avec Nicole. Ensuite, il était possible qu'elle soit allée le chercher au labo d'Hathaway.

Il se surprit à s'agiter nerveusement en attendant que Laurie arrive pour qu'ils puissent enfin tout reconstituer.

« Maman est partie du mauvais côté », dit Timmy.

Ils étaient à l'intérieur, devant les portes vitrées de l'hôpital.

« Tu as vu ta mère ? demanda Grace.

— Elle est là-bas, dit-il en montrant un 4 × 4 qui se dirigeait vers la sortie de l'hôpital. C'est grand-père qui est dans la voiture avec elle ? »

Alex chercha le numéro de Leo sur son portable et l'appela. « Leo, c'est Alex. Laurie est avec vous ?

— Non, j'arrive au commissariat pour retrouver l'inspecteur Reilly. Tout va bien ?

— J'ai un horrible pressentiment, répondit Alex. Laurie a deviné qui a tué Susan. Et maintenant, il a Laurie. Richard Hathaway a notre Laurie. »

77

*L*AURIE fut étrangement soulagée quand Hathaway lui ordonna de prendre sur la gauche à la sortie du parking, en tournant le dos à l'hôpital. Au moins, quoi qu'il arrive, Timmy, Alex et Grace qui l'attendaient ne risquaient rien.

« Par là, aboya Hathaway. À gauche au prochain feu. »

Ce n'était pas le même homme, flegmatique et sûr de lui, qu'elle avait vu la semaine précédente. Il fulminait. Elle le sentait furieux et désespéré.

« Vous devez pouvoir trouver du liquide et un avion, dit-elle. Laissez-moi partir. Gardez la voiture.

— Et renoncer à tout ce pour quoi j'ai travaillé toute ma vie ? Non merci. Tournez à droite, là, juste après Santa Monica Boulevard. »

Elle s'exécuta.

« Parlez-moi de la vidéo, Laurie. Qu'est-ce que Dwight a vu exactement ? Et ne faites pas l'imbécile, autrement vous le regretterez. Dites-moi ce qu'il savait.

— Je l'ignorerai toujours, répondit-elle. Il a laissé un message mais il est mort avant que j'aie pu lui parler. Je pense qu'il voulait me parler de vous, ajouta-t-elle. Me dire que Susan était allée à votre labo avant son audition.

– Et le bateau ?

– Quel bateau ?

– Est-ce qu'il y avait des caméras sur le bateau de Dwight ? hurla Hathaway. Et n'oubliez pas, si ça peut vous encourager à parler, je suis encore capable de retourner chercher votre fils. »

Pas Timmy, se dit Laurie.

« Oui, lâcha-t-elle. Dwight avait des caméras dissimulées sur son bateau.

– Qu'est-ce qu'elles montrent ?

– Aucune idée. La police n'a pas encore trouvé les fichiers numérisés. »

En mettant le clignotant, elle sentit qu'il se calmait. Il marmonna qu'il retrouverait les fichiers de données avant la police.

Laurie glissa la main dans le vide-poche de la portière pour réactiver son portable. Elle se risqua à jeter un œil à l'écran et vit une liste d'appels manqués.

En prenant le virage, elle mit de nouveau la main dans le vide-poche et toucha l'écran pour rappeler son dernier correspondant.

Je vous en supplie, mon Dieu, se dit-elle. *Faites que ça marche.*

388

$\mathcal{A}$LEX n'avait jamais entendu autant de panique dans la voix de Leo.

« Comment ça, Hathaway a Laurie ? demanda-t-il.

– Elle pense qu'Hathaway a tué Susan Dempsey, et Timmy vient de la voir sortir du parking avec un passager à côté d'elle. Elle est restée seule à peine une minute. »

Alex entendit le signal d'un appel entrant. Il regarda l'écran et ne vit qu'un prénom : Laurie.

« Attendez, c'est elle, dit Alex. Je vous rappelle. »

Il prit l'appel.

« Laurie, où es-tu ? »

Mais il n'entendit pas la voix de Laurie. Il n'entendit que le silence, puis une voix d'homme. C'était Hathaway. « Ralentissez, ordonnait celui-ci, et arrêtez de faire des embardées. Je sais très bien ce que vous avez en tête. Si vous vous faites arrêter par un flic, je vous descends tous les deux, je vous promets.

– Où m'emmenez-vous ? répondit Laurie. On va chez vous ? Pourquoi prend-on la direction de Hollywood Hills ? »

Alex appuya sur la touche SILENCE pour couper le micro de son côté.

« Grace, lança-t-il en lui faisant signe de venir. Rappelez Leo et dites-lui qu'il demande à l'inspecteur Reilly de vous appeler. Laurie nous donne des indications. »

Quelques secondes plus tard, Grace lui tendit son portable.

« Reilly, dit Alex. J'en suis sûr, maintenant : Hathaway a Laurie et il l'emmène à Hollywood Hills. »

Si quelque chose arrivait à Laurie, il ne se le pardonnerait jamais.

79

LAURIE n'osait pas jeter un nouveau coup d'œil à son portable. Elle n'avait plus qu'à espérer que la communication était établie et qu'Alex l'entendait.

« Faites ce que je vous dis et il n'y aura pas d'autre victime, dit Hathaway. Il n'arrivera rien à votre fils et à votre père. »

Mais pas à moi, se dit-elle. Vous me réservez un autre sort.

Peut-être qu'en continuant à parler, elle pourrait gagner du temps.

« Pourquoi avez-vous fait ça ? Qu'est-ce que Susan a bien pu voir au labo ce jour-là pour que vous vous sentiez à ce point menacé ?

« — Il n'y avait pas de quoi en faire toute une histoire. Dwight avait déjà tellement collaboré à la programmation. Que REACH soit mon idée ou la sienne, franchement, ce n'était qu'une affaire de sémantique. Elle nous a entendus et elle a eu une réaction totalement disproportionnée. Mon projet valait des millions. Qu'est-ce qu'elle croyait, que j'allais le refiler à une bande d'incapables de l'université ? »

Hathaway se parlait presque à lui-même, mais Laurie parvint à reconstituer ce qui s'était passé. Elle se rappelait l'article qui avait été publié dans le journal du campus quand Hathaway avait pris sa retraite. L'auteur précisait qu'en tant que membre du corps enseignant, Hathaway n'était pas propriétaire des résultats de ses recherches. Elle imaginait Susan débarquant dans le labo au moment où Hathaway débauchait son étudiant préféré en lui demandant de revendiquer la paternité de son projet afin qu'ils en tirent profit tous les deux.

Hathaway s'arrêta soudain de marmonner et lui ordonna de tourner à nouveau. Son expression était froide et déterminée.

« Ne faites pas ça, Hathaway. » Elle avait fait exprès de prononcer son nom. Au pire, Alex saurait qui était le coupable. « Vous ne vous en sortirez jamais.

— Je serai peut-être soupçonné toute ma vie, mais je ne serai jamais reconnu coupable. Il n'y a aucune preuve que j'aie tué Susan. Quant à Dwight, je peux retrouver les fichiers vidéo de son bateau plus vite que ces petits hackers minables que recrute le LAPD. Et une fois que j'en aurai fini avec vous, j'irai voir Keith Ratner. Il se suicidera en laissant une lettre désespérée où il avouera le meurtre de Susan et le vôtre. Toute cette affaire sera mise sur le compte des Militants de Dieu. »

Laurie se rappelait avoir pris exactement le même chemin pour se rendre à l'endroit où Susan avait été tuée.

« Vous m'emmenez à Laurel Canyon Park, n'est-ce pas ? On va là où vous avez tué Susan.

– Bien sûr, c'est là qu'on va, répondit Hathaway. C'est exactement ce que ferait Keith Ratner, tant il serait anéanti par la chute de son leader spirituel bien-aimé – une déchéance dont vous êtes responsable. »

Laurie pensa à la terreur qu'avait dû éprouver Susan quand elle s'était rendu compte qu'Hathaway s'apprêtait à la tuer. C'était ce qui l'attendait elle aussi.

Il fallait à tout prix qu'elle trouve un moyen de sauver sa peau.

LEX suivait les échanges sur le téléphone laissé ouvert, en proie à un sentiment d'impuissance. Hathaway forçait Laurie à se rendre à l'endroit où il avait tué Susan Dempsey.

C'est bien, Laurie, murmura-t-il. *Continue à parler.*

Elle lui avait déjà fait avouer qu'il avait tué Susan Dempsey, et maintenant, il avait l'intention de tuer Laurie et de mettre tous ses crimes sur le dos de Keith Ratner.

« Il l'emmène à Laurel Canyon Park, dit Alex à Reilly, qui était en ligne sur le téléphone de Grace et s'efforçait d'entendre. Il faut envoyer tout de suite des patrouilles là-bas. Il faut retrouver Laurie. »

AURIE voyait l'entrée du parc approcher. Ils étaient à quelques secondes de la destination finale que lui réservait Hathaway.

Comme elle l'avait prévu, il lui ordonna : « Prenez à gauche, par là, dans le parc. »

Elle tourna lentement, espérant voir surgir un escadron de voitures de police, mais le parc était désert, plongé dans l'obscurité la plus profonde.

Ça y était – c'était sa seule et unique chance. Elle se rappelait exactement où se trouvait l'énorme sycomore qu'elle avait remarqué quand ils avaient filmé Frank Parker.

Elle envisagea de boucler rapidement sa ceinture de sécurité avant le choc. Mais elle ne voulait pas risquer d'éveiller les soupçons d'Hathaway. Si elle ne pouvait pas attacher sa ceinture, il fallait au moins qu'elle ait les deux mains sur le volant au moment de l'impact.

En arrivant à proximité du sycomore, elle appuya à fond sur l'accélérateur. « Qu'est-ce que vous… ? » se mit à hurler Hathaway. Elle donna un coup de volant à gauche et précipita le 4 × 4 en plein dans l'arbre.

Laurie se recroquevilla en entendant la détonation, croyant qu'Hathaway lui avait tiré dessus. Ce n'était pas un coup de feu, mais le bruit de l'airbag qui se déployait. Elle fut plaquée contre son siège avec une telle force que tout son corps en fut ébranlé.

L'espace d'une seconde, elle se demanda où elle était.

Quand elle se ressaisit, elle se tourna vers Hathaway. Le choc l'avait assommé lui aussi, mais il commençait à émerger. Elle regarda ses mains puis le sol, cherchant le revolver, mais elle ne le voyait pas. Valait-il mieux essayer de se battre tout de suite ? Non, s'il reprenait ses esprits, il la maîtriserait aisément. Il n'y avait qu'une chose à faire : courir !

L'inspecteur Reilly parlait vite, tandis qu'Alex gardait l'oreille collée au téléphone. « On a envoyé toutes les unités du coin dans Laurel Canyon Park. Il y en a une à l'intérieur du parc. J'ai suivi le portable de Laurie à la trace. Il s'est immobilisé il y a une minute. Soit le téléphone n'est plus dans le véhicule, soit le véhicule s'est arrêté.

Laurie parvint à ouvrir la portière malgré son corps coincé par l'airbag. Elle se laissa glisser à bas du siège et perdit brièvement l'équilibre en posant les pieds sur le sol sablonneux. Elle entendit un gémissement et vit Hathaway lever le bras et se masser le front. Elle passa la main dans le vide-poche, cherchant son portable à tâtons. Il avait disparu.

Elle se mit à courir et, au bout de quelques foulées, elle sentit le bitume sous ses pieds. Désorientée, elle regarda des deux côtés de la route faiblement éclairée par la lune. Dans un sens, elle menait vers l'ancienne maison de Frank Parker, dans l'autre, elle l'entraînait plus profondément dans le parc. Quelle direction prendre ? Il était trop tard pour se décider, elle entendait un crissement de métal provenant du 4 × 4. La portière côté passager s'ouvrait.

Laurie courut aussi vite que le lui permettaient ses jambes couvertes de contusions. Combien de fois s'était-elle demandé à quoi pensait Greg dans les ultimes instants de sa vie. Pour mieux comprendre Susan Dempsey, elle avait imaginé sa terreur quand elle fuyait dans Laurel Canyon en tentant désespérément d'échapper à son meurtrier – notre meurtrier, se dit-elle –, Richard Hathaway. Elle pensa à Timmy. Elle ne pouvait pas lui infliger la disparition d'un autre parent. Elle lui avait promis qu'elle serait toujours là pour lui. Elle entendit alors les pas de Richard Hathaway se rapprocher rapidement.

L'officier Carl Simoni enquêtait dans Laurel Canyon Park à la suite d'une plainte sur la présence illégale de campeurs quand il avait reçu sur la radio l'appel à toutes les unités relatif à un détournement de véhicule. Il avait mis plusieurs minutes à redescendre du campement, installé sur les hauteurs, pour rejoindre en hâte sa voiture de patrouille. À présent, il fonçait aussi vite qu'il pouvait sur les routes sinueuses qui menaient à l'entrée du parc.

Laurie ne savait pas si la sensation de brûlure qui lui transperçait la poitrine était due au choc de l'airbag ou si elle était tellement à bout de forces que ses poumons ne pouvaient plus aspirer d'air. Le bruit de ses pas était ponctué par le hurlement lointain d'une sirène.

L'officier négocia une série de lacets tandis que le dernier appel du central grésillait à la radio. Le portable de la victime du détournement avait été repéré dans une zone située non loin de l'entrée du parc. Il y serait dans moins d'une minute. Il plissa les yeux, croyant voir une silhouette avancer sur la route.

Laurie regardait derrière son épaule en courant. À chaque fois qu'elle se retournait, la silhouette massive d'Hathaway était plus imposante. Sans s'en rendre compte, elle se retrouva sur le bas-côté de la route, et elle s'affala de tout son long sur la terre meuble. Elle voulut se relever. Hathaway s'était arrêté à un ou deux mètres à peine. Elle le vit lever le bras dans sa direction. Le revolver qu'il tenait à la main étincela sous la lune. « Vous préférez que je vous abatte, Laurie, ou vous voulez mourir comme Susan Dempsey ? De toute façon, on retrouvera votre corps là où on a retrouvé le sien. »

Elle n'eut pas le temps de répondre, une lumière éblouissante la balaya un instant par-derrière avant de se braquer aussitôt sur Hathaway. Il leva la main pour se protéger les yeux de l'éclat aveuglant.

Elle entendit une voix résonner à travers un mégaphone, ordonnant à Hathaway de déposer son arme et de se mettre à genoux.

Le revolver était toujours pointé sur elle. Hathaway était pris d'un rire hystérique. Dans un ultime effort, elle lança la jambe et l'atteignit à la main. Le coup partit, et la balle alla se ficher dans le sable, à côté d'elle. La voiture de patrouille fonçait vers eux. Avant qu'Hathaway n'ait eu le temps de viser à nouveau, elle l'avait percuté de plein fouet.

Laurie se releva péniblement dans le vacarme des véhicules de police qui arrivaient à toute allure. Elle avait frappé Hathaway avec une telle force qu'elle avait perdu sa chaussure. En la ramassant, elle ne put s'empêcher de penser à l'escarpin que Susan avait perdu elle aussi en essayant d'échapper à son meurtrier.

82

LAURIE avait imaginé que sa prochaine visite au Cedars Sinai serait pour venir chercher Jerry à l'unité de soins intensifs. Et pourtant, elle était bel et bien dans le hall d'accueil, accompagnée d'Alex. Quand les médecins avaient déclaré qu'elle ne garderait aucune séquelle de la collision, Grace avait ramené Timmy à la maison. À présent, Laurie attendait de savoir dans quel état se trouvait Richard Hathaway.

« J'ai eu tellement peur, lui dit Alex, et quand ton portable n'a plus bougé, c'était insupportable.

— J'ai cru que je ne m'en sortirais pas, dit Laurie. J'espérais que tu décrocherais. » Elle se força à rire. « Heureusement que tu ne m'as pas mise en attente ! »

Leo sortit de l'unité de soins intensifs, l'air mitigé. « Hathaway a les deux jambes cassées, mais il s'en remettra.

— Tu parais déçu, lui dit-elle.

— Il a tué deux personnes de sang-froid et ce soir il s'en est pris à ma fille unique, répondit Leo. S'il avait été plus sérieusement blessé, ça ne m'aurait pas empêché de dormir.

— Il n'a que cinquante-sept ans, dit Laurie. Il a amplement le temps de subir son karma.

— Avec les accusations qui pèsent contre lui, le procès est plié d'avance, dit Alex. Enlèvement et tentative de meurtre ce soir. Et puis il a avoué les meurtres de Susan Dempsey et de Dwight Cook.

— Et en plus, ajouta Leo, Reilly dit que les techniciens ont retrouvé les enregistrements vidéo du bateau de Dwight Cook. Quand Hathaway est arrivé pour plonger avec lui, Dwight l'a accusé du meurtre de Susan. Il avait compris que Susan était allée au labo après s'être disputée avec Nicole et les avait surpris en train de parler de REACH. Hathaway a admis qu'il l'avait rattrapée et qu'il l'avait accompagnée à Hollywood Hills, mais il a essayé de lui faire gober que sa mort était accidentelle. En voyant que Dwight ne le croyait pas, il l'a étouffé avant de maquiller le meurtre en "accident de plongée".

— Et la police a tout ça sur la vidéo ? demanda Laurie.

— En Technicolor. »

Épilogue

Deux mois plus tard, Alex Buckley s'adressait aux téléspectateurs dans le salon de Laurie. « Le public la connaît sous le nom de Cendrillon, disait-il d'un ton solennel, mais pour sa mère, elle a toujours été Susan. Et ce soir, le 6 mai, vingt ans jour pour jour après sa mort, nous espérons qu'à vos yeux, elle est redevenue Susan. Aujourd'hui, l'affaire est officiellement close. »

L'émission terminée, les applaudissements éclatèrent. Ils s'étaient tous rassemblés pour la regarder : Laurie, son père, Timmy, Alex, Grace, Jerry. Même Brett Young s'était joint à eux. Il était si content de l'émission qu'il avait fait venir Rosemary Dempsey, Nicole et Gavin Melling pour la projection privée.

« Félicitations, déclara Leo en levant sa bouteille de bière pour porter un toast. À *Suspicion*. »

Ils trinquèrent tous – y compris Timmy avec son verre de cidre –, puis quelqu'un lança :

« On veut un discours, Laurie !

– Un discours, un discours ! » répétèrent-ils en chœur. Elle se leva du canapé.

« Vous êtes exigeants, dites-moi, plaisanta-t-elle. Pour commencer, *Suspicion* a toujours été un travail d'équipe. L'émission ne serait pas la même sans Alex, et elle n'aurait probablement pas vu le jour sans Jerry et Grace. Et je crois pouvoir dire sans me tromper que cette fois, Jerry a mieux tenu le *choc* que nous tous. »

Le jeu de mots souleva des murmures de protestation. Deux mois auparavant, elle n'aurait jamais imaginé pouvoir prendre à la légère cette horrible agression. Mais Jerry s'était entièrement remis et Steve Roman, son agresseur, était mort. Jerry était le premier à plaisanter en disant que ça lui servirait de leçon, qu'il n'irait plus jamais se chercher à manger en douce dans des fast-foods.

– Et quant à Timmy et Leo, ajouta Laurie. Je crois que vous auriez dû insister pour figurer au générique.

– Ç'aurait été cool, lança joyeusement Timmy.

– Hé, n'oubliez pas la dédicace au type qui signe les chèques, rouspéta Brett pour les taquiner. Et qui s'est assuré que l'émission soit diffusée le 6 mai.

– Merci de nous le rappeler, Brett. Et je suis sûre que le fait que le 6 mai tombe en plein milieu de la renégociation des tarifs de pub n'est qu'une pure coïncidence.

Mais surtout, poursuivit Laurie d'un ton plus grave, je tiens à remercier Rosemary. »

Ils applaudirent à nouveau.

« Vous avez été notre source d'inspiration tout au long de la préparation de l'émission – des premières recherches à la conclusion d'Alex. Je ne parle pas souvent du deuil qui a frappé notre famille. » Elle sourit avec douceur à l'adresse de Timmy et Leo. « La perte d'un être cher est une épreuve terrible, mais c'est une souffrance supplémentaire de ne pas savoir qui en est responsable, ni la raison qui l'a provoquée. En ce qui me concerne, petit à petit, chaque jour, cela va un peu mieux depuis que nous connaissons les réponses à ces questions. J'espère qu'il en sera de même pour vous. »

Rosemary essuya une larme. « Merci beaucoup », murmura-t-elle.

Laurie remarqua que Nicole la réconfortait en lui tapotant le dos. La mère de Susan avait juré de pardonner à Nicole d'avoir retardé la découverte du meurtrier de sa fille, mais Laurie savait qu'il lui faudrait du temps avant de pouvoir lui accorder réellement son pardon.

Grace, qui avait toujours le don d'égayer l'atmosphère, se leva d'un bond et entreprit de remplir les verres.

« Alors, vous n'avez pas vu Keith Ratner dans *Morning Joe*, ce matin ? Visiblement, il s'est reconverti. »

Keith effectuait une tournée des talk-shows sur le thème « l'Église des Militants de Dieu vue de l'intérieur », programmée sans aucun doute de manière à coïncider avec la diffusion de *Suspicion*. Martin Collins faisait déjà l'objet de multiples accusations d'abus sur mineur à la suite de la découverte des vidéos à son domicile. D'après l'inspecteur Reilly, les procureurs fédéraux comptaient également le poursuivre pour racket, en alléguant que Collins s'était servi de l'Église comme couverture pour des activités criminelles allant du vol à la corruption, en passant par l'extorsion de fonds et les délits sexuels dont il s'était rendu coupable envers les enfants. Keith Ratner ne se contentait pas de coopérer avec la police, il se servait également de la désillusion que lui avait infligée l'Église pour revenir sous le feu des projecteurs.

« En tout cas, sa tournée médiatique lui réussit, commenta Laurie. Un ami éditeur m'a dit qu'il y a une guerre des enchères autour des mémoires qu'il compte publier. Madison et Frank Parker se servent de l'affaire pour se faire de la pub, eux aussi. Dans *Variety*, on raconte que Parker a donné un petit rôle « de *come-back* » à Madison dans son prochain film. Elle jouera une femme d'affaires impitoyable, prête à tout pour réussir.

– Ça lui ira comme un gant ! » s'exclama Leo.

Avant de partir, Rosemary serra longuement Laurie dans ses bras. « Vous vous seriez tellement bien entendue avec Susan. Surtout, appelez-moi un de ces jours. Ça me ferait vraiment plaisir.

– Bien sûr », lui assura Laurie.

Son approbation signifiait plus à ses yeux que tous les indices d'écoute et toutes les récompenses que son émission pourrait obtenir.

Alex fut le dernier à partir. Sur le pas de la porte, il s'arrêta. « Félicitations, Laurie, dit-il. L'émission était remarquable. » Il s'apprêtait à l'embrasser sur la joue, tendit les bras sans y penser et elle s'y glissa. Il chercha sa bouche et ils restèrent ainsi l'un contre l'autre pendant une longue minute.

Quand ils se séparèrent, il la regarda dans les yeux : « Laurie, que les choses soient claires. Je ne suis pas un play-boy. Je suis follement amoureux de toi et je suis prêt à attendre le temps qu'il faudra.

— Je ne le mérite pas, dit Laurie.

— Mais si. Et tu me diras quand le moment sera venu. »

Ils se sourirent. « Bientôt, murmura Laurie. C'est promis. »

Ils aperçurent tous les deux une petite silhouette dans le couloir qui menait aux chambres. Timmy souriait, l'air radieux.

« Cool ! »

REMERCIEMENTS

C'est un tel plaisir de raconter une nouvelle histoire, de repartir en voyage avec des personnages que l'on a créés et auxquels on s'est profondément attaché – ou pas. Et cette fois de l'avoir fait pas à pas avec la talentueuse auteure Alafair Burke.

Marysue Rucci, mon éditrice chez Simon & Schuster, a été une amie et une conseillère précieuse. Alafair et moi nous avons beaucoup apprécié de travailler avec elle sur ce livre, qui est le premier d'une série.

Merci à mon équipe maison, à commencer par ma main droite Nadine Petry, ma fille Patty et mon fils Dave. Et naturellement mon extraordinaire mari, John Conheeney.

Tous mes remerciements à Jackie Seow, notre directrice artistique. Ses couvertures me mettent si bien en valeur.

Et mille mercis à mes fidèles lecteurs, dont les encouragements et le soutien m'ont incitée à écrire un nouveau roman.

LE BILLET GAGNANT
UNE SECONDE CHANCE
ENTRE HIER ET DEMAIN
LA NUIT EST MON ROYAUME
RIEN NE VAUT LA DOUCEUR DU FOYER
DEUX PETITES FILLES EN BLEU
CETTE CHANSON QUE JE N'OUBLIERAI JAMAIS
LE ROMAN DE GEORGE ET MARTHA
OÙ ES-TU MAINTENANT ?
JE T'AI DONNÉ MON CŒUR
L'OMBRE DE TON SOURIRE
QUAND REVIENDRAS-TU ?
LES ANNÉES PERDUES
UNE CHANSON DOUCE
LE BLEU DE TES YEUX

En collaboration avec Carol Higgins Clark

TROIS JOURS AVANT NOËL
CE SOIR JE VEILLERAI SUR TOI
LE VOLEUR DE NOËL
LA CROISIÈRE DE NOËL
LE MYSTÈRE DE NOËL